Martin Bettinger

Die Liebhaber meiner Frau

CONTE *roman*

Bibliografische Information der Deutschen Bibliothek
Die Deutsche Bibliothek verzeichnet diese Publikation in der Deutschen Nationalbibliografie; detaillierte bibliografische Daten sind im Internet über http://dnb.d-nb.de abrufbar.

ISBN 978-3-941657-03-8

Am Ludwigsberg 80-84
66113 Saarbrücken
Tel: (06 81) 416 24-28
Fax: (06 81) 416 24-44
E-Mail: info@conte-verlag.de
Verlagsinformationen im Internet unter www.conte-verlag.de

Lektorat: Ines Schipperges
Umschlag und Satz: Markus Dawo
Druck und Bindung: PRISMA Verlagsdruckerei GmbH, Saarbrücken

ERSTER TEIL

Laura.
Wie sie die Luft anhält, um den Reißverschluss
ihrer Hose hochzuziehen,
und ihre Haut am Abend nach dem Bad.
Die Sehnen an ihrem Hals, wenn sie wütend ist,
und dass ihr ganzer Körper lacht.
Laura, die sich vor roten Ampeln schminkt,
die ihre Briefe schreibt im Park.
Laura gerne im Kino. Laura ungern in Küchen.
Laura in Paris, Laura in Rom, Laura in den roten Zahlen.
Sechsunddreißig Jahre, die man ihrer Taille nicht ansieht,
ihren Ellbogen vielleicht.
Eine Frau im besten Alter. Eine Frau im unruhigsten Alter.
Eine Frau auf der Suche nach einem Liebhaber.
Oder mehreren Liebhabern.
Laura.

1

Ich bin unterwegs zu Laura. Ich bin jeden Abend unterwegs zu Laura, ich wohne dort. Vor einem halben Jahr suchte ich ein Zimmer, und Laura bot eins an. Komme ich spät am Abend nach Hause, ist sie meistens noch wach. Sie hat ihre Telefongespräche hinter sich und sitzt mit einem Buch und einem Glas Wein am Wohnzimmertisch.

»Hallo, Laura«, rufe ich, während ich im Flur den Mantel ablege.

»Hallo, Blum«, ruft sie zurück.

Ich setze mich zu ihr, und während die Uhr auf Mitternacht rückt, unterhalten wir uns. Laura raucht eine letzte Zigarette, danach geht sie ins Bad. Und während sie sich für die Nacht zurechtmacht, trage ich ihre Sachen hinüber: die Weinflasche, den Aschenbecher, ihr Glas. Falls vom Abendessen noch Geschirr herumsteht, trage ich es ebenfalls in die Küche. Das hätte ich doch selbst gemacht, sagt Laura, wenn sie aus dem Bad kommt, doch es freut sie auch. Laura mag aufgeräumte Wohnungen, auch wenn sie ihre Zeit nicht gerne mit Hausarbeiten verbringt. Nach ihr gehe ich ins Bad, und wenn ich herauskomme, hat Laura das Licht in ihrem Zimmer gelöscht. Allerdings steht ihre Tür einen Spalt offen, wegen des Jungen, Dominik.

Er ist elf, schläft am anderen Ende des Flurs und ist der Grund, warum Laura ihre Abende zu Hause verbringt. Ich habe angeboten, an meinen freien Tagen auf ihn aufzupassen, der Junge will, dass seine Mutter aufpasst. Also bleibt sie zu Hause und lässt die Tür offen.

Manchmal denke ich, dass diese angelehnte Tür auch ein stummer Hinweis für mich ist. Dass es Laura sozusagen nicht stören würde, wenn ich statt in mein Zimmer in ihr ... Mich würde es auch nicht stören, im Gegenteil. Wir verstehen uns gut, und seit wir zusammenwohnen, haben wir nicht einmal gestritten. Wir lachen über die gleichen Dinge, und wir ärgern uns über die gleichen Dinge. Laura ein bisschen mehr, ich ein bisschen weniger. Ich bräuchte also nur statt nach rechts nach links ...

Warum ich bis heute gewartet habe? Nun, es gibt eine Menge Gründe, einer Frau ihren Schlaf zu lassen. Es gibt natürlich auch eine Menge Gründe, sie nicht schlafen zu lassen. Bei Laura sprechen mehr Gründe fürs Aufbleiben. Alle! Und Hottsch – Hottsch ist der Nachbar – Hottschs Äußerung, hinterher wäre es ja doch nie nötig gewesen, muss sich die Frage gefallen lassen, ob er sich in seinem Alter und bei seiner Verfassung überhaupt an ein Hinterher erinnern kann.

Nein, bei Laura wird es nicht anders als wunderbar sein; gerade hinterher. Momentan befinden wir uns vorher. Wir wohnen zusammen, kochen zusammen, wir gehen Arm in Arm durch die Stadt. Donnerstags. Donnerstags gehen wir zu Josefine essen. Und wenn der Junge sich nicht quengelnd dazwischendrängt, hängt Laura sich bei mir ein. Und Laura fällt auf. Ihr Schwung, ihre Figur, ihre Haare. Und daneben ich, mit meiner Figur und meinen Haaren, dem schmalen Kranz, der im Nacken noch übrig ist. An jeder Ampel stehen zwei Reihen Autos mit Leuten, die staunen. Sich ärgern! Männer ärgern sich über mich: Wie kommt die Walze zu so einer Frau? Und Frauen ärgern sich über Laura. Muss die hier gehen? Laura will niemanden ärgern, doch ein bisschen stolz ist sie schon. Auf ihren Schwung, auf ihre Figur und auf ihre Haare.

»Mädchen, du hast Haare«, sagt Josefine. »Ich glaube, deine ganze Wut ist in deine Haare gegangen.«

»Meine Wut? Josefine, ich bin doch nicht wütend, auf wen denn?«

Auf wen? Josefine könnte ihr die Antworten geben. Zum Beispiel auf Dominik, das lästige Männchen, das seine Cannelloni nicht isst. Oder auf Blum, dieses Gemüt, das sämtliche Cannelloni isst. Dass das Auto wieder kaputt ist. Dass die Waschmaschine rinnt.

Auf den Kontostand, die Laufmasche, auf alles zusammen. Weils nicht vorangeht. Nicht im Job. Und nicht im Bett. Denn dass nichts passiert, seh ich dir an, jeden Donnerstag beim Mittagstisch der Sirenen e.V., für drei Euro zwanzig, Kinder die Hälfte.

Könnte sie sagen. Tuts aber nicht. Sondern sagt mit einer Gelassenheit, die zwanzig Jahre Haus- und Hotelbesuche hinter sich hat: »Was wollt ihrn als Nachtisch?«

Sie bringt dann Obst oder Eis und setzt sich einen Espresso lang zu uns. Josefine sitzt gerne bei Laura, denn Laura verströmt, wie soll ich sagen, sie verströmt dieses Anfangs- und Aufbruchsgefühl. Amerikastimmung. Diese Zuversicht, dass man noch eine Menge vor und kaum etwas hinter sich hat. Manchmal, nicht selten, kippt diese Erwartung allerdings um in die Angst, Jahr um Jahr zu verlieren. Ja, das Beste unwiederbringlich versäumt zu haben, nichts Aufbruch, Amerika, nur Einbruch und Höfchen. Zum Höfchen heißt die Straße, in der Laura seit zwölf Jahren wohnt. Laura wird in solchen Momenten bis in die Flecken auf ihrem Hals von Unruhe erfasst, und ich sage unwillkürlich zu ihrem Sohn: »Dominik, iss nicht so schnell!«

Ich selbst habe, verglichen mit Laura, keine Mühe, langsam zu sein. Ich bin auch sehr zufrieden im Höfchen. Es ist ein bisschen eng, es ist ein bisschen laut, Sonne haben wir nur auf der Rückseite, aber ich fühle mich wohl. Und wenn ich mich nicht wohlfühle, macht es auch nichts. »Lass doch«, sage ich zu Laura, »manchmal ist es einfach zum Heulen.« – »Ist es nicht.« – »Grad verzweifeln könnt man.« – »Nein!«

Einmal habe ich, im Grunde nicht meine Art, auf meiner Meinung beharrt und die Verzweiflung verteidigt. Nicht die verzweifelte Verzweiflung, wo man sich in das nächste Küchenmesser stürzen möchte, sondern die andere, die getroste Verzweiflung, wo man das Küchenmesser liegen lässt. In der man alles liegen lässt und sich seiner Traurigkeit überlässt wie einem langen, alles vergessen machenden Schlaf. Wahrscheinlich konnte ich es nicht richtig erklären, denn Laura wurde ernst, so ernst, dass die kleine Furche zwischen ihren Brauen bis zur Stirn hinaufwuchs.

»Christoph«, sagte sie, und dass sie mich, den jeder, auch meine Mutter, nur Blum nennt, beim Vornamen nannte, verhieß schon nichts Gutes. »Ich kann mir Verzweiflung nicht leisten. Ich habe ein Kind, und ich habe nicht deine Gesundheit!«

Laura spricht selten über ihre Gesundheit, womit sie nichts anderes als ihre Krankheit meint. Doch da sie es tat, blieb auch ich bei dem Thema und sagte: »Vielleicht war das der Grund. Dass du es dir *nicht* geleistet hast. Vielleicht bist du krank geworden, weil du immer gesund sein wolltest. Vielleicht musste dein Körper büßen, dass dein Kopf …«

»Mein Kopf?«

Dein Herz, deine tapfere Seele … Ich bin kein großer Redner, und auch jetzt, unterwegs zu Laura, kann ich es nicht deutlicher fassen, doch eins kann ich sagen: dass Lauras Erkrankung inzwischen verstummt und wahrscheinlich völlig verschwunden ist. Dazu kommt, und das ist neu, dass seit heute Morgen auch der Junge verschwunden ist. Nicht ganz und endgültig, doch zum ersten Mal befindet er sich auf Klassenfahrt. Und ich habe zwei Tage frei, eine für mich wie für Laura erstmalige Situation. Schon auf der Arbeit habe ich die Wirkung bemerkt. Eine ungewohnte Lust, mich zu bewegen. Keinerlei Ermüdung, kein Gähnen, kein Bedürfnis, den Kopf auf die Hand zu stützen. Und hier, in der Stadtbahn, hört das titanische Gefühl nicht auf. Lauter freie Sitze, Blum steht. Steht und pendelt den Wagen aus. Und der Wagen rüttelt und ruckt, als hielte er sich an mir. Es gibt sie, diese Nächte mit einem Ausrufezeichen. Abende wie die Vorabende einer Revolution. Ich freue mich. Ich freue mich auf Laura. Ich bin unterwegs zu ihr.

2

Guten Morgen!
Gut geschlafen?
LG Laura

Die Zettel, die ich sonst auf dem Frühstückstisch finde, haben meist einen anderen Inhalt. *Trockner ausstellen* oder *Fenster schließen.* Oder einfach: *Müll.* Sie sind auch in einer anderen Schrift gehalten, mehr hingehuscht als geschrieben; Laura bleibt wenig Zeit, wenn der Junge am Frühstückstisch trödelt.

Heute hatte sie Zeit. Sogar einen weicheren Stift hat sie benutzt. Und die Buchstaben sind in einer Weise gerundet, dass ich den Eindruck bekomme, Laura hätte gerne noch mehr geschrieben. Zum Beispiel: Ich hatte die Tür wegen der Katze geschlossen. Das Tier schläft in Dominiks Zimmer und schleicht in der Nacht gerne zu Laura. Nun, da der Junge weg ist, gab es keinen Grund, ihr diesen Weg offen zu lassen.

Jetzt fällt mir ein, das Tier in der Nacht auch gehört zu haben. Es war ein Geräusch, das ich von dieser Katze zum ersten Mal hörte; nun, sie stand auch das erste Mal vor verschlossener Tür. Eine Mischung aus Maunzen und Wimmern, mit kleinen flehenden Schreien … Sollte sie leiden, ich drehte mich um und schlief wieder ein.

Gut geschlafen? Laura weiß, dass ich gut schlafe. Andere träumen, ich schlafe. Umso erfreulicher, dass sie fragt. Auch der Esstisch sieht anders aus als gewohnt. Kein benutztes Geschirr, kein angebissenes Brot, auch keine schwimmenden Cornflakes in trüb gewordener Milch.

Der Tisch ist nicht nur vom letzten Krümel gereinigt, Laura hat auch ein neues Gedeck auf ein frisches Tischtuch gestellt. Drei Marmeladegläser stehen in einer Reihe, die Zuckerdose ist mit einem Löffel versehen, und wenn Laura keine frischen Brötchen geholt hat, so hat sie doch die alten Brötchen in schöner Reihe in ein Körbchen gelegt. Ich wusste gar nicht, dass so ein Körbchen in unserer Wohnung existiert.

Ich setze mich, beginne ein schwungvolles Frühstück und betrachte weiterhin Lauras freundliche Zeilen. *LG* … Das schrieb sie noch nie. Liebe Grüße heißt das. Oder Lieben Gruß. Oder – Liebesgruß? Ich atme ein, dann stehe ich auf, um meine Morgensendung einzuschalten, als ich auf dem Fernseher etwas entdecke, das dort nicht hingehört. Nicht auf den Fernseher und auch sonst nirgendwohin in diese Wohnung.

Laura trägt keine Brille. Ich trage keine Brille, Dominik nicht und Hottsch, der Nachbar, ebenfalls nicht. Und doch liegt dieses Gestell auf unserem Fernsehgerät, sehr schwarz, sehr fremd, eindeutig männlich, und ist der Anfang einer Gedankenkette, die mir die Augenbrauen bis zur Stirn hinauftreibt. Die geschlossene Tür, der freundliche Zettel, das Frühstück.

Sancto confusio, Heilige Verwirrung, ich esse von einem Tisch, den Laura für einen anderen gedeckt hat, freue mich an einem Zettel, den sie einem anderen geschrieben hat und betrachte eine Brille, die sie jenem anderen – abgesetzt hat!

Wenn es wenigstens eine Sonnenbrille wäre. Übertrieben dumm. Oder eine Denkerbrille. Übertrieben schlau. Doch diese Brille, ich gestehe es ungern, liegt genau in der Mitte. Sie ist so geschmackvoll, dass eine Frau von Niveau hereinfallen muss. Kultur *und* Körper, sagt so eine Brille, oder, deutlicher, Hoden *mit* Hirn. Solche Männer tragen überhaupt nur Brillen, damit sie ihnen abgesetzt werden. Von intelligenten Frauen in wehrlosem Zustand von der Nase gerissen. Ich schaue durchs Zimmer, ob nicht noch eine Krawatte oder ein Mailänder Schuh …

Nein, ich schaue nicht durch das Zimmer. Ich will gar nicht sehen, wie Lauras Jacke in absurder Verrenkung … Doch die Brille schaue ich mir an. Ich hebe sie ans Licht, um vielleicht doch einen Schwindel, eine Hochstapelei … nein, die Brille ist echt. Ich setze sie auf, der Morgen wird heller. Ich selbst werde heller, das gesamte

Höfchen ist mit einem Mal wie aus dem Nebel getreten. Ich beuge mich vor, um mein Konterfei im Spiegel zu sehen ... Oh Gott, Geräusche! Aus ihrem Zimmer.

Und wenn es nur ein Vertreter für Brillen ist, der Laura Muster gezeigt hat, ich will dem Mensch nicht begegnen. Nicht im Unterhemd und nicht in Socken. Und vor allem nicht in diesen Shorts, denen beim Gehen der Eingriff aufklappt, als hätte er Atemnot. Ich hab keine Atemnot, ich habe Gewicht, aber keinerlei Atemnot. Mit behänden, geradezu fliegenden Schritten bin ich in meinem Zimmer, bevor der andere aus Lauras Schlafzimmer tritt.

Ich höre Schritte, Geräusche im Bad, dann pendelt jemand auffallend oft zwischen Küche und Wohnzimmer. Wäre er früher aufgestanden, hätte er sein Frühstück bekommen. Auch Lauras Zettel hätte ihn erreicht, jetzt befindet er sich hinter dem Gummizug meiner Hose. Das Brot ist gegessen, der Kaffee getrunken, mit etwas Gespür könnte er in der Küche einen Rest Zwieback auftreiben. Erneute Geräusche, Mantelrauschen, er scheint auf den Zwieback verzichten zu wollen. Schließlich fällt die Haustür ins Schloss, und im Schlitz der Gardinen schaue ich mir den Eindringling an.

Morgens ohne Frühstück vor die Augen aufmerksamer Nachbarn zu treten, ist nicht jedermanns Sache. Doch er macht es ganz gut. Er schleicht nicht, er rennt nicht. Er quert unseren Vorgarten, er öffnet das Türchen, das alles mit einer Ruhe und Selbstverständlichkeit, als habe er keine unvergleichliche Nacht hinter sich, sondern das gewohnte Büro vor sich.

Auf dem Bürgersteig bleibt der Mensch allerdings stehen. Späht die Gasse ab, als habe er vergessen, wo sein Wagen geparkt ist. Dabei ist sein Problem ein anderes, und jetzt, als er mit der Hand seine Schläfen befühlt, merkt er es selbst. Er hat seine Brille nicht auf. Kann er auch nicht, denn ich trage sie.

Einen Moment sucht der Fremde in seiner Jacke, dann schaut er zum Haus. Ein Klingeln muss ihm sinnlos erscheinen. So sinnlos wie mir, den Mann ohne Brille gehen zu lassen; er würde nur zurückkommen müssen. Ich warte, bis er zum Gehen ansetzt, dann öffne ich das Fenster und pfeife ihn durch den Garten zurück.

3

»Hallo, Blum!«

»Hallo, Laura!«

Wie Laura in der Nacht lasse ich am Tag meine Tür gerne offen. Wenn Laura dann von der Arbeit kommt, höre ich sie bereits auf dem Flur: »Hat jemand angerufen? Ist Post da?« Der Flur könnte unter Wasser oder in Flammen stehen, Laura würde nach Post und Anrufen fragen. Auch heute fragt sie, doch ihre Stimme klingt leichter als sonst. Als seien Post und Telefon heute weniger wichtig, als bringe sie selbst eine Nachricht, als sei sie die Nachricht.

»Und?« Sie steht jetzt Haare Hüfte Aktentasche in meiner Tür.

»Nichts gekommen«, sage ich. »Auch keine Anrufe.«

»Gut«, sagt sie, und mit Blick auf meinen Schreibtisch fragt sie: »Du kommst voran?«

»Gut«, sage ich.

»Ich habe deine Zeitschrift mitgebracht.«

Kurz danach sitzen wir im Wohnzimmer, ich die Juristische Wochenschrift lesend im Sessel und Laura an ihrem Schreibtisch. Sie hat Fotos ausgedruckt und sortiert sie. Laura macht gerne Fotos, diese hier scheint sie gar nicht wegräumen zu wollen. Sie hat sie über den gesamten Schreibtisch verbreitet und verschiebt sie wie Teile eines Puzzles. Ich gehe zu ihr und sehe, dass es sich stets um das gleiche Motiv handelt. Den Mann, der heute Morgen im Vorgarten stand.

»Das Beste ist nicht dabei«, sagt Laura. »Das beste Foto kommt am Samstag im Wochenjournal.«

»Gratuliere! Du hattest lange keinen Beitrag im Fernsehen.«

»Das Thema konnten sie mir nicht abschlagen. Ich habe es entdeckt, und ich bin die einzige, die Fotos gemacht hat.«

»Worum geht es?«

»Welches findest du besser?« Laura hält zwei Fotos nebeneinander. »Ich brauche noch eins für die Zeitung.«

Ich deute auf ein Foto, das an den äußeren Rand des Puzzles gerutscht ist.

»Das doch nicht. Eins von den beiden! Francis Dupont übrigens. Er hat den neuen Kulturpreis gewonnen.«

Während Laura sämtliche Fotos mit ihrem Stempel versieht, lese ich, was sie in ihren Laptop notiert hat: Francis Dupont, Schauspieler am Theater am Fluss, erhielt den neugestifteten Preis der Commerzbank. Die Auszeichnung wird künftig alle zwei Jahre für bedeutende kulturelle Leistungen in der Region verliehen. Dupont erhielt das Goldene Rad für seine Rolle in Kleists Zerbrochnem Krug. Landauer hatte die dramaturgische Leitung und Schildpatt die Regie, Dupont …

»Du hast ziemlich genau recherchiert«, sage ich.

»Eigentlich nicht. Das Journal gibt mir dreißig Sekunden. Ich habe einen Zweiminüter vorgeschlagen, aber sie bringen den Preis nur als Bildnachricht. Für eine halbe Minute musst du nicht sonderlich recherchieren.«

»Ich finde trotzdem, dass du sehr genau recherchiert hast.«

Der Satz braucht einen Moment, bis er ankommt. Schließlich dreht Laura sich zu mir.

»Ist irgendwas?«

Ist irgendwas? Wie Romeo stehe ich seit einem halben Jahr vor ihrem Balkon. Wie die Nachtigall probe ich meine Lieder. Und als die Nacht der Nächte gekommen ist, liegt ein anderer in meinem Bett! Ist irgendwas?

»Nein«, sage ich. »Was sollte denn sein?«

»Gut«, sagt sie. »Ich finde nämlich auch, dass …«

»Hier issen Druckfehler.« Ich deute auf ihren Laptop.
»Ah ja.« Sie korrigiert.
»Was hat er gespielt? Den Richter im Zerbrochnen Krug?«
»Nein, den Verlobten. Ruprecht.«
»Und?«, frage ich. »Seid ihr verlobt?«
Sie wirft mir einen Blick zu, als sei das kein guter Scherz.
»Ich meine«, sage ich beiläufig, als spräche ich über einen Punkt auf dem Einkaufsplan, »wird er jetzt öfter hier auftauchen?«
»Ich weiß nicht. Einmal noch muss er auf jeden Fall kommen.«
»Warum?«
»Wir wollen den Text fürs Journal formulieren.«
»Die halbe Minute?«
»Gerade eine halbe Minute! Dreißig Minuten kann jeder verfassen, aber dreißig Sekunden, da muss jedes Wort stimmen.«
»Und deshalb kommt er und hilft!«
»Ich arbeite sowieso lieber im Team.«
»Nun, warum soll man nicht helfen. Wenn man damit ins Fernsehen kommt.«
»Bitte?«
»Ich war auch schon im Fernsehen.«
»Blum, du wolltest was anderes sagen.«
»*Die* Aufnahme ist auch gut gelungen.«
»Du willst sagen, dass er … sich bei mir hochvögeln will?«
Ich zucke die Achseln.
»Bei mir? Die gar nicht im Boot sitzt? Da wäre er an der Falschen, ich habe seit Jahren nicht fürs Fernsehen gearbeitet. Sie geben nichts mehr nach draußen, ich bin froh, die kleine Nachricht unterzubringen.«
»Weiß er das?«
Statt einer Antwort beginnt sie, die Fotos zu kleinen Stapeln zu schichten.
»Gibs zu«, sage ich schließlich. »Es würde dich nicht einmal stören.«

»Es ist nicht so.«

»Aber es würde dich nicht stören.«

Sie stapelt noch eine Weile, dann dreht sie sich zu mir: »Habt ihr … zusammen gefrühstückt?«

»Ich habe mit seiner Brille gefrühstückt.«

»Bitte?«

»Wir haben uns knapp verfehlt.«

Sie nickt. Doch ihrer Mimik nach hätte sie nichts dagegen, wenn es bald zu einem Frühstück mit mehreren Männern käme.

4

Eine halbe Minute. Eine halbe Minute im Vorabendprogramm, und die beiden feilen an ihrem Text, als wäre er der Schlüssel zu den wichtigen Türen. Für Francis zu den großen Theatern und für Laura zu den Kulturredaktionen des Fernsehens.

Abend für Abend sitzen die beiden im Wohnzimmer. Formulieren, verändern, stellen um. Laura liest, Francis stoppt die Zeit. Dazwischen öffnen sie eine Flasche Wein, dazwischen essen sie Schnittchen. Sie rufen mich, damit ich die neue Textversion höre, sie rufen mich zu den Schnittchen. Ich beurteile, ich esse, dann lasse ich die beiden wieder allein. Alleine mit ihrer Arbeit und alleine mit dem Ende ihrer Arbeit. Ihrem Feierabend, der mit gedämpfter Musik beginnt, in gedämpftes Gelächter übergeht und schließlich mit weniger gedämpften Geräuschen in Lauras Schlafzimmer endet.

Inzwischen weiß ich, dass die Geräusche nicht von der Katze stammen. Und doch fällt es mir leichter, wenn ich mit großen Augen auf meinem Bett liege, an eine Katze zu denken. Auch die Bilder, die sich vor meine Augen schieben, passen dazu. Ich höre – und sehe – eine Katze, die überfahren wird. Überrollt von gewaltigen Rädern. Doch das Tier stirbt überhaupt nicht, beziehungsweise es hat nichts gegen den Unfall. Ja, die gedämpften Schreie hören sich an, als sei dieses Verenden sein eigentliches Leben und das Wesen fände seine Erfüllung darin, Nacht für Nacht zermalmt zu werden, bis in den Morgen.

Nun, so lange dauert das Gastspiel denn doch nicht. Kurz vor eins verlässt unser Besucher das Haus, er will die letzte Stadtbahn erreichen. Francis alias Ruprecht alias der Verlobte aus dem Zerbrochnen Krug. Ihn höre ich nie. Kein Wimmern, kein Seufzen, nicht mal einen tieferen Atem. Auch die Haustür schließt er so leise, als solle sein Verschwinden niemand bemerken. Überhaupt fällt dieser schöne Mann durch seine Rücksicht auf. Wenn er so schauspielert, wie er sich in der Wohnung bewegt, wundert mich nicht, dass er den Preis für eine Nebenrolle bekam. Für eine Hauptrolle fehlt ihm die Unverschämtheit. Ich kann mir nicht vorstellen, dass er auf der Bühne einmal richtig schreit oder tobt oder mit der Faust auf den Tisch schlägt. Der einzige Ort, wo ein Hauch Leidenschaft durchdringt, ist in unserer Küche, wenn er mit einem leichten Summen die Schnittchen belegt. Dabei bietet unser Haushalt kaum Zutaten. Doch Monsieur gelingt es, aus dem Wenigen stets das Besondere zu kreieren. Kleine Canapés aus Wurst oder Käse, mit Petersilie und Gürkchen drapiert, geradezu keck sehen sie aus. Und das Tablett serviert er wie ein Steward auf dem Sonnendeck eines Schiffs. Wenn man mich fragt, der geborene Kellner.

Ich frage mich, ob er auch der geborene Liebhaber ist. Das heißt, ich habe Laura gefragt, genau genommen hat Phoebe gefragt. Phoebe ist eine der Freundinnen, mit denen Laura via Internet korrespondiert. Dass Laura permanent Emails empfängt, bringt Nachteile in Form regelmäßiger Viren. Diese bringen wiederum Vorteile: Stets liegt es an mir, Lauras Rechner wieder zum Laufen zu bringen, entsprechend kenne ich sämtliche Passwörter.

Phoebe: »Ich hatte noch nie einen Schauspieler!« Man muss ergänzen, dass es nicht viele Berufsgruppen gibt, die Phoebe unbekannt sind. »Dazu ein Franzose! Jetzt musst du mir natürlich verraten, wie unser Schauspieler war.«

Re Laura: »Wie er war? Schön war es. Schön.«

Sie merken den kleinen grammatikalischen Sprung? Das ist Laura, ihre ganze Klasse zeigt sich darin. Und Phoebes leicht andere Klasse. Phoebes Frage war ohnehin Unsinn. Genauso gut könnte man einen Schiffsbrüchigen, der nach zwölf Jahren auf einer Insel wieder im Hamburger Hafen sitzt, fragen, ob ihm die Flasche denn schmecke. Ob sie schmeckt? Mann, es ist *Wein*! Wie soll Laura nach so vielen Inselnächten ein anderes Urteil als hervorragend abgeben? Nun, ich bin sicher, mit jedem weiteren Schluck wird auch das Urteilsvermögen zurückkehren.

Meiner Einschätzung nach ist dieser Franzmann nicht der Jahrhundertliebhaber. Schon wie er einem die Hand gibt. Er hält sie hin wie einen gepflegten, aber schlaffen Wildlederhandschuh. Und mit seinen Canapés lässt er sich so viel Zeit, als hoffe er, Laura schlafe derweil im Wohnzimmer ein. Nicht zuletzt, wie er geht: Ich stehe extra auf, um ihn verschwinden zu sehen. Der Mensch geht nicht groß wie ein stolzer Eroberer. Er geht auch nicht klein wie ein hämischer Dieb. Francis Dupont geht groß und klein zugleich. Und dafür gibt es meines Erachtens nur eine Deutung: Es ist die Würde des Opfers.

5

»Mit einem tragischen Vorfall endete gestern der Jahresball der Karnevalsgesellschaft ›Mir sinn halt so‹. Der langjährige Büttenredner Karl Heinzelmann, bekannt als Heinz von Leims, brach aufgrund eines Herzversagens am Ende seiner Darbietung zusammen. Der Vorfall verlief umso tragischer, da man Heinzelmanns Sturz von der Bühne zunächst für einen seiner närrischen Einfälle hielt. Erst, als der Büttenredner auf die wiederholte Bitte des Elferratspräsidenten, den Orchestergraben zu verlassen und die Große Ehrennadel entgegenzunehmen, nicht reagierte …«

»Oh Gott«, sagt Francis.

»So was«, sagt Laura.

»Ich kenne ihn aus dem Radio«, sage ich.

»… Im Krankenhaus wurde neben dem Herzversagen auch eine Schädelfraktur festgestellt. Der Zustand Heinzelmanns ist nach wie vor kritisch. Karl Heinzelmann begann als Tambourin-Trommler in der Jugendgarde und bereits mit dreizehn Jahren …«

»Ich denke, er lebt noch«, sage ich.

»So ausführlich«, sagt Laura, »müsste es wirklich nicht sein.«

Francis schaut zur Uhr. »Hoffentlich bringen sie es noch.«

»Hoffentlich bringen sie es nicht mehr«, sagt Laura.

Sie kommt nicht dazu, ihre Bemerkung zu erklären, denn jetzt wird das Bild Heinzelmanns durch Francis' Bild ersetzt.

»… Noch eine Meldung aus dem Theaterleben: Der Schauspieler Francis Dupont erhielt in diesen Tagen den neu gestifteten Preis der Commerzbank. Der Preis wird alle zwei Jahre für eine bedeutende kulturelle Leistung in der Saar-Lor-Lux-Region vergeben. – Und nun«, Francis wird durch eine Zifferntafel ersetzt, »die Gewinnzahlen der Ziehung von heute …«

Und während die Sprecherin Zahlen vorliest, richtet sich Francis auf. Alles versteift sich an ihm, sogar seine Augenbrauen und die kurz geschorenen Haaren richten sich auf, als hätten sie einen Stromschock erlitten.

»Das geht doch nicht«, stammelt er. »Das war … keine halbe Minute. Das waren … Sekunden.« Er dreht sich zu Laura.

»Wochenjournal«, seufzt sie.

»Unmöglich!« Wieder Francis. »Sie haben nicht einmal meine Rolle genannt. Nicht das Stück und auch nicht die Bühne, an der ich engagiert bin.«

»Ich habe gehofft«, sagt Laura, »sie lassen es ganz weg und bringen es morgen. Aber wenn Heinzelmann heute Nacht stirbt, bringen sie es morgen auch nicht. Und übermorgen ist es zu spät, dann ist es nicht mehr aktuell. Was solls«, sie kippt ihren Kopf an seine Schulter. »Es war drin. Besser eine kurze als gar keine Meldung.« Dann hebt sie ihren Kopf wieder, um den Abspann der Sendung zu lesen.

»Zwei Sätze ... Das ist lächerlich ... Zwischen einer Karnevalsmeldung und den Lottozahlen.«

»Manche schalten vor den Lottozahlen erst ein.«

Francis' Augen sind inzwischen vollkommen leer. Auch seine erlesene Brille ist jetzt nur noch der Rahmen um zwei matt gewordene Murmeln. Nachdem ihn die erste Lähmung verlassen hat, steht er auf und geht hinaus auf den Flur. Jetzt ist er mir beinahe sympathisch, wie er sich hin und her dreht, als suche er einen Faden, den er eben noch in der Hand hielt. Schließlich schlüpft er in seinen Mantel, als wäre das elegante Stück das einzige, das ihn in diesem Moment etwas Halt geben kann. »Dein Schal«, rufe ich und trage ihm das Tuch an die Haustür, wo er sich, nicht allzu ausgiebig, von Laura verabschiedet.

»In der Türkei haben sie wieder ein Beben gemessen«, sage ich, als Laura zurückkommt. »Jetzt fangen sie an, Dörfer zu evakuieren.«

Laura bleibt im Türrahmen stehen und zündet sich eine Zigarette an. Auf dem Bildschirm sieht man anatolische Familien mit Holzkarren. Manche haben einen Ochsen, manche einen Esel, andere haben sich selbst vor den Karren gespannt. Schließlich sage ich: »Dein Name war im Abspann.«

»Du hast ihn gesehen?«

»Er war sogar richtig geschrieben.«

»Das letzte Mal hatten sie ein L vergessen.«

»Diesmal war alles korrekt.«

»Meinst du nicht, er lief ein bisschen schnell?«

Ich schüttle den Kopf, langsam, etwa im Tempo des Abspanns. »Ich konnte ihn gut lesen. Laura Maria Engelen-Walldorf. Dein

Name war fast länger als eure Nachricht! Du warst lange nicht mehr im Abspann.«

»Anderthalb Jahre.«

»Anderthalb Jahre … Das ist eine lange Zeit.« Ich öffne den Wein, den Francis mitgebracht hat, und schenke uns ein. »Anderthalb Jahre. Und heute … warst du wieder dabei!«

»Hast du gesehen, wer die Aufnahmeleitung hatte?«

So langsam lief der Abspann nun auch wieder nicht.

»Hugo Degovski«, sagt sie.

»Ein Rioja!«, lese ich auf der Flasche.

»Hugo Degovski hatte die Aufnahmeleitung.«

»Sogar mit Prädikat.«

»Er hat mit mir studiert.«

Mit mir nicht. Laura kommt an den Tisch. Doch statt mit mir anzustoßen, nimmt sie ihr Glas, dreht sich und beginnt von einem Film zu erzählen, den sie als Studenten gedreht haben. Einen Krimi, Laura spielte die Leiche, eine Frau nachts auf dem Kopfsteinpflaster der Gerberallee. So fing der Film an. Und so hörte er auf. Hugo wollte sich um die Finanzierung kümmern. »Er hat nicht einen Sponsor gefunden.« Sie lacht. »Im Gegenteil, wir mussten ihm jeden Tag das Geld für die Busfahrkarte vorstrecken. Inzwischen ist er Freelancer und Aufnahmeleiter beim Funk.«

Sie nimmt einen Schluck und lässt ihn im Mund zergehen wie eine angenehme Erinnerung.

»Du hast eine Leiche gespielt?«

»Hugo wollte, dass ich die Kommissarin spiele, aber die Rolle war mir zu lang. Dominik war noch klein, und ich hatte wenig Zeit, Text zu lernen. Die Rolle als Leiche war kein Problem.«

Ich kenne die Gerberallee und stelle mir Laura als Leiche vor. Die Katzenköpfe, die gespenstischen Bäume und Lauras Haare wie Blitze über dem Pflaster.

»Hast du nicht eine Aufnahme von eurem Film? Ich meine, vom Anfang?«

»Das Drehbuch müsst ich noch haben. Also die Hälfte des Drehbuchs. Wir hatten erst die Hälfte geschrieben …«

Laura steht jetzt vor ihren Ordnern. Sie hat eine Menge Ordner mit Drehbüchern. Oder Ideen zu Drehbüchern. Mein Fundus, sagt sie, das Material, aus dem einmal Filme entstehen werden, wenn sie nur Zeit dafür findet.

»Anderthalb Jahre«, komme ich auf den Abspann zurück. »Und heute war dein Name einer der ersten.« Der Stiel meines Weinglases ist vom Drehen schon warm, ich nehme es in die andere Hand.

»Ah, da ist es.« Laura bringt den Ordner mit an den Tisch. Auch ihr Glas stellt sie zurück auf den Tisch. Ich fülle es noch einmal auf.

»Der Ruf des Falken hieß es.« Laura hat zu blättern begonnen.

»Lies vor!«, sage ich.

»Willst dus denn hören?«

»Unbedingt will ichs hören. Setz dich.« Ich rücke auf der Couch zur Seite.

Laura setzt sich. Ich spüre ihre Schulter an meiner, ich spüre ihre Hüfte an meiner, ein einzelnes Haar streichelt mich an der Wange. Ich atme ein und schließe die Augen, doch statt Lauras melodischer Stimme vernehme ich den Schrilllaut des Telefons.

»Dominik!«, sagt sie.

»Endlich ruft er an«, sage ich.

»Wo liegt das Telefon?«

»Ich sehe es nicht.«

Laura springt auf, und während sie erst in die Küche und dann ins Schlafzimmer rennt, beuge ich mich zur Station und drücke die Taste zum Mithören. Auch mich interessiert, wie es dem Jungen in England ergeht.

Es ist nicht der Junge. Es ist eine Stimme, die so durchdringend ist, dass ich auf der kleinsten Tonstufe mithören kann. Ich könnte auch mitrauchen und -trinken, der Kerl hört sich an, als sitze er seit Tagen im Bahnhofsrondell; als wohne er dort.

»Joe!«, freut sich Laura. »Ich fasse es nicht!«

Wenn ein nikotinkranker Säufer zur Schlafenszeit anruft, ist das in der Tat schwer zu fassen. Kurzer Smalltalk, mittellange Erklärung, dann scheint es darum zu gehen, einen Termin auszumachen. Doch der Kerl hat keinen mehr frei. Er palavert so viel von Terminplan und Arbeit, dass ich den Eindruck gewinne, er geht überhaupt keiner Beschäftigung nach. Laura muss das Problem für ihn lösen.

»Morgen?«, krächzt er. »Verdammt, morgen könnt gehen.«

»Um acht im Da Vinci. Ich bestell einen Tisch.«

Laura legt auf, und ich schalte den Ton wieder aus. Im Fernseher läuft jetzt ein Tierfilm, eine Bärenfamilie an einem Fluss. Schön, wie sie mit dampfendem Atem in der Schneekälte stehen. Das Bärenjunge rückt jetzt zur Mutter, auch der Vater rückt zu den zweien. Ich drücke die Hintergrundmusik etwas lauter und nehme mein Weinglas wieder in die Hand. Doch kaum ist Laura im Zimmer, wählt sie schon wieder.

»Hoffentlich ist er zu Hause«, murmelt sie. Er ist es. Francis steht nicht mit einem Bein überm Brückengeländer, sondern hat es offenbar bis in seine Wohnung geschafft. Und dort erfährt er, was Laura eben erfuhr. Der Kulturspiegel will ein Feature über ihn drehen. »Sechzig Minuten, nur über dich! Was sagst du? Für eine Nachricht von zwei Zeilen ist die Wirkung nicht schlecht!«

Laura kniet jetzt auf dem Sessel. Mit dem Bauch zur Lehne strahlt sie zum Fenster hinaus. Sogar ihrem Rücken sieht man an, wie sehr sie sich freut. Und jetzt, Ohr an Ohr mit Francis, fällt der Satz, auf den ich seit zwei Weingläsern warte. »Das sollten wir feiern!« Und indem sie ihre Haare zurückschleudert, fügt sie hinzu: »Warum kommst du nicht einfach nochmal vorbei?«

Der Shootingstar scheint müde zu sein. Seinem Murmeln nach will er die Hütte nicht mehr verlassen. Er äußert irgendwelche Halbherzigkeiten, während sich Laura gegen den Sessel schmiegt. »Überleg es dir«, schließt sie. »Ich bin noch bis Mitternacht auf!«

Diesmal ist es Laura, die nachschenkt. Das heißt, mein Glas ist immer noch voll.

»Übrigens«, sagt sie, »das war er.«

»Francis.«

»Nein, vorher. Hugo Degovski. Der Aufnahmeleiter, mit dem wir damals den Film drehen wollten.«

»Sagtest du nicht Joe?«

»Hugo Johannes Degovski. Joe!«

»Dem ihr das Geld für den Bus vorgestreckt habt.«

»Genau.«

»Jetzt hat er im Abspann deinen Namen gelesen und will seine Schulden bezahlen.«

»Er hat die Sendung gar nicht gesehen. Löwenstein hat sie gesehen. Stell dir vor, Löwenstein!«

»Auch einer vom Funk?«

»Einer? *Der* Filmemacher Leander Löwenstein!«

Joe, Löwenstein, Degovski – die Wirkung von Zweizeilern in dritten Programmen ist nachhaltiger, als ich dachte.

»Und stell dir vor«, Laura vergisst erneut, mit mir anzustoßen. »Du glaubst nicht, was Löwenstein gesagt hat!«

Ich will nicht wissen, was Löwenstein gesagt hat. Auch Joe und Francis interessieren mich nicht. Ich will zurück, wieder an den Anfang des Abends, der so schön traurig begann. Sie haben die Nachricht gekürzt, das Foto war unscharf, und Francis ist gegangen wie einer, der nie wieder auftauchen wird. Lauter kleine Traurigkeiten, doch gemeinsam rücken sie einen zusammen wie Kaminfeuer und Regen. Macht doch nichts, manchmal wird man nur Zweiter. Manchmal war man gar nicht im Rennen. Prost, Laura. Ach, Blum. Auf dich! Auf uns! Uns beide …

Doch jetzt hat Laura gewonnen. Mit zwei Zeilen ein Feature gewonnen. Francis ist zurück an der Angel, und mit diesem Joe hat sie schon den nächsten geharkt. Und? Kein Und! Denn heute ist heute, und niemand als Blum sitzt ihr gegenüber. Mich schaut sie an, lächelnd und funkelnd über den Rand ihres Glases hinweg. Bin ich kein Mensch? Bin ich kein Mann? Ich merke es, spüre deutlich, wie der Wein in Lauras Adern in mir zu wirken beginnt. Zwei Gläser hat sie schon intus, jetzt führt sie das dritte zum Mund.

»Auf dich!«, sage ich.

»Auf dich!«, sagt Laura.

Unsere Gläser berühren sich, unsere Augen ziehen sich an, kaum eine Handbreit sind unsere Gesichter entfernt …

»Es klingelt«, sagt sie und schaut Richtung Tür.

»Tatsächlich.«

»Francis?«, überlegt sie.

»Joe«, sage ich.

»Löwenstein«, sagt der Mann, dem ich öffne.

6

Wilhelm schläft bereits, als ich hinüber komme. Er wohnt in dem kleinen Pavillon, den man seitlich an dieses Haus angebaut hat. Wenn die Pflegestufe, die wir beantragt haben, bewilligt ist, werde ich mich noch intensiver um den alten Mann kümmern können.

Wilhelm ist dreiundachtzig, gehbehindert, sprachgestört, auf einem Ohr taub, doch für mich – nach Laura – die erfreulichste Erscheinung im Höfchen. Man muss hinzufügen, dass der Schlag, der ihn letztes Jahr traf, seine Betreuung erheblich vereinfachte. Keine vertauschten Mülltonnen mehr und keine fehlenden Zeitungen. Keine Taxis, die Wilhelm zu sich und keine Krankenwagen, die er zu den Nachbarn bestellt. Auch keine Waldhornübungen mehr am offenen Fenster. Das einzige, das sich Wilhelm nach wie vor gönnt, sind Blumen, die er aus den Vorgärten schneidet. »Für Anna«, sagt er. Manchmal auch: »Von Anna«. Ansonsten sitzt er am Fenster und raucht. Pafft seine Zigarren, als rauche er in aller Ruhe den Rest seiner Lebenszeit auf. Dass er ab und zu einen Falschparker anzeigt, bedeutet nicht, dass er sich noch einmischen will. Im Gegenteil. Er will, dass die anderen sich raushalten. Verschwinden aus seiner letzten Beschäftigung, dem ungestörten Fensterblick.

Löwensteins Porsche steht direkt unter dem Schild Halteverbot. Und wie man auch einem stillstehenden Windhund seine Schnelligkeit ansieht, so sieht man diesem Wagen seine Geschwindigkeit an. Eines der Modelle, die es sich erlauben können, auf Schnellstraßen vollkommen langsam zu fahren. Sein Besitzer hatte sich ebenfalls Zeit gelassen. »Löwenstein«, sagte er, als ich ihm die Tür öffnete. Und als dieses Wort weder freundliche noch unfreundliche Reaktionen auslöste, fügte er ohne Eile hinzu: »Leander Löwenstein.«

Seinem Lächeln nach schien er zu erwarten, dass jetzt Kulissen aufschöben, ein Tusch einsetzte oder wenigstens die Vierzig-Watt-Birne an der Decke anging. Ging sie aber nicht. Eine Hand an der Tür, die andere am Rahmen stand ich im Eingang und schaute den späten Gast an; ein faltiger Kopf unter jugendlich langen Haaren. Vielleicht hielt er mich für den Hausmeister oder einen taubstummen Pförtner, jedenfalls gab er mir einen weiteren Moment Zeit, dann sagte er mit der Ruhe, die einem beständiger Erfolg verleiht:

»Laura Engelen-Walldorf. Sie wohnt ...«

Den Satz brauchte er nicht zu Ende zu führen. Denn mit Lauras Namen ging nun doch die Flurlampe an. Sogar seinen Tusch bekam er, ein Stakkato der Schuhe, in die Laura geschlüpft war.

»Leander Löwenstein! Was für eine Überraschung!«

Soweit ich weiß, beschränkt sich die Bekanntschaft der beiden auf einen entfernten Dritten mit Rufnamen Joe, doch es schien zu genügen, dass sie sich wie alte Freunde mit Küsschen begrüßten.

»Das ist Blum«, stellte Laura mich vor. »Mein Mitbewohner.«

»Christoph«, korrigierte ich. Es schien mir verfrüht, mich von dem Fremden mit Nachnamen anreden zu lassen.

Löwenstein gab mir die Hand, eine feuchte Hand, eher das Glied eines Reptils; viel unangenehmer hätte ein Küsschen auch nicht sein können.

»Joe hat dich angerufen?«, fragte der Mann.

»Aber komm doch herein!«, sagte Laura.

Sie führte ihn durch den Flur Richtung Wohnzimmer. Ich ging ebenfalls Richtung Wohnzimmer. Ich wollte Laura nicht völlig alleine lassen, anderseits wollte ich nicht hinterherlaufen wie ein überzähliger Hund, so entschied ich mich auf halbem Weg für die Küche. Ich war eben dabei, Geschirr in die Maschine zu räumen, als Laura hinzukam, um für den Gast ein Weinglas zu holen.

»Stell dir vor, wir können wahrscheinlich Montag schon anfangen.«

»Toll«, sagte ich sparsam, und über die Spülmaschine gebeugt, warf ich einen Seitenblick zu Laura, die sich eben zu den Gläsern hochreckte. Ihr Rock reckte sich ebenfalls zu den Gläsern, darunter hatte sich eine Strumpfnaht verdreht. Das ganze Mädchen schien mir verdreht, überfordert von zu vielen Ereignissen kurz hintereinander.

»Wie es aussieht«, bemerkte ich, »könnt ihr heute schon anfangen.«

Der Satz brauchte einen Moment. Laura reckte sich zu einem anderen Schrank, um Gebäck rauszuholen, dann murmelte sie: »Männerphantasien.« Es sollte scherzhaft gemeint sein, doch es geriet ihr kokett. Fast hörte es sich an, als wolle sie sagen: Blumphantasien. Bevor ich zurückschießen konnte, hatte sie Gebäck gefunden, nahm das Weinglas und trug das Ganze hinüber.

Laura hat Recht, sage ich mir, während ich an Wilhelms Fenster sitze. Seit ihrer Scheidung hat sie auf so was gewartet. Im Grunde hat sie seit ihrer Jugend auf so was gewartet. »Ein weiblicher Alexis Sorbas möchte ich sein.« Das hat sie unterstrichen in einem Buch Maxie Wanders. Doch dann erging es ihr nicht wie Sorbas, sondern wie Wander. Mit zwanzig verheiratet, mit fünfundzwanzig Mutter, und mit dreißig wurde sie krank. Eine Verhärtung in ihrer Brust, die gleiche Krankheit wie Wander. Maxie Wander war an den Folgen des Tumors gestorben, Laura war wieder gesund geworden. Auch ihre Brust konnte man erhalten, nicht mal im Badeanzug sieht man Spuren der Operation. Ob man ohne Badeanzug etwas sieht, kann ich nicht sagen; was ich sagen kann, dass ihr Leben anschließend noch immer nicht wie das von Sorbas verlief.

Da war immer noch Dominik, der sie brauchte. Und da war ihr Mann, den sie gebraucht hatte. »Er hat immer zu mir gehalten«, schrieb sie. »Und jetzt, nachdem alles überstanden ist, soll ich ihn hintergehen?« Laura konnte das nicht. Also kümmerte sie sich weiter um den Jungen und weiter um den Haushalt. Schrieb weiterhin kleine journalistische Arbeiten und unterstrich weiter in Büchern. Weiter in Wander: »Gott, wie kann ich Tag für Tag in diesem Haus sitzen, wenn ich am liebsten unterwegs wäre. Städte sehen, Menschen treffen, Theater besuchen. Und am liebsten nur in Hotelzimmern wohnen und schreiben, wie die Beauvoir.« Oder eine Passage aus einem anderen Buch: »Wie soll man dieses Verlangen aushalten. Diese Sehnsucht nach Sekt und Küssen, nach Männerhänden, Männerhaut, nach Schweiß und Kampf, und nach der Ruhe und dem Duft danach. Wie kann ich in einem Café sitzen, Kuchen essen, den Männern auf die Hosen starren und mir dabei vorstellen, mit jedem von ihnen zu vögeln?«

Laura liest gerne, und in fast jedem Buch streicht sie an. Ich lese weniger gerne, doch ich schaue mir Lauras Unterstreichungen an: ihre Frage- und Ausrufezeichen, ihre Ein-Wort-Kommentare. Ich blättere in diesen Büchern, als blättere ich Seite für Seite in Laura. Und was kann ich dafür, dass sie ihre Notizblätter in Büchern aufhebt? Ich lese sie nicht, doch dann und wann fällt mir ein Blatt in den Schoß. Etwa: »Ein Liebhaber, sagt man, habe schon manche Ehe gerettet. Aber wie soll das gehen? Soll ich mich mit einem anderen treffen, während Hermann zu Hause auf Dominik aufpasst? Soll ich ihm von einem Film erzählen, den ich nicht gesehen habe, und von einer Freundin, bei der ich nicht war. Soll ich mich womöglich zu ihm legen, mit dem Geruch des anderen auf meiner Haut?«

Laura hat ihre Unruhe ausgehalten. Bis eine Nachuntersuchung sie aus der Bahn warf. Ein neuer Knoten wurde in ihrer Brust festgestellt, nur eine »Veränderung«, hieß es, eine »Auffälligkeit«. Keine OP, doch »im Auge behalten«, sagten die Ärzte. Im Auge behalten, sagte auch Laura, doch ihr Entschluss, alles zu ändern, stand fest. »Am Herd stehen, aufräumen, Einkäufe machen, das kann es nicht gewesen sein. Tage, die nicht die geringste Spur hinterlassen, und Nächte ohne Lust und Gefahr. Das Ehegatter hat mich krank gemacht. Jetzt soll mich die Freiheit wieder gesund machen. Und wenn sie mich nicht gesund macht, wenn der neue Befund mein Ende ist, dann will ich wenigstens mit einem Anfang aufhören.«

Zwei Jahre hat dieser Anfang gedauert. Seit zwei Jahren lebt Laura getrennt, und seit zwei Jahren ist sie auf der Suche nach Liebhabern. Und deshalb hat sie auch Recht. Vollkommen Recht, sage ich, während ich das Glas mit Zuckerwasser trinke, das für Wilhelm auf der Fensterbank steht.

Aber die Kerle, stößt es mir auf, haben nicht Recht! Nicht dieser Francis und nicht dieser Löwenstein. Und nicht dieser Joe, der sich für morgen angesagt hat. Denn sie haben nicht gewartet. Nicht eine Woche, nicht zwei Tage, nicht eine Nacht. Billige Abstauber sind es, die sich zunutze machen, dass eine Frau alleinstehend ist und Hormone mit Sympathien verwechselt.

Beruhig dich, sage ich mir. Blum, reg dich ab. Denk an Wilhelm und seinen Schlag, denk an die Erdbebenopfer in der Türkei. Und überschätz nicht, was da drüben, wo jetzt die Lichter ausgehen, passiert. Mit dem Herzen geschieht da drüben ja nichts, nur so an der Außenseite der Haut. Und so kratzt es mich auch nur an der Außenseite der Haut. Dort kratzt es mich allerdings. Vielleicht sollte ich diesem Löwenstein ein wenig von seinem Juckreiz zurückgeben. Sport treibe ich keinen, doch mein bloßes Körpergewicht ergibt einen Schlag, der jeden Lukas auf der Kirmes zur Klingel befördert. Meine Faust aus der Dunkelheit, und dieser Filmemacher wäre für Wochen geküsst. Ein zweiter Punch in den Bauch, und er wüsste, wie kostbar ein Atemzug ist. Vielleicht noch eine Gabe mit der Spitze des Knies ... Im feuchten Vorgarten liegt man anders als in Lauras früherem Ehebett.

Entschieden, ich werde Wilhelms Mantel anziehen. Seinen Hut über den Kopf, seinen Wollschal über die Nase, und dann aus dem Schatten der Hecke ... Solche Dinge passieren in Städten. Und dass unser Höfchen so lange verschont blieb, gerade das spricht für einen Vorfall. Ich beginne, meine rechte Faust zu massieren. Auch die Linke reibe ich warm. Als Vorspann lasse ich sämtliche Knöchelchen knacken. Leander Löwenstein, Regisseur und Porschefahrer, ich warte.

7

Mit Gewaltphantasien schlafe ich in der Regel gut ein. Und mit Lauras Stimme wache ich in der Regel gut auf. Auch an Dominiks Stimme habe ich mich inzwischen gewöhnt. Was mich allerdings heute früh aus dem Schlaf reißt, hat mit Laura oder Dominik nichts zu tun.

»Laura!«, plärrt ein Organ. »Wo sind meine Autoschlüssel?«

»In meiner Jacke.«

»Und wo ist deine Jacke?«

»Im Bad.«

»Und wo ist das Bad?«

Ich öffne die Augen. Hugo Degovski alias Joe klingt noch rostiger als am Telefon. Dafür klingt Lauras Stimme weicher als sonst. Sie scheint noch im Bett zu liegen und nichts dagegen zu haben, dass ein wildfremder Mensch ihre Kleider durchwühlt.

Wieso sucht der Kerl seine Autoschlüssel?

Er will nach Hause.

Wie kommen die Schlüssel in Lauras Jacke?

Er war besoffen, und Laura hat den Wagen gefahren.

Wieso hängt Lauras Jacke im Bad?

Dort hängt sie öfter.

Wieso weiß der Mensch nicht, wo unser Bad ist?

Der Drecksack! Er hat sich noch nicht mal die Zähne geputzt.

Und Laura? Oh Laura! Der dritte Mann in vier Tagen, das grenzt doch … an Verzweiflungsvögeln grenzt das.

»Im Bad ist keine Jacke!«

»An der Tüür.«

Na ja, verzweifelt hört Laura sich nicht an. Sie hört sich an, als würde sie beim Aufwachen noch ein wenig genießen, was sie vor dem Einschlafen erlebt hat. Und ihr Erlebnis streicht so ungeniert durch unsere Wohnung, als suche er jeden Morgen in fremden Jacken nach seinem Schlüssel.

»An der Tür hängt keine Jacke.«

»Dann schau im Wohnzimmer nach.«

Ich drehe mich um und ziehe mir die Decke über den Kopf. Ich habe Francis gesehen, ich habe Löwenstein gesehen, auf diesen Joe kann ich verzichten. Allerdings verzichtet Joe nicht auf mich. Ich habe mich eben auf meine Einschlafseite gerollt, als die Tür aufgestoßen und das Licht angeknipst wird.

»Wassen *das*? Die Abstellkammer?«

Der Mensch steht mit dem Rücken zu mir, doch was ich im Sichtschlitz zwischen den Decken ausmache, ist der Rede nicht wert. Ein dürftiges Kerlchen in Lederhosen, mehr Hosen als Kerl, dazu ein Hemd ohne Schultern, und die Absätze an seinen Stiefeln bringen die Erscheinung auch nicht über einssechzig. Alles in allem kein Grund, der mich vom Wiedereinschlafen abhalten sollte. Doch das Männchen hört nicht auf, mein Zimmer zu inspizieren.

»Hoppla.«

Er hat mich unter den Decken entdeckt. Er tritt näher, und von nahem sehe ich, er ist immer noch mickrig, aber gefährlich mickrig. Ein magerer Hecht, aber ein Hecht mit zwei Zähnen, die lang und kantig aus dem offenen Mund herausragen.

»Wer bissen du?«, fragt er.

»Löwenstein«, sage ich, und um mit seiner Unverfrorenheit gleichzuziehen, füge ich hinzu: »Ist der Kaffee schon durch?«

»Löwenstein bist du nicht«, gibt die Stimme zurück, »aber Recht hast du, n Schluck Kaffee wär jetzt kein Schaden.«

»Hol Brötchen!«, sage ich und drehe mich zum Zeichen, dass die Auskunft beendet ist, auf die andere Seite.

Als Joe wieder draußen ist, gelingt es mir tatsächlich, noch eine Runde zu schlafen. Auch mit dem Anziehen lasse ich mir Zeit. Als ich schließlich ins Wohnzimmer komme, haben die beiden ihr Frühstück eben beendet. Joe hat sich mit dem Frühstückstisch nicht allzu viel Mühe gegeben. Keine Teller, keine Untertassen, geschweige denn Deckchen. Zwei nackte Humpen stehen auf dem Tisch, keine Zuckerdose, keine Milch, dafür hat er erste Zigaretten in den Aschenbecher gedrückt.

»Guten Morgen, Blum«, grüßt Laura. »Das ist Joe. Joe, das ist Blum.«

»Moin.« Der Kerl hebt die Hand mit der nächsten brennenden Zigarette. Mit der anderen schenkt er sich Kaffee nach. Schwarzer Kaffee und Filterlose, es scheint sein gewohntes Frühstück zu sein.

»Ich muss los!« Laura geht hinaus auf den Flur, und zu Joe gewandt ruft sie: »Du bist auch schon zu spät.«

Joe winkt ab. »Das Meeting ist längst gelaufen, ich besorge mir nachher die Dispo. Schlage vor, ich bleibe hier, telefoniere meinen Organizer ab, dann können wir Mittag gleich mit dem Expo beginnen.«

»Gute Idee. Ich bin um eins, vielleicht schon halb eins zurück.«

»Oki.«

Laura hat ihr Jackett angezogen und steht jetzt Haare Hüfte Aktentasche in der Tür. Schätze, sie überlegt, auf welche Art sie sich von ihrem Bettgenossen verabschieden soll. Ob ein Geschlechtsverkehr sozusagen schon ausreichend ist, um sich mit einem Kuss zu verabschieden. Sie verzichtet darauf. Vielleicht auch, weil Joe eben zu husten anfängt und dabei einige Tabakkrümel in die offene Hand spuckt. Mit einem »Ich bring was zu essen mit« verlässt sie das Zimmer.

Noch knapp fünf Monate und ich muss mich der Zweiten juristischen Staatsprüfung stellen. Da ich nebenher im Gerichtscafé jobbe, bleibt mir für meine Vorbereitungen nur begrenzt Zeit. Heute ist mein Lektüretag, und ich sehe keinen Grund, ihn wegen Joes Anwesenheit zu verlegen. Also nehme ich ein mehrgängiges Frühstück und blättere mich durch die juristischen Zeitschriften. Umgekehrt scheint sich Joe auch an mir nicht zu stören. Er hat seinen Terminplaner aus der Tasche gezogen und beginnt recht selbstverständlich, unser Telefon zu benutzen. Dabei trägt er den Hörer in sämtliche Ecken des Zimmers und kann nicht vermeiden, die unterschiedlichsten Gegenstände in seine Finger zu nehmen. Er zieht ein Buch aus dem Regal und legt es zwei Reihen tiefer wieder ab. Er betrachtet ein Foto und nimmt es zur Fensterbank mit. Den Kerzenständer der Fensterbank trägt er neben die Tür. Schließlich schiebt er auf Lauras Pult sämtliche Papiere zur Kante, einige über die Kante, und setzt sich auf die Schreibunterlage.

»Degovski. Is Kallenbach da?«

Francis ist ein schöner Mann mit gepflegten Manieren. Löwenstein ist ein berühmter Mann mit gepflegtem Namen. Ich frage mich, was der Reiz dieses Joes ist. Seine Nagerzähne erwähnte ich schon. Jetzt sehe ich auch seine Abstehohren und seine wie bei einem Insekt aus den Höhlen tretenden Augen. Dazu das fehlende Fleisch auf den Knochen und die fettigen Haare – der Prototyp eines Schiffschaukelbremsers. Das Ganze in Lederhosen, die er nicht ausfüllt. Das heißt, ich beuge mich hinter meiner Zeitschrift zur Seite, um ihn frontaler zu sehen, vorne füllt er sie aus. Tatsächlich, was die Hosen an Hintern vermissen lassen, auf der Vorderseite fehlt nichts. Ja, geradezu einen Schatten wirft diese Beule am Latz. Kein Wunder, dass der Mensch alle paar Minuten nach unten greift, um sich das Leder wie belästigt vom Schritt wegzuzerren.

»Kallenbach? Gib mir mal Schulz!«

Ich schüttle den Kopf. Unsinn, optische Täuschung durch tiefstehende Sonne. Im nächsten Augenblick sehe ich, was den Mann im Schritt so beengt. Erneut muss er husten, und im Anschluss zieht er ein gebrauchtes Papiertaschentuch aus der Hose. Er pult es auf, rotzt den Inhalt sämtlicher Stirn- und Nebenhöhlen hinein und schiebt es zu anderen Exemplaren zurück. Na Mahlzeit! Wenn dieser Mensch einen erotischen Reiz hat, dann ist es der gleiche, den der Nibelungenschatz hat: Man sucht und sucht …

Ich bestreiche mir ein weiteres Brötchen und widme mich wieder interessanteren Dingen: Nach Neufassung des Mietrechts wird der Verlust der Gewährleistungsrechte bei Kenntnis des Mangels nach Paragraph 536 b nur in den Fällen zu Anwendung gebracht, die nicht durch den Paragraphen 536 a ausgeschlossen sind …

8

Laura hat Pizzen mitgebracht, und Joe isst seine direkt aus der Schachtel. Ich werde mein Mittagessen etwas später mit Wilhelm einnehmen, und so sitze ich mit dem Kopfhörer vor den Fernsehnachrichten. Nach den Pizzen bringt Laura zwei Tassen Kaffee, und im Anschluss beginnen die beiden, ihr Exposé zu entwerfen. Die Arbeit kommt nur schleppend in Gang. Laura gähnt. Auch Joe muss gähnen.

»Ah, Gähnen steckt an.«

»So isses«, gähnt Joe zurück.

»Wir machens ganz kurz«, sagt Laura, »zwei Seiten genügen.«

»Besser nur eine. Was ist unser Thema?«

»Francis«, sagt Laura und schreibt den Namen auf das erste mehrerer Blätter.

»Francis Dumont«, nickt Joe.

»Dupont«, korrigiert Laura.

»Jedenfalls Franzose.«

»Kein Franzose.«

»Elsässer?«

»Ich sag doch, er ist Deutscher.«

»Es wäre einfacher, wenn er Franzose wäre.«

»Ist er nicht.«

»Dann müssen wir anders anfangen.«

»Vielleicht mit seinem Preis«, schlägt Laura vor. »Dem Preis der Commerzbank!«

»Langweilig.«

»Dann beginnen wir … mit dem Theater am Fluss?«

»Uninteressant.«

»Kleist, Der zerbrochne Krug?«

»N zu alter Hut.«

»Vielleicht ganz anders. Wenn ich mir seine Vita anschaue …«

Laura öffnet eine Seite in ihrem Laptop, doch offenbar fällt es ihr schwer, auf den Bildschirm zu schauen. Ihre Augen sind seltsam erfüllt, als schöben sich laufend andere Bilder vor ihren Laptop. Auch Joe hat Mühe, klare Gedanken zu fassen, er kratzt sich im Nacken, er kaut auf seinem Bleistift herum. Wie soll man sich auch in aller Nüchternheit gegenübersitzen, wenn man vor wenigen Stunden zusammen im Bett lag, und das Ganze, nachdem man sich jahrelang nicht mal eine Postkarte schrieb?

Joe setzt an, bricht wieder ab, die erste Pause entsteht, die zweite, und da auch Laura nicht weiter weiß, beugt er sich vor und versucht, mit gedämpfter Stimme über das Vorgefallene zu reden. Seine Stimme wird leiser, selbst wenn ich den Kopfhörer anhebe, verstehe ich nichts, doch in der äußersten Linksstellung meiner Augen sehe ich, wie er fuchtelt. Erst mit den Fingern, dann mit den

Armen, schließlich beginnen seine Beine zu wackeln, und mit einer Hand versucht er, sich zwischen den Schulterblättern zu kratzen, an der am schwersten zu erreichenden Stelle. In seiner Hilflosigkeit wirkt der Vogel beinahe menschlich, und seine Verlegenheit nimmt Laura die ihre.

»Es war nicht so schlimm«, höre ich jetzt.

»Der Wein«, murmelt Joe. »Ich warn Idiot.«

»Ich sag doch, es war nicht so schlimm.«

»Ich *bin* n Idiot, ich …«

Laura legt den Finger auf ihre Lippen, und dass sie jetzt gähnen muss, ist ihr nicht mehr unangenehm. Auch Joe muss erneut gähnen. Hin und her gähnen sie, ja, noch zwei, drei Gähner und die beiden liegen wieder im Bett! Unwillkürlich schalte ich den Fernseher laut. *Wie aus Oppositionskreisen heute früh zu erfahren war* … Zumindest der Nachrichtensprecher steht jetzt wach und ohne zu gähnen im Raum. »Hoppla«, sage ich. »Falsche Taste!« Ich schalte den Ton wieder aus, doch da sie jetzt herschauen, schalte ich um, Kanal um Kanal wechsle ich, der Bildschirm flackert wie bei einem Feueralarm. Und es hilft, zumindest das Gähnen hört auf, Laura knotet ihre Haare zusammen und geht mit einem »Ich koche uns noch Kaffee« in die Küche hinüber.

»Mach mal lauter«, sagt Joe. Doch ich beachte ihn nicht, meine Ohren sind völlig bei Laura. Ich höre Schranktüren, ich höre den Wasserhahn, dann beginnt das vertraute Murmeln unserer Kaffeemaschine. Kurz darauf schießt allerdings ein helles Quietschen dazwischen, Laura öffnet das Schlafzimmerfenster. Dagegen ist im Prinzip nichts zu sagen, die Frage ist nur, lüftet sie, um die Nacht aus den Federn zu kriegen, oder lüftet sie, um eine neue Nacht *in* die Federn zu kriegen. Laura ist in der Lage dazu, sie ist so überfordert, dass ich ihr zutraue, Kaffee und Tassen in die falsche Richtung zu tragen. Das nächste Geräusch wird entscheiden, klackert das Geschirr Richtung Wohnzimmer, oder entfernt es sich Richtung Betten? Ich spüre den Pulsschlag in meinem Hals, ein erster Schweißtropfen rutscht mir über die Schläfe.

Und Joe? Der bekannte Idiot? Er macht seine Holzbeine lang und glotzt in die Gegend, als warte er auf den Zug. Er hat eine Nacht mit Laura verbracht! Jetzt sollte er auf Knien die nächste Kapelle umrunden und nach jeder Runde eine Kerze anzünden. Was tut er? Er bohrt in der Nase.

»Wassen das?« Er hebt seine Basedowschen Augen zum Fenster. »Da klopft jemand.«

»Für dich«, sage ich.

»Für mich? Das ist doch ne Krücke.«

»Deine Kameraden vom Behindertensport. Training fürs Raucherbein.«

»UHM! UHM!«, hört man jetzt eine Stimme. Und dazu sieht man erneut ein Krücken-Ende gegen die Scheibe schlagen.

»Ich komme«, rufe ich und lege den Kopfhörer weg. Wilhelm ruft mich, der fahrbare Mittagstisch ist gekommen.

9

Nudeln, Hühnchen, grüner Salat, Wilhelm hat nicht viel zu sich genommen. Und hätte ich ihm nicht Gesellschaft geleistet, er hätte gar nichts gegessen. Kein Wunder, der alte Mann verbrennt nicht mehr viel. Seit Wochen ist der kurze Gang zu Lauras Wohnzimmerfenster seine einzige Unternehmung am Tag.

»Komm, wir gehen eine Runde ums Haus«, schlage ich vor.

»Mag nisch.«

»Wir holen ein paar Blumen für Anna.«

»Magnsch.«

»Sollen wir eine Runde Domino spielen?«

»Mnsch.«

»Gut, dann setzen wir uns ans Fenster. Vielleicht parkt einer falsch.«

Wilhelm schüttelt den Kopf.

»Dann iss wenigstens deine Nachspeise!«

Er brummt, soll heißen: Iss du sie!

»Wilhelm!« sage ich, doch er hört schon nicht mehr. Er lehnt sich zurück, mit den Aderhänden überm Altmännerbauch, dem Haarkranz wie Zuckerwatte, und die Lider senken sich über den wässrigen Augen. Wilhelm verbringt so viel Zeit mit geschlossenen Lidern, als wolle er sich bereits einstimmen auf die Zeit, wenn sie überhaupt nicht mehr aufgehen. Dabei glaube ich nicht, dass seine Reise schon an ihr Ende gelangt ist, nur tragen ihn seine Beine von Tag zu Tag weniger. Er stützt sich mehr durch die Wohnung, als dass er geht. Doch das wird sich ändern. Und jetzt, wo er leise zu schnarchen beginnt, kann ich in Ruhe die Modelle vergleichen.

Den Atlas ... den Blizzard ... den Shopper ... Spätestens im Frühjahr werden wir um so eine Anschaffung nicht mehr herumkommen. Und ich bin sicher, so ein Rollstuhl, in dem viele die Endstation sehen, wird für Wilhelm einen neuen Anfang bedeuten. Statt den Mittagstisch kommen zu lassen, werden wir zum Mittagstisch fahren. Zu Josefine, zur Karstadt-Cafeteria oder im Sommer zu den Biergärten am Fluss. Auf die Uferwiesen freue ich mich besonders. Wir werden den Schachspielern zuschauen, den Boulespielern, den fliegenden Federbällen. Zwischen jungen Verliebten hindurch, zwischen alten Verliebten, an all den Badenden vorbei. »Schau mal, Wilhelm, ein Zitronenfalter! Da auf dem Knie.«

So ein Rollstuhl ist ja die Generalerlaubnis hinzuschauen. Er übertrifft darin sogar einen Kinderwagen. Kindern winkt man, doch vor so einem Alten schluckt man. Was man in einem Kinderwagen sieht, ist man selber mal gewesen, doch was einen aus einem Rollstuhl anblickt, wird man selber mal sein. Entsprechend anerkennend, wenn nicht bewundernd, fällt der Blick auf die Begleitperson aus: »Während ich faul in der Sonne liege, schiebt er den Alten und sucht Schatten für ihn.«

Und Schatten würden wir finden. Unter den Markisen am Markt oder unter den Rebendächern der Weinstuben. Ich mit einer Schorle vor mir, und Wilhelm mit dem Strohhalm im schlagschiefen Mund. Höhepunkt wäre der Samstag, wir zögen morgens schon los. Sie kennen den Club? Sie kennen zumindest das Stadion? Ich kenne es, Wilhelm kennt es, und wir beide wissen, wie schwer es stets war, an die wirklich guten Karten zu kommen. Mit einem Rollstuhl? Nie wieder das geringste Problem. Nicht nur, dass man zum halben Preis seine Dauerkarte erhält, man sitzt auch besser als Präsidium und Minister zusammen. Beim Club sind Außenlinie und Rollstühle nur durch die Werbebande getrennt. In allen vier Ecken hält die Phalanx der Krüppel das Geschehen sozusagen wie Fotoecken zusammen. Wenn ich mir vorstelle, schon in der nächsten Saison auf Armeslänge, ja, Schweißlänge an die Stars der Liga heranzurücken. Beim Eckball könnte ich sozusagen soufflieren ... Nein, nein, war es für Laura die bislang schwerste Zeit ihres Lebens, einen Kinderwagen zu schieben, für mich werden hinter einem Rollstuhl die besseren Jahre beginnen. Kein Hauptgewinn, ich mach mir nichts vor, ich werde den Alten auch füttern, waschen und umziehen müssen, doch grano salis immer noch besser als sämtliche Tätigkeiten, denen ich bisher nachgehen musste. Ich habe nichts gegen die schwarze Robe eines Juristen, doch sollte ich scheitern, vermag ich auch die leise Kugel zu schieben. Ich muss mich nicht abbilden, nicht in einem Haus, nicht in einer Schar Kinder, nicht einmal in einem Grabstein. Ein einziger Traum ist mir von allen Träumen geblieben, doch der reicht so tief, wie Träume nur reichen. Er ist einssiebzig groß, hat Augen wie Sterne, ein Herz voller Stürme, sein Name ist: Laura.

10

Heute sitzt Laura früher als sonst am Wohnzimmertisch. Und statt einem Glas Wein hat sie eine Kanne Tee vor sich stehen. Ich sehe kein Telefon in ihrem Schoß, ich sehe keine Zigarette in ihrer Hand, ich sehe kein Adressbuch auf ihrem Knie. Stattdessen betrachtet sie den kleinen Dampffaden, der von der Teekanne zur Decke zieht.

»N Abend, Laura.«

»... Blum.«

»Alles in Ordnung?«

Sie nickt.

Ich hänge Mantel und Schal an die Garderobe und nicke ebenfalls. Drei Männer in vier Tagen, das war schon nicht wenig. Doch nun diesen Joe zweimal am Tag, oder drei- oder viermal, wer kann das sagen, bei diesem Kerl, der nachmittags wegfuhr, als kenne sein Jeep weder Bordsteinkanten noch Grasnarben. Alles in Ordnung ... Verstehe, nach so einem Aufstand hat der Mensch ein Bedürfnis nach Ruhe. Ich wechsle meine Straßenschuhe gegen die Hausschuhe, drücke die Schuhspanner ein und ziehe mich lautlos in mein Zimmer zurück.

Liebhaber, hat mir Laura in vertrauter Stunde einmal erklärt, das Wort habe ihr immer gefallen. Der schöne Klang, die klare Bedeutung und auch, dass das Wort die Ein- und die Mehrzahl nicht unterscheidet. Und geradezu begeistert war sie als Jugendliche von einem anderen Wort, ja, sie erschrak, dass es für das, was sie sich insgeheim dachte, einen Namen gab. Keinen deutschen, einen französischen, das beflügelte ihre Vorstellungen noch mehr. Libertinage. Laut Dictionnaire hatte es nicht nur mit Männern, es hatte mit Freiheit zu tun, mit Gesetzlosigkeit und, so stellte sie sich vor, auch mit Gefahr. Das wollte sie, als Erwachsene, einmal probieren. Wie das ist, wenn man die üblichen Grenzen überschreitet ...

Nun, diese Grenzüberschreitung ist Laura gelungen. Ich schalte den Laptop ein, öffne den Outlook und schaue in ihren Posteingang. Drei Emails hat Laura heute an Phoebe geschrieben, und zweimal hat Phoebe zurückgeschrieben. Ich lese … ich staune … ja, so etwas bleibt nicht aus, wenn eine Frau in wenigen Tagen nachholen will, was sie über Jahre, Jahrzehnte, versäumte.

Muss man sich vorstellen! Wie Lauras Morgenmantel in diesen Tagen von Haut zu Haut geht. Und Raucher Joe auf der Suche nach Feuer darin eine Uhr findet, von der Laura selber nicht weiß, ob sie von Löwenstein oder Francis stammt, und sie, kleine Notlüge, als die Uhr ihres Sohnes ausgibt. Oder dass sich der Regisseur in ein Kopfkissen legt, in dem der Schauspieler sein Parfüm hinterließ. Und Laura, bei geschlossenen Augen, nun Löwenstein fühlt und Francis atmet. Zu schweigen von der Verwechslung, Beinahe-Verwechslung, der Namen. Wie Laura das »Fra-« für »Francis« schon über die Lippen gebracht hat und erst im letzten Moment in ein »Fra-ag nicht!« verwandelt. Was Grobschlächter Joe, der nichts gefragt hat noch vorhat zu fragen, genauso dumpf hinnimmt, wie Löwenstein den Wein trinkt, den Francis entkorkt und Joe mitgebracht hat.

In nomine sancti. In nomine filii. Verstehe, dass sich Laura mit Phoebe jemandem mitteilen musste, dem solche Grenzüberschreitungen nicht fremd sind. Wofür ich weniger Verständnis habe, ist eine Mail, die in diesem Augenblick eintrifft. Betreff: Trois messieurs. Phoebe meint, einen Kommentar zu den Männern in Lauras Wohnung abgeben zu müssen. Und völlig unnötig meint sie, auch noch eine Bemerkung zu »Monsieur Nummer vier oder Madame Nummer vier?« hinzufügen zu müssen.

Wen auch immer das lästermäulige Weib damit meint, Laura will solche Spitzen nicht lesen. Nicht mal in ihrem Papierkorb will sie so etwas finden. Ich lösche die Mail, ich lösche die gelöschten Mails, ich leere Lauras Papierkorb. Dann schließe ich das Notebook und schaue zum Fenster hinaus.

Ein Zimmer weiter sitzt Laura und schaut ebenfalls zum Fenster hinaus. Da ich aus einer Familie stamme, die immerhin zwei Priester und einen Bischof hervorbrachte, frage ich mich, wie es ihr geht. Ob sie sich schlecht fühlt. Vor sich, vor dem Jungen, vor dem Mädchen, das sie mit fünfzehn mal war. Ich schüttle den Kopf. Nein, ich glaube, schlecht fühlt Laura sich nicht. Nur etwas – fremd. So fremd, dass sie Tee trinkt. Und zum ersten Mal, seit ich sie kenne, das Telefon abgestellt hat.

Ich schließe den Rollladen, ich steige aus meinen Kleidern, und während unter der Bettdecke die vertraute Wärme aufkommt, muss ich an die Geschichte denken, die mein allzu früh verstorbener Vater gerne erzählte. Es ging um die Indianer Alaskas. Wenn diese Indianer drei Tage gewandert waren, legten sie am vierten eine Pause ein. Und fragte man sie nach dem Grund ihrer Pause, sagten sie, sie müssten warten, bis ihre Seelen nachkämen.

11

Ein Feature über Francis. Sechzig Minuten über einen Schauspieler, der in achtzehn Theaterjahren nie eine Hauptrolle spielte. Der nie an einer großen Bühne engagiert war und an den kleinen Bühnen nie länger als ein oder zwei Jahre. Jetzt sitzt er mit Joe und Löwenstein an unserem Wohnzimmertisch und zählt seine Stationen auf.

»Rendsburg … Brakel … Wolfenbüttel …« Er spricht langsam. Er nimmt sich ähnlich viel Zeit, wie man braucht, um über Land zu diesen Bühnen zu fahren. »Soest … Lüdenscheid …«

Es fallen noch ein paar Namen, bevor Joe die letzte Station nennt. »Das Theater am Fluss.« Er hält einen Kugelschreiber in der Hand, den er wie einen Taktgeber ein- und ausklickt.

»Nun«, fragt Löwenstein, »wie sieht es denn mit Gastspielen aus? Du hast sicher an der ein oder anderen Tournee mitgewirkt? Oder an Sommertheatern?«

Francis verneint. Angebote habe es gegeben, doch er habe stets abgelehnt. Er lebe nicht gerne in mittelmäßigen Hotels aus dem Koffer.

»Mal fürs Fernsehen gearbeitet?«, fragt Joe. »Kennen wir dich aus nem Tatort?«

Nein.

»Einer Vorabendserie?« Löwenstein.

Auch nicht.

»Mal in nem Werbespot gestanden?« Joe.

»Sollte ich?«

»Zurück zum Theater«, Löwenstein kramt ein Lächeln hervor. »Du bist so lange dabei, da hast du sicher manches erlebt. Glücksfälle, Zufälle, Ausfälle. Wie sieht es mit Anekdoten aus?«

»Anekdoten?«

»Geschichten, die die Bühne schreibt! Sachen, über die man lachen kann ...«

»Oder heulen«, ergänzt Joe. »Pannen, Pleiten, Skandale.«

Francis schaut die beiden an, als verstehe er den Sinn der Frage nicht. Als verstehe er schon länger den Sinn des Interviews nicht mehr.

Laura übernimmt die Antwort für ihn. »Preise!«, sagt sie entschlossen.

»Preise«, brummt Joe.

»Ja«, wieder Laura. »Das Goldene Rad für die beste Nebenrolle der Theatersaison.«

»Verliehen von der Commerzbank«, nickt Joe. Seine Lippen sind inzwischen soweit verschwunden, dass nur noch die abfälligen Zähne rausragen. Über Löwensteins Zähne kann man nichts sagen. Sein Gesicht besitzt zu viel Haut. Und mit jeder Antwort scheint es mehr Haut zu besitzen.

»Wir brauchen kein *großes* Thema«, fasst er zusammen. »Doch wir brauchen ein *besonderes* Thema. Wir brauchen den speziellen Blick, der das Thema erst schafft. Also, was ist die Perspektive, mit der wir uns Francis Dumont ...«

»Dupont«, korrigiert Laura.

»... natürlich, Francis Dupont annähern wollen? Vorschläge! Ihr könnt alles Mögliche äußern, Kluges und weniger Kluges, Neues, Schon-da-Gewesenes, Schräges, Schrilles … Ideen, ungefiltert! Joe, schreibst du mit?«

»Jep.« Joe gibt mit der Kugelschreibermine zwei Takte vor. Und wartet. Es kommt nichts. Nichts Kluges, nichts weniger Kluges. Der eigentliche Arbeitsbeginn scheint bereits das Ende zu sein. Löwenstein überlegt, Laura überlegt, Joe klickt.

»Laura?«, fragt Löwenstein nach einer Weile. »Joe? Francis?«

Ich warte noch einen Moment, dann sage ich aus der Tiefe meines Sessels heraus: »Die Einsamkeit des Gernot Ruhl.«

Joe verzieht das Gesicht, als habe der Esel gesprochen. Löwenstein sitzt da, als habe überhaupt niemand gesprochen. Laura dreht sich zu mir:

»Wie meinst du das?«

»Wie in diesem Artikel.«

Ich stehe auf und lege ihr die Beilage der Juristischen Wochenschrift auf den Tisch. Darin geht es um einen Musterprozess, den Gernot Ruhl verloren hat. Laura liest vor:

»Samstagnachmittag, fünfzehn Uhr dreißig. 42 000 Zuschauer sind ins Stadion gekommen, Fahnen werden geschwenkt, Fanfaren ertönen, der Schiedsrichter hebt den Arm und pfeift an. Gernot Ruhl steht nicht auf dem Platz. Er sitzt auch nicht auf der Bank, er hat wie bei jedem Spiel auf der Tribüne Platz genommen. Er ist einer von gut dreißig Bundesligaspielern, die trotz Profivertrag seit Jahren nicht zum Einsatz kommen. Ein Gesicht, das man nicht sieht, ein Name, den man nicht kennt. Profis im Schatten, während ihre Kollegen im Stadion und vor den Kameras von Millionen bewundert werden. In einem bundesweit einmaligen Musterprozess hat Gernot Ruhl …«

»Stopp!« Joe hat aufgehört zu ticken.

»Das reicht.« Löwenstein atmet ein. »Kein völlig neuer Ansatz, aber doch, durchaus …«

»Kammama andenken«, nickt Joe.

»Ein Schauspieler«, wieder Löwenstein, »im Schatten der andern. Kleine Rollen, kleine Bühnen, wenig Applaus ...«

»... und nie einen Preis!«

»Aber er hat einen Preis«, sagt Laura.

»Den lassen wir weg.«

»Bitte?«

»Das klärt sich. Das klärt sich.« Löwenstein hebt seine Hand, beide Hände. Mit seinen wallenden Haaren hockt er jetzt da wie ein Hexer vor seiner Glaskugel.

»Jedenfalls ein Schauspieler, der nicht im Rampenlicht steht ... von der Kritik übersehen, vom Publikum unterschätzt ... und doch mit dem ganzen Herzen ... dem Zauber und der Magie der Bühne verfallen!«

»Tock!«, sagt Joe, »n cooler Titel und die Sache brummt.«

Er schaut auf. Auch Löwenstein hebt das Haupt. Doch Francis schaut nach unten. Und als er aufschaut, sind seine Augen größer geworden. So groß, als könnten sie kaum fassen, was man ihm zumuten will. Francis sieht immer noch gut aus, doch erstmals ist seine Schönheit kein leeres Gefäß, sondern es funkelt darin. Dunkle Flammen aus Kränkung und Wut. Er fixiert Joe, er visiert Löwenstein, dann steht er auf. Nimmt Joes Kugelschreiber und kratzt eine Linie schräg über das weiße Blatt. Ich hätte mir noch ein paar Worte gewünscht, Entgleisungen, Handgreiflichkeiten, doch das einzige Wort, das fällt, kommt von Laura. »Francis«, versucht sie zu schlichten. Doch da ist nichts zu schlichten. Er quert den Flur, er öffnet die Haustür, dann ist er im Dunkel der Nacht für immer verschwunden.

12

»Habt ihr ne Decke?«, fragt Joe.

»Wir haben ne Decke, aber da schläft die Katze drauf.«

»Dann wenigstens n Kissen ...«

»Was hast du denn vor?«
»Was werd ich vorhaben?«
»Das lohnt sich doch nicht.«

Während Laura und Löwenstein eine Runde spazieren, ist Joe dabei, sich auf unserer Couch auszubreiten.

»Nimm das!«, sage ich.

»Meine Stiefel? Ich brauch n Kissen.«

Da er keins findet, rückt er sich seine Jacke zurecht. Als Decke greift er das Tischtuch und legt es sich über den Bauch.

»Ich glaube, ich hör was. Sie kommen zurück!« Ich gehe zum Fenster. »Nee, ist jemand anderes. Aber was macht er an deinem Auto?«

Mit einem Gähner rollt Joe sich zur Seite.

»Mit einem Schraubenzieher! Autsch, das ging auf den Lack.«

Er rollt sich auf die andere Seite.

»Joe!«

Nichts.

»Brauchst du dein Auto nicht mehr?«

Er ist eingeschlafen. Schnurrt so regelmäßig vor sich hin, als sei nichts selbstverständlicher, als in durchlöcherten Strümpfen auf fremden Sofas zu liegen. Der Kerl soll sich zu Hause ausstrecken. Ich stehe auf und ziehe ihm das Tischtuch herunter. Ich gehe zum Fenster und stelle beide Flügel auf, ich räuspere mich. Nichts. Nicht die kleinste Bewegung. Ich beuge mich vor und sehe doch eine Bewegung. Wo er seine Taschentücher verstaut hat, rührt sich etwas im Leder. Sucht ein bisschen, krabbelt ein bisschen, schnalzt schließlich unter den Gürtel und stellt sich dort auf, als habe es vor, bis zum Morgengrauen auf dem Posten zu bleiben: eine Art Nachtwächter für den schnarchenden Zwerg. Nun, bis zum Morgen kann ich die Couch nicht zur Verfügung stellen. Zum einen will nachher die Katze aufs Sofa, zum anderen kommen in Kürze Löwenstein und Laura zurück. Joe und Löwenstein sind zusammen gekommen, ich gehe davon aus, dass sie auch zusammen abzwitschern wollen.

»Joe!«

Ich schnippe ihm gegen die Wange.

»Degovski!« Ich ziehe an seinem Ohrring.

Jetzt rollt er auf die andere Seite. Recht hat er, anzufassen brauchen wir uns nicht.

Ich überlege, dann gehe ich zur Fensterbank und nehme eine der staubigen Fliegen, die dort herumliegen. Ich trage die Leiche an einem Flügel zur Couch, beuge mich vor, und – verschwunden ist das Insekt in Joes offenem Mund. Ein Atemzug Stille, dann hustet er das Tier in seinen Einzelteilen wieder hinaus. Bis in die Zehen stößt ihn der Husten, doch wach wird er nicht. Ich gehe erneut zum Fenster, und diesmal finde ich hinter dem Gummibaum eine Hummel. Eine haarige, geradezu über sich selbst hinausgewachsene Hummel. Ich trage sie zur Couch, und da Joe sich inzwischen zur Wand gedreht hat, bleibt mir nichts übrig, als mit einem Bein über seinen Körper zu steigen. Wie ein Katapult werde ich ihm das Tier in den Hals hineinschießen. Ich habe eben Handfläche und Zeigefinger in Anschlag gebracht, als die Haustür aufgeht. Rittlings über dem schlafenden Joe, mein Mund dicht vor seinem und mein Bauch nur Zentimeter von seiner Hosenbeule entfernt, so möchte ich von Laura nicht gesehen werden. So möchte ich von niemandem gesehen werden. Ich schwinge mich zurück in den Sessel, ziehe mit einem Griff die Stehlampe aus und schließe, um mit Joe gleichzuziehen, die Augen. Kurz danach stehen die zwei in der Tür.

»Sie schlafen«, flüstert Laura.

»Und wie sie schlafen«, flüstert Löwenstein.

»Dann setzen wir uns in die Küche.«

»In die Küche?«

»Oder musst du schon fahren?«

»Nein.«

Den nächsten Satz verstehe ich nicht.

»Aber Leander, das geht doch nicht. Wir sind nicht …«

»Laura!«

Das Schwein scheint sie zu küssen.

»Leander, wir sind trotzdem nicht ...«

»Sie schlafen.«

»Aber wie lang?«

Er scheint sie erneut zu belästigen. Und übergangslos durch den Flur nach hinten zu drängen. Ich höre ein Stolpern, ein Poltern, offenbar hat er es eilig, seinen Bissen zu kriegen. Nicht mal die Schlafzimmertür zieht er richtig ins Schloss. Und in Unterhosen – oder ohne Unterhosen – scheint der bedächtige Filmer zu einem regelrechten Quassler zu werden.

»Lass *mich*«, hör ich ihn flüstern. »Ich möchte dich ausziehen. Ich ziehe dich aus. Das hier. Und das. Das auch. Ah! Oh! Jetzt bist du – nackt.«

Es folgt ein Ächzen des Betts, ein Federn und Puffen, dann hören die Turnstundengeräusche allerdings wieder auf.

»Warte. Bleib so. Nein, so. Mehr so. Hm. Hng. So was.«

Ich schaue zur Uhr. Sieben Minuten, einschließlich Ausziehen und Vorspiel. Dann ist ihm die Luft ausgegangen. Platt, würde ich sagen. Matt in zwei Zügen. So was kommt vor. In seinem Alter ist so was womöglich die Regel. Und offenbar auch die Regel, dass man sich mit der Pleite nicht abfinden will. Kaum habe ich die Füße auf den Couchtisch gelegt, setzt Löwensteins Gesabber wieder ein. Ein paar Scherzworte, ein wenig Konversation, dann stößt er regelrechte Weissagungen aus.

»Ich muss mich erst an dich gewöhnen. Ich werde mich an dich gewöhnen. Ein bisschen ... habe ich mich schon an dich gewöhnt.«

Er scheint erneut mit Verrenkungen zu beginnen. Das bekannte Ächzen, das bemühte Federn, nicht allzu lange, dann verebbt auch der zweite Teil seines Sturms.

»Leander ...«, höre ich Laura.

Sie hat bereits Frieden geschlossen. Löwenstein nicht. Er will seinen Gong, alles andere sieht er als Niederlage. Noch eine Niederlage, nach diesem Reinfall Francis.

»Du erregst mich. Du erregst mich zu sehr. Es gibt einen Grad der Erregung …«

Pack ein, denke ich. Pack deinen Vortrag zu deinen Klöten und leg das Ganze bei deinen Trophäen und Urkunden ab. Und deinen Hilfssheriff hier nimmst du gleich mit. Ich öffne die Augen und schaue zur Couch. Joes Beule ist nicht kleiner geworden. Der blöde Soldat hält noch immer den Fahnenmast hoch, während Löwenstein drüben das Zauberwort sucht. Ich schaue zum Fenster und überlege, ob die Zahl der Erektionen auf dieser Erde womöglich begrenzt ist. Endlich, ähnlich der Zahl der Joker in einem Kartenspiel. So dass ein Mann seine Kraft erst verlieren muss, damit ein anderer sie erlangt. Ein interessanter Gedanke, geradezu spannend, aber wahrscheinlich nicht zutreffend. Nein, auch wenn Joe sein Geweih einziehen würde, es würde Löwenstein drüben nicht helfen. Wer so viel quatscht, quatschen muss, quatscht aus Erfahrung.

Ich ziehe Joes Jacke unter seinem Nacken heraus und breite sie mir über die Füße. Ich nehme das Tischtuch und decke mich damit zu. Wer weiß, vielleicht werden sich die Nächte im Höfchen schon in Kürze beruhigen. Der schöne Francis ist über alle Berge gegangen, Löwensteins Männlichkeit beweist gerade ihr Gegenteil, und Joe, der Dauererschöpfte mit seinem Erschöpfungsständer … Ich halte noch immer die Hummel in meiner Hand. Und Joe liegt noch immer unterm Regal. Die Bücherwand ist schon einmal ins Zimmer gestürzt. So eine ausgewachsene Hummel, da kommt man nicht nur ins Husten, da beginnt man zu treten und um sich zu schlagen. Und so eine Regalwand, einschließlich Lexika und Nachschlagewerke … Es sind schon bessere Männer von weniger erschlagen worden.

13

»Mama, wo stehen die Cornflakes?«
»Wo sie immer stehen.«
»Und wo stehen sie immer?«
»Du weißt, wo sie immer stehen.«
»Ich weiß, dass sie immer woanders stehen.«
»Dominik! Ich muss auch suchen.«

Der Junge ist wieder da, und mit ihm kehrt der frühere Rhythmus ins Höfchen zurück. Laura muss eine Stunde früher aufstehen, und ich ziehe es vor, wieder eine Stunde länger zu schlafen. Francis ist seit jenem Abend verschwunden und Löwenstein seit seiner Schlappe nicht wiedergekommen. Der einzige, der nach wie vor aufkreuzt, ist Joe, doch auch für ihn hat sich mit Dominiks Rückkehr manches verändert. Kein Ketterauchen im Wohnzimmer mehr, keine Stiefel auf unserem Couchtisch, und vor allem keine Intimitäten vor den Augen des Jungen. Und auch hinter den Augen des Jungen scheinen sich Lauras Intimitäten in Grenzen zu halten. Zärtlich ist sie zu Dominik, was sie bei Joe stillen will, ist ein anderes Verlangen. »Gehen wir rüber?«, fragt sie nach dem ersten, manchmal auch vor dem ersten Glas Wein. Oder sie deutet nur mit den Brauen zum Flur. Und Joe folgt. In den Flur, an der Küche vorbei, an meinem Zimmer vorbei. Mir bleibt nichts erspart. Nach Francis und Löwenstein muss ich auch Joe beim Geschlechtsverkehr zuhören. Und kaum ist die Tür ins Schloss gefallen, nimmt die Schlacht ihren Anfang.

Schlacht ist das richtige Wort. Die beiden scheinen den Liebesakt mit dem Entern eines Schiffs zu verwechseln. Oder mit einer Flugzeugentführung. Und unter nur mangelhaft gedämpften Geräuschen sind sie nicht gewillt, Ruhe zu geben, bis alle Beteiligten waffenlos am Boden liegen und mit letzten Atemzügen zu erkennen geben, dass sie bedingungslos kapitulieren.

Nicht lange danach fällt Laura in ihren wohlverdienten Schlaf.

Und noch lange danach sitzt Joe in unserem Wohnzimmer. Dort sehe ich ihn, wenn ich dem Bedürfnis nachgehe, mir nach ihrem Akt ein zweites Mal die Zähne zu putzen. Er sitzt auf Lauras Stuhl, trinkt Wein aus ihrem Glas, und wenn er nicht ihre Zigaretten raucht, so zündet er doch seine mit ihrem Feuerzeug an. Es scheint ihm gut zu tun, noch eine Weile von den Dingen umgeben zu sein, die Laura umgeben, und der Verdacht drängt sich auf, er will auf diese Weise etwas nachholen, was bei der Flugzeugentführung zu kurz kam. »Hallo, Blum«, sagt er, wenn er mich sieht und wirft mir einen Blick zu, als gehöre auch ich zu Lauras intimer Umgebung. »Setz dich. Trink ein Glas mit.« Ich verspüre kein Bedürfnis, Joe bei seinem Nachspiel Gesellschaft zu leisten. Immerhin bleibe ich einen Moment in der Tür.

»Du kommst spät von der Arbeit«, sagt er.

Ich rede nicht gern von der Arbeit.

»Was treibst du überhaupt? Laura sagt, du bist am Gericht.«

Ich rede auch nicht gerne vom Ort meiner Arbeit.

»Was kann man am Gericht bis Mitternacht arbeiten?«

Vom Inhalt meiner Arbeit rede ich am allerwenigsten gern.

»Bist du Staatsanwalt?«

Ich spare mir die Antwort.

»Verteidiger?«

Unsinn.

»Aber was gibt es am Gericht bis in die Puppen zu tun?«

»Hausmeister«, sage ich. »Einen Hausmeister braucht man rund um die Uhr.«

»Du bist Richter«, sagt er. »Genau, da gibt es doch diesen Bereitschaftsdienst, Schnellverfahren und so. Mich haben sie selbst mal morgens um zwei vor nen Richter geschleppt. Schell oder Schall oder so.«

»Scholl«, sage ich. »Dr. Hubert Scholl.«

»Jep. So hieß der.«

»Worum ging es? Vergewaltigung?«

»Alkohol. Aber sie konnten mir nichts, ich war gar nicht gefahren. Wir waren alle vier nicht gefahren. Wir saßen alle vier auf der Rückbank!« Jetzt grinst er, als erwarte er, dass ich ob dieses ungeheueren Tricks zu applaudieren beginne.

»Jetzt setz dich doch mal. Ich hab noch nie mit nem Richter, also privat mit nem Richter ...«

»Es ist spät«, sage ich nicht ohne Nachdruck.

»Erzähl nix. Du bist doch nicht müde. Egal, wann ich komme, du siehst immer so ausgeruht aus, so ... blumig hätte ich beinah gesagt. Immer Appetit, immer Farbe im Gesicht, die Erholung in Person. Sag, dir macht das nichts, dass du jeden Tag bis in die Nacht arbeiten musst?«

Ich fang ja mittags erst an, müsste ich sagen. Ich schenke es mir.

»Für mich wär das nichts. Ich hasse es, wenn ich abends noch Aufnahme hab. Nach acht kannst du mich in die Tonne treten, da bin ich zu nichts zu gebrauchen.«

»Ein bisschen was geht noch«, bemerke ich.

»Hm.« Seinen geröteten Augen nach könnte er auf das Bisschen verzichten.

»Da würde ich glatt zu Hause bleiben«, sage ich. »Wenn ich so müd wär.«

»Zu Hause, da sind nur die Möbel, nee, bei euch isses gut. So warm und gemütlich. Man trinkt n Glas Wein, gönnt sich ne Kippe, chill out. Das muss dir doch fehlen, bis elf im Gericht! Sag, fährst du mal um, hast du mal Frühschicht? Ich würd mich echt mal gern mit nem Richter ...«

Jetzt fällt der Groschen. Jetzt dämmert mir, was er will. Aber nicht mit mir, mit Blum nicht.

»Grad abends schaff ich am besten. Da läufts mir gut von der Hand. Wie es aussieht«, füge ich an, »werd ich die nächsten Wochen bis morgens dort bleiben. Scholl ist erkrankt.« Und damit ziehe ich mich ohne weiteren Zusatz in mein Zimmer zurück.

Der Galgenstrick, das würde ihm passen. Abends hier rumlungern, ohne Lauras Wink folgen zu müssen. Ein Glas Wein, ein entspanntes Gespräch und Richter Blum als Akt-Verhinderer immer im Raum. Denn das hat der müde Krieger gemerkt. Wie wunderbar man sich in Lauras Umgebung erholen kann. Denn Laura ist nicht ausgebrannt, ihr junges Feuer ist erst entfacht. Joe alias Hugo Degovski, schmink es dir ab! Sich unter Lauras Sonne zu stärken, ohne den geringsten Beitrag zu zahlen, das ist im Höfchen nur einem vergönnt. Oder sagen wir, anderthalb.

14

»Bongschur! Na, habt ihr mich vermisst? Wo ist denn mein Kind? Und wo is seine Mutter?«

Nachbar Hottsch ist durch die Terrassentür in die Küche gekommen und gibt mir die Hand. Er ist Dominiks Pate. Seit ein paar Jahren behauptet er, auch Lauras Pate zu sein, was nicht der Fall ist, doch in der Tat ist er immer zur Stelle, wenn sie einen Handwerker braucht. Umgekehrt war auch Laura zur Stelle, als Hottsch vor einigen Jahren anfing, sich zu vernachlässigen. Als er mehr Zeit in seinem Schuppen als in der Wohnung zubrachte, nächtelang nur noch Flügelschrauben und Holzschrauben und Nägel sortierte, nicht mehr zum Friseur und nur noch einmal die Woche zum Einkaufen ging. Aber jetzt steht er groß und erneuert in der Tür, und sein Grinsen hellt die ganze Wohnung auf.

»Hottsch!«

Laura ist aus ihrem Zimmer gekommen und umarmt ihn.

»Gut siehst du aus. Kaum wiederzuerkennen. Und zugenommen hast du!«

»Vier Kilo. Und ich fühle mich wie siebzehn. Ich könnt mit euch boxen. Komm her, Blum. Los, box!«

Er fuchtelt mit seinen dürren Fäusten vor meiner Nase herum. »Gibst du auf, Dicker? Gibst du auf?«

»Beruhig dich. Beruhig dich.« Ein Hieb zurück und Hottsch läge wieder da, wo er herkommt, im Moorbad der Kurklinik. Doch er sieht in der Tat besser aus. Keine Haare mehr, die ihm aus der Nase, und keine, die ihm aus den Ohren rausragen. Sein grauer Bart ist gestutzt, seine Baskenmütze gestärkt, und wenn seine Kleider auch aussehen, als habe er darin geschlafen, scheint er sie doch vorher gewaschen zu haben.

»Gehen wir rüber«, sagt Laura.

»Rüber«, nickt Hottsch. Und *klong-klong* geht er mit seinen langen, nach vorne fallenden Schritten hinter Laura ins Wohnzimmer.

Klong-klong, das ist Hottsch, wenn er kommt. Das Geräusch erzeugen die Bierflaschen, die ihm in einer Plastiktüte gegen die Knie schlagen. Entsprechend tönt es *kling-kling*, wenn er geht und sein Leergut wieder nach Hause trägt. Hottsch gehört zu den Leuten, von denen man am Ende nicht wissen wird, ob sie ihr Lebtag betrunken oder stocknüchtern waren und den Alkohol nur als Vorwand benutzten, ihre harmlosen Scherze zu treiben. Hottsch ist weniger angeheitert als heiter. Er liebt es, alten Frauen beim Bäcker einen Handkuss zu geben. Er liebt es, jungen Frauen einen Handkuss zu geben. Noch lieber aber stößt er ihnen seine kalten Finger zwischen die Schultern, damit sie erschrocken die Brust herausstrecken. »Bongschur!« *Klong-klong*. Hottsch ist Ende fünfzig und Frührentner und hat, seit ich ihn kenne, nicht mal einen Schnupfen gehabt. Doch seiner Nylontüte verdankt er, dass ihm die Kasse regelmäßig eine Kur genehmigt.

»Das war Theresa«, zeigt er ein Foto, »die hatte den Balkon neben mir. Da bin ich abends immer übers Geländer und hab sie ein bisschen gedrückt. Aber letzten Endes hab ich das Mädchen verschont, ich war ja in Kur und nicht an der Front ... Das war Elisabeth ... Die hier hieß Carla ...«

Hottsch zeigt an diesem Mittag noch weitere Bilder. Von Kurgästen, von Krankenschwestern, von Damen beim Nachmittagstee.

Und zu jedem Bild weiß er eine kleine Geschichte. Es wird ihn nicht stören, dass ich schließlich zur Arbeit fahre. Und es wird ihn nicht stören, dass Joe bald danach auftaucht. Und als ich von der Arbeit zurückkomme, sitzt Hottsch immer noch da, erzählend und grinsend, ein harmloser Drache aus einer Kindersendung. An diesem Abend und den folgenden Abenden. Und als Laura ihm auf ihre charmante, aber bestimmte Art deutlich macht, dass sie nicht jeden Abend Zeit für ihn hat, ist es zu spät. Denn jetzt stecken Hottsch und Joe die Köpfe zusammen. Schulter an Schulter sitzen sie über der Zeitung. »Gewinnen Sie Rom!«, heißt die Serie.

»Laura, wie heißt das Ding, in das man nach dem Spülen das nasse Geschirr stellt?«

»Bitte?«

»Das Dingens, wo man das nasse Geschirr reinstellt, dass es trocknet?«

»Weiß ich nicht. Ich hab ne Geschirrspülmaschine.«

»Geschirr…absteller?«, überlegt Hottsch.

»Teller…trockner?«, überlegt Joe.

»Gitter? Gatter?«, wieder Hottsch.

Jeden Tag präsentiert die Zeitung ein Bildchen, und jeden Abend suchen Joe und Hottsch nach der Bezeichnung dafür. Sie haben sich sogar Dominiks Bildwörterbuch ausgeliehen. Wenn ich früh genug von der Arbeit zurück bin, beteilige ich mich an der Runde. Lauras Interesse hält sich in Grenzen. Sie setzt sich lieber mit einem Buch in den Sessel oder mit Schreibarbeiten vor den Computer.

»Stören wir?«, frage ich. »Sollen wir in die Küche gehen?«

»Nein, nein«, sagt sie.

Laura hat gerne Gesellschaft, sie kann sich sogar konzentrieren dabei. Und wir haben unsere Kurzweil mit diesen Bildchen. Es ist erstaunlich, was man alles nicht weiß. Wie heißt ein Dach, das von der Mitte aus nach allen vier Seiten abfällt? Wie heißt das Weiße am Fuß eines Fingernagels? Wie nennt man das Ding, mit dem man verstopfte Toiletten frei pumpt? Gummiglocke? Saugstößel? Knaatschi? Es sind keine Sternstunden der Sprachforschung, doch es sind unterhaltsame Abende. Nicht so anstrengend wie eine Schachrunde, aber auch nicht so geistlos wie Mensch-ärgere-dich-nicht, genau in der Mitte, würde ich sagen.

»Laura, wie heißt das Ding, das du im Supermarkt an der Kasse aufs Band legst?«

»Das ich was …?«

»Diese länglichen Dinger, die du zwischen deine Sachen und die vom Hintermann legst?«

»Benutze ich nicht. Die finde ich spießig.«

»Ja, aber wie heißen sie?«

»Kundentrenner?«

»Warenstopper?«

»Artikel…bremse?«

»Laura!«

Sie schaut in ihren Computer.

»Früher stand Camel drauf«, sagt Joe.

»Heute Vitamalz«, sage ich.

»Oder Nächster Kunde«, sagt Hottsch.

Laura wird zunehmend wortkarg. Das ganze Serienrätsel dauert ihr inzwischen zu lang. Ich merke es daran, wie ihr Fuß unter dem Tisch zu wippen beginnt. Oder mit welcher Heftigkeit sie die Ärmel ihres Pullovers zurückschiebt. Ja, an ihrer bloßen Stirn sehe ich es, der tiefer werdenden Furche. Auch dass sie sich nach dem Mittagessen wieder hinlegen muss. Und nach dem Hinlegen auf der Terrasse steht und raucht. Nicht zuletzt, dass sie neue Bücher mitbringt. In jedem zu lesen beginnt und jedes wieder zur Seite legt. Und heute ist es soweit. Ich komme von der Arbeit nach Hause, und Laura sitzt wieder alleine am Tisch. Das Telefon vor sich, das aufgeschlagene Adressbuch, ihr Weinglas.

»Wo sind die beiden? Schon nach Hause gegangen?«

»Sie sind rüber zu Hottsch.«

»Zu Hottsch?«

Laura lächelt, ein müdes Lächeln, das nicht mal bis in ihre Augen gelangt. Ich setze mich, und während sie eine Zigarette ansteckt, erzählt sie. »Gewinnen Sie Wien!«, heißt die neue Serie. Ab heute dürfen Leser Bilder einsenden, und die Redakteure müssen die Bezeichnungen finden. Wer den kniffligsten Gegenstand findet, gewinnt eine Reise nach Wien.

»Und jetzt«, schließt Laura, »sind sie rüber zu Hottsch und wühlen in seinem Schuppen.«

Hottschs Schuppen. Wenn ein Ort Gegenstände versammelt, die so nutzlos geworden sind, dass unsere Sprache nicht einmal einen Namen für sie bewahrt, ist es Hottschs Schuppen.

»Na ja«, sage ich mit Schwung in der Stimme, »das Rätselraten wird sich wieder beruhigen. Und dann ...«

»Nein, nein«, sagt Laura. »Das ist schon in Ordnung. Ist doch schön, wenn jemand ein Hobby hat. Männer brauchen Hobbys ... gerade, wenn sie nicht mehr zwanzig sind.«

Bei jeder anderen Frau klänge das zynisch. Nicht so bei Laura. Laura freut sich, wenn sich andere freuen. Nur hat sie dem Unterton ihrer Stimme nach gleichfalls beschlossen, sich eine Freude zu gönnen. Ihr Hobby. Und dieser Entschluss scheint schon zu wirken. Ich sehe keinen Fuß, der zwischen den Tischbeinen wippt. Ich sehe keine Senkrechte zwischen den Brauen. Kein neues Buch liegt angelesen auf ihrem Schoß, nur das Adressbuch liegt mit aufgeklappten Schößen auf dem Tisch. Und etwas anderes liegt unübersehbar daneben.

»Wofür hast du das Branchenbuch gebraucht?«

»Was gesucht.«

»Und? Gefunden?«

Sie nickt. »Ich habe Timeout angerufen. Sie vermitteln Studenten.«

»Studenten? Wofür brauchst du ...?«

»Für Dominik. Einen Abend in der Woche hab ich jetzt frei.«

»Laura, das kann doch ich übernehmen!«

»Du arbeitest abends.«

»Ich kann auch morgens arbeiten. Und mittwochs habe ich frei.«

»Nein, das möchte ich nicht. Du brauchst deine Zeit. Und so teuer sind die Sitter gar nicht. Einen Abend kann ich mir leisten.«

»Aber wie … und was …? Wo willst du denn hin, wenn du frei hast?«

»Egal. Ins Kino. Theater. Vielleicht geh ich einfach spazieren …«

»Im Dunkeln?«

»Ich nehm Streichhölzer mit.«

Jetzt wird sie doch kokett. Vor lauter Vorfreude wird sie kokett. So kenne ich sie gar nicht, so luftig und leicht, ich mache mir Sorgen um sie. Nicht mal ihren Wein trinkt sie aus. Halbvoll stellt sie ihr Glas in die Spüle. Und geht vor Mitternacht zu Bett. Früher als sonst, wacher als sonst. Als wolle sie vorschlafen. Aber wozu?

Ich brauche achtundzwanzig Minuten und sämtliche Emails der letzten drei Tage, um ihren Plan zu erfahren. Natürlich steckt Phoebe dahinter. Das Weib braucht nicht einmal deutlich zu werden. Zwei Buchstaben, die letzten zwei Buchstaben einer im Papierkorb entsorgten Mail genügen: »Dann bis RS.«

Ar-Es, amerikanisch gesprochen. Sie meint Ramstein. Genauer: die Kaserne der schwarzen Soldaten. Noch genauer: die Diskothek nebenan. Der Osten ist längst Geschichte, doch unsere amerikanischen Beschützer sind immer noch da. Und statt sich in Manövern müde zu machen, schauen sie Golfbällen nach und ruhen sich aus, für unsere Frauen. Die aus allen Himmelsrichtungen strömen, von der Saar, von der Mosel, ja, aus dem benachbarten Elsass pilgern sie über die Grenze. Strohwitwen, Mauerblümchen, Entstellte, Bildschöne … Und Phoebe. Seit Jahren gönnt sie sich einmal die Woche Ar-Es. Besser als Sauna, Massage und Kräuterpeitsche zusammen, pflegt sie zu sagen. »Du nimmst dir einen GI, am besten einen aus Missouri oder Louisiana. Ich warne dich gleich, viel Federlesen machen die nicht, sie nehmen dich kurz und knallhart, und kaum bist du auf Hundert, sind sie schon fertig. Aber fünf

Minuten danach geht es weiter, wieder kurz und knallhart, und stell dir vor, das bringen die Kerle die ganze Nacht. Ich kann dir sagen, morgens fühlst du dich, wie wenn der Kaminfeger da war. Nicht so schwarz, aber wunderbar durchgeputzt, alle Kanäle frei.«

Von dieser Mail konnte ich Laura zu Jahresanfang verschonen, doch alle Nachrichten kann auch ich nicht verhindern. Und Telefonate kann ich nicht verhindern. Und so muss ich, während Hottsch und Joe, diese Dumpfbrüder, Abend für Abend zwischen verstaubten Rollschuhen und Klappstühlen wühlen, Lauras Kalender aus ihrer Aktenmappe ziehen und lesen, was ich nicht lesen will. Freitag, der Siebzehnte: RS.

15

Donnerstag hat es begonnen. Früher als sonst, stärker als sonst. Jedenfalls ist es da, dieses plötzliche Gefühl, wenn die Winterhaut von mir abfällt. Wenn die Frühjahrssonne mit immer längeren Fingern in mein Zimmer greift wie ein Dieb, der mir an den Kragen will. Ich fühle mich in einer Weise wach, als hätte ich meinen gesamten Schlafvorrat aufgebraucht, nicht der kleinste Rest ist geblieben. Frühjahrsmüdigkeit? Dass ich nicht lache, was mich befällt, ist eine Frühjahrswachheit, und sie juckt wie ein ausgeschlafener Fuß. Ein Fuß, der jetzt will, dass man aufsteht und losgeht. Aber wohin?

Zum Gericht? Ich gehe jeden Tag zum Gericht, aber ich komme trotzdem nicht näher. Seit Jahren bediene ich meine Professoren, doch bringt es mir was? Statt längst als Kollege an ihren Tischen zu sitzen, laufe ich noch immer als Lakai im weißen Jäckchen herum. Soll ich zu Laura? Ich wohne bei ihr, ich lebe mit ihr, wir teilen den Kühlschrank, das Bad, manchmal schlüpft sie in meine Hausschuhe, doch nüchtern betrachtet hat unsere Geschichte noch gar nicht begonnen. Im Gegenteil, übermorgen wird sie losziehen, um sich von wildfremden Männern in einer fremden Sprache vögeln zu lassen.

Soll ich zu meiner Mutter? Seit ich laufen kann, weiß sie nicht mal mehr meinen Vornamen. Und seit Jahren erfahre ich nicht mehr ihre Adresse. »Huhu«, schickt sie Postkarten aus Kurbädern, die sie so oft wechselt wie die Männer an ihrer Seite. Meine lustige Mutter!

Nicht einmal Wilhelm hat Verwendung für mich. Wenn ich ihn stützen will, zieht er den Ellbogen weg. Wenn ich sein Bett machen will, droht er mit seinem Stock.

Ich stehe am Schreibtisch. Ich stehe am Schrank. Ich stehe wieder am Schreibtisch. Ich brauche nur um mich zu schauen und sehe, dass es kein Stück vorangeht. Seit ich hier wohne, ist dieses Zimmer nur kleiner geworden. Ungelesene Bücher, ungelesene Zeitschriften, Umzugskisten, die ich nicht ausgepackt habe. Nicht einmal ein Bett zu besorgen, ist mir gelungen. Seit meinem Einzug liege ich wie ein Vieh auf der bloßen Matratze. Die Abstellkammer, Joe hatte Recht, und ich, Christoph Blum, bin dort abgestellt.

Wieder ein Morgen vorbei. Dauernd ist März und die Krokusse blühen, dauernd ist November und die Blätter fallen vom Baum. Dauernd schneit es, dauernd taut es, dauernd schlagen die Kirschblüten aus. Dauernd ist meine Monatskarte zu Ende, dauernd wird die Uhr umgestellt. Und dauernd lasse ich meine Uhr, wie sie ist. Mit der Zeit, ja, mit der Zeit geht es voran, doch Blums kleiner Bummelzug ist stehen geblieben.

Zieh dich erst einmal an, sage ich mir. Nimm eine Dusche. Geh in die Küche, iss was … Ich stehe am Sessel. Ich stehe am Schrank. Es klingelt!

Das sind sie. Die Tage, an denen man abgeholt wird. Sie haben lange gewartet, jetzt kommen sie und holen dich ab. Schon wieder! Das ist nicht Dominiks Klingeln. Es ist auch nicht der Rhythmus von Joe. Vielleicht gehen sie, wenn ich vollkommen still bin. Vielleicht macht Laura nicht auf. Wenn sie ein Bad nimmt, macht sie manchmal nicht auf. Ein drittes Mal dieses Läuten. Ich sollte wenigstens Hosen anziehen. Ich sollte mich kämmen. Ich sollte nicht in Unterhosen dastehen. Zu spät. Laura öffnet die Tür!

ZWEITER TEIL

Simon.
Wie er die Straßenseite wechselt, um in der Sonne zu gehen.
Den Wagen parkt er im Schatten.
Seine blonden Haare, seine Schweizer Uhr,
seine englischen Schuhe.
Simon in Aufzügen, Simon in Vorzimmern.
Wie er den Musterkoffer von der rechten in die linke Hand wechselt.
Seine Kapitänshand, seine Kinnmuskeln, sein Jungengesicht.
Seine begrenzte Intelligenz, seine unbegrenzte Zuversicht.
Ein Mann im besten Alter. Ein Mann im entschlossensten Alter.
Ein Mann, der es anpackt.
Seine Firma, unsere Haustür,
Laura.

16

Der Kuchen tat gut. Der ganze Kerl tat gut. Ich sitze in der Küche und wische mit dem Daumen durch die fast leere Schüssel.

»Sahne!«, hatte der Mann gesagt. »Wir brauchen noch Sahne. Gib mal ne Schüssel, ich schlag welche.«

»Eine Schüssel … Wir haben eine Schüssel …« Und während Laura unsere Salatschüssel suchte, fand der Mann eine andere Schüssel. Sie war aus Plastik und stand unter dem Heizkörper.

»Was ist denn das?«

»Tropft ein bisschen«, sagte Laura.

»Tropft …?«

Der große Mann ging auf ein, dann auf beide Knie hinunter, schließlich beugte er seine Schultern und den blonden Kopf bis zum Boden.

»NICHT!«, hörte ich Laura. »Was machst du? Du machst es KAPUTT!«

»Da kann man nichts mehr kaputt machen.«

Der Mann hatte einen Schlüssel aus der Tasche gezogen und kratzte an der tiefsten Stelle des Heizkörpers. Rost blätterte ab und fiel in kleinen Blättchen in das dunkle Wasser der Schüssel.

»Den müsst ihr auswechseln«, er kam wieder hoch, »sonst läuft euch … Ah, der Untermieter!« Er kam auf mich zu.

»Der Mitbewohner«, verbesserte Laura.

»Kieselheer.« Er streckte die Hand aus. »Und Sie sind …«

»Ihr könnt euch ruhig duzen«, meinte Laura.

»Blum«, schlug ich vor.

Er gab mir die Hand, ein warmer, verlässlicher Händedruck, es war nicht unangenehm.

»Den müsst ihr auswechseln. Sonst läuft euch die ganze Heizung aus.«

»Auswechseln?«, fragte ich.

»Kann man es nicht reparieren?«, fragte Laura.

»Wie willst du das reparieren? Alles morsch …« Er beugte sich wieder, um mit dem Schlüssel zu kratzen.

»Hör auf!«, rief Laura.

Sie schaute den Heizkörper an. Ich schaute den Heizkörper an. So lange hatten wir die tropfende Ecke noch nie betrachtet.

»Aber wenn man den Heizkörper abschraubt«, sagte ich, »läuft das Wasser erst recht aus.«

»Man muss ihn natürlich vorher entleeren.«

»Den Heizkörper?«

»Das ganze System.«

»Alle Heizkörper? Zweieinhalb Stockwerke?«

»Natürlich.«

»Was für eine Wasserverschwendung«, sagte Laura.

»Und alle Zimmer werden kalt.«

»Und was das kostet!«

»Und wer soll das machen?«

Einen Moment war es still, dann sagte der Blonde:

»Ich kann das machen.«

»Du?«

»Sie?«

»Was soll daran schwer sein? Man lässt das Wasser raus, schraubt den Vorlauf ab, den Rücklauf, löst die Schellen …« Er lieferte uns eine Kurzfassung des Arbeitsverfahrens. »Und das Material«, schloss er, »besorgen wir über mich. Zum EK.«

»EK?« Auch Dominik stand inzwischen im Türrahmen. »Was ist das?«

»Der Einkaufspreis«, erklärte der Mann. »Ich bekomme ja alles zum Einkaufspreis.«

»Müsste es nicht EP heißen?«

»EK«, erklärte der Mann. Er schien das Wort gern auszusprechen.

»Wie heißt denn die Abkürzung für Einkauf?«

»EK.«

»Eine Abkürzung für zwei Begriffe? Das glaube ich nicht. Das ist ...«

»Dominik«, unterbrach Laura. »Wir reden nachher darüber.« Und an mich gewandt sagte sie: »Blum, wir haben etwas vergessen.«

Den Kuchen, dachte ich. Und dass dieser Mann Sahne schlagen wollte.

»Wir haben Frau Siegel vergessen.«

»Frau Siegel?« Ich nickte. Das war die Lösung. Das war immer die Lösung.

»Es geht nicht«, sagte ich. »Wir können nichts machen. Wir dürfen gar nicht.«

»Wer ist Frau Siegel?«, fragte der Mann.

»Die Hauseigentümerin.«

»Wohnt sie weit weg?«

»Sie wohnt über uns.«

»Aber sie ist nicht zu Haus?«

»Sie ist immer zu Haus.«

»Na wunderbar! Dann rufen wir sie.«

»Frau Siegel?«

»Unmöglich. Sie schläft.«

»Oder liest.«

»Sie hört ihre Sendung.«

»Aber das muss sie doch sehen!« Was tat der Mensch? Er stieg die Treppe hinauf, als könne man einfach anderer Leute Treppen hochsteigen. Er drückte auf einen dort offenbar vorhandenen Lichtknopf, er betätigte eine dort offenbar vorhandene Klingel, er stellte sich vor, wechselte ein paar Worte, und kaum hatte Laura das Geschirr in der Spüle mit einem Handtuch bedeckt, stand er mit Frau Siegel in unserer Küche. Frau Amalie Siegel, von der man manchmal vergaß, dass sie da oben wohnte, so still, so freundlich, so korrekt war sie stets. Sie betrachtete die schadhafte Stelle, sie schüttelte den Kopf, sie räusperte sich, und sie gab dem Mann Recht. Teilte mit, sie werde noch heute einen Handwerker rufen, und natürlich wollte sie gleich wieder gehen.

»Aber Frau Siegel«, sagte der Blonde. »Käsekuchen! Ich habe ihn selber gebacken. Mit frischem Quark und die Eier direkt vom Bauern!«

Und mit einer Mischung aus Charme und Beharrlichkeit gelang dem Mann, was in dieser Wohnung in all den Jahren niemandem gelungen war: Frau Siegel blieb zu Kaffee und Kuchen. Mit Sahne, nicht zu vergessen. Er schlug sie. Und verteilte sie auf unsere Teller. Und als der Kaffee zur Neige ging, stand er in der Küche, um neuen zu kochen. Lauras Gast bewirtete uns. Dominik blieb bis zum letzten Stück Kuchen. Auch ich blieb, bis der letzte Krümel vom Blech war. Schließlich sprang sogar die Katze ins Zimmer und strich Laura ums Bein. Hätte ich nicht die Sahneschüssel an mich genommen, das Vieh hätte sich den Magen verdorben.

17

In Lauras Emails finde ich nichts, der Anrufbeantworter gibt keine Antwort, und Lauras Taschenkalender enthält auch keine Spur. In Ramstein ist sie noch gar nicht gewesen, und wie Onkel Toms Neffe sieht der Mensch auch nicht aus. Blond, blaue Augen, und auch wenn er Hochdeutsch zu sprechen versucht, hört man, dass ihm die Zunge mundartlich wuchs. Also? Wo hat sie ihn her?

Einen ersten Hinweis ergeben Lauras Schuhe. Sie stehen mit Waldboden an den Sohlen hinter der Haustür; offenbar waren die beiden spazieren. Den besseren Hinweis ergeben die Zeitungsseiten, die Laura untergelegt hat. Sie stammen aus einem Anzeigenblatt, das wir normalerweise nicht kaufen. Den Rest der Zeitung finde ich in der Altpapiertonne. Ich ziehe die Blätter heraus, streiche sie glatt und beginne im Wohnzimmer mit meiner Lektüre. Weit zu blättern brauche ich nicht. Lauras Unterstreichungen beginnen dort, wo die gebrauchten Autos aufhören und die gebrauchten Menschen beginnen. »Frau sucht Mann«, heißt die Rubrik. »Attraktive Frau« hat Laura angestrichen, und »Gebildete Sie« hat sie angestrichen. »Polygame Löwin« hat sie mit einem Fragezeichen versehen, und »Sexkatze« hat sie durchgestrichen. Ich blättere weiter und sehe, dass Laura auch in der Rubrik »Mann sucht Frau« angestrichen hat. Einen »Theaterliebhaber« hat sie markiert, einen »Ingenieur und Bücherfreund«, einen »Reiseleiter«. Einen »Stutenbändiger« hat sie mit einem »Blödmann« versehen. Auch auf der nächsten Seite, in der Rubrik »Mann sucht Mann«, finden sich Anstreichungen. Ein »Chaot mit Herz« ist markiert und ein »Friseur mit Fernweh«. Eine weitere interessante Anzeige hat sie übersehen, ich trage die Anstreichung für sie nach.

»Was suchst du denn?«

»Dominik! Schon wieder in Strümpfen!«

»Willst du was kaufen?«

»Ich will nichts kaufen.«

»Und warum suchst du?«

»Ich suche nichts.«

»Du streichst aber an.«

»Ich streiche nichts an.«

»Grad eben hast du angestrichen.«

»Zum Spaß. Zeitvertreib. Interessant, was die Leute alles verkaufen. Da verkauft einer alte Schallplatten mit einem Sprung …«

»Da steht nichts von Schallplatten. Da steht: ›Ehrlicher Er sucht treuen Ihn für den Himmel zu Hause‹ … Bist du schwul?«

»Ich bin nicht schwul.«

»Aber du suchst einen Mann?«

»Ich suche auch keinen Mann. Schau, hier habe ich eine Frau angestrichen. Hier noch eine. Da habe ich sogar ein Ausrufezeichen gemacht. Nur so. Aus Quatsch!«

Der Junge überlegt einen Moment, dann sagt er: »Du weißt noch nicht, ob du einen Mann oder eine Frau suchst?«

»Dominik! Ich sage doch, dass ich nichts suche. Ich schaue mir an, was andere suchen. Hier!« Ich blättere um. »Ich hab sogar in der Rubrik ›Frau sucht Frau‹ angestrichen.«

Der Junge schaut diese Rubrik an, dann schaut er mich an. Dann sagt er: »Du weißt nicht einmal, ob du ein Mann oder eine Frau *bist?*«

»Dominik …!« Ich hole tief Luft, ich fahre mir durch die nicht mehr vorhandenen Haare. »Pass auf«, sage ich schließlich und gebe ihm die Lösung zu dem Durcheinander in Lauras Anstreichungen.

»Es ist ganz einfach. Stell dir vor, du willst eine Anzeige aufgeben, was machst du? Nimmst ein Anzeigenblatt, und schaust, was andere schreiben. Männer, Frauen, warum nicht auch Schwule und Lesben. Als Muster, als Beispiel, oder auch, um zu sehen, wie dus nicht machen willst. Ich habe nicht vor, eine Annonce zu schreiben. Doch ich habe mir vorgestellt, was ich schreiben könnte, wenn ich jemals eine Anzeige aufgeben würde. Konjunktiv. Denksportaufgabe! Wie ein Sudoku. Und dann«, ich muss lachen, »glaubst du im Ernst, ich würde meine Zeitung hier rumliegen lassen, wenn ich eine Annonce drin hätte?«

»Hier liegt doch alles rum.«

Aber nicht von mir, möchte ich sagen. Ich verkneife es mir, um den Jungen nicht doch noch auf die richtige Fährte zu lenken. Das Kind ist ohnehin überfordert. Erst die Krankheit der Mutter, dann der Auszug des Vaters. Kaum ist sein Vater verschwunden, stehe ich in der Tür. Kaum hat er sich an meine Person gewöhnt, tauchen im Dreierpack Liebhaber auf. Zu viel. Zu viel Erwachsenenkram für seine elf Jahre. Der Junge hat schon so viele Illusionen verloren, dass er fast kein Junge mehr ist.

»Die Frau zum Verwöhnen ist falsch geschrieben«, sagt er.

»Bitte?«

»Verwöhnen wird groß geschrieben.«

»Bist du sicher?«

»Natürlich!« Er erklärt mir die Regel.

»Und tageslichttauglich wird aneinander geschrieben.«

»Wird es nicht«, sage ich.

»Logisch wird es aneinander geschrieben.«

»Wie schreibst du denn aneinander geschrieben?«, frage ich.

»Auseinander.«

»Siehst du, dann wird tageslichttauglich auch auseinander geschrieben.«

»Dann heißt es Tageslicht tauglich und ist ein Substantiv mit Adjektiv und kein Adjektiv mit Substantiv mehr.«

»Was? Teuflisch schwer ...«

»Nein«, sagt er, »logisch. Ziemlich logisch, meistens zumindest ...«

Er zeigt mir sogar die Seite in seinem Rechtschreib-Duden. Danach finden wir noch weitere Textfehler und ihre Regeln. Fast eine halbe Stunde sitzen wir da und waschen uns in diesen ziemlich logischen Regeln. Unsere Verwirrung waschen wir ab, Dominik die über mich und ich meine über Laura. Und als der Junge sich wieder in sein Zimmer zurückzieht, streiche ich weitere Anzeigen an. Zwei alte Schallplatten streiche ich an, ein fast neuwertiges Bett, und einen Reparaturdienst für Heizkörper versehe ich mit einem Rahmen, »schnell, preiswert, ohne Austausch«.

18

Fahrräder haben weder Laura noch ich angestrichen. Ich wüsste auch nicht, dass sich Laura für Fahrräder interessiert. Doch jetzt sitzt sie Ellbogen an Ellbogen neben Simon und lässt sich Prospekte erläutern.

»Nein«, unterbricht sie, »ein Mountainbike möchte ich nicht. Ich möchte eines, auf dem man bequem sitzt.«

»Aber darauf sitzt man bequem.«

»Nein, man sitzt so nach vorne gezogen. Ich möchte aufrecht sitzen, und einen breiten, bequemen Sattel möchte ich haben.«

»Wahrscheinlich noch Schutzbleche und Licht?«

»Natürlich.«

»Und einen Gepäckträger?«

»So was ist praktisch.«

Simon braucht nicht lange zu überlegen.

»Ein City-Bike«, sagt er und schlägt einen anderen Prospekt auf.

»Ich weiß nicht. Ich glaube, ein City-Bike ist auch nicht das richtige. Ich möchte ja im Wald herumfahren.«

»Aber die sind für den Wald. Schau dir mal die Reifen an! Damit kannst du überall fahren. Die heißen nur City-Bike, weil ... sich das auf dem Land besser verkauft.«

»Und Mountainbike heißt Mountainbike, weil sich das in der Stadt besser verkauft?«

»Wenn du so willst.«

»City-Bike ... Schon der Name gefällt mir nicht.«

Immerhin schaut Laura jetzt in diesen Prospekt. Sie wirkt ein bisschen verlegen neben dem beflissenen Mann. Die Szene erinnert mich an eine Szene kurz nach ihrer Scheidung. Damals hatte sie einen Vermögensberater hier sitzen. Dabei hätte sie eher einen Schuldenberater gebraucht. Auch jetzt macht sie den Eindruck, als gehöre ein Fahrrad nicht zu den Dingen, die sie sich unbedingt zulegen möchte. Simon macht einen anderen Eindruck. Er erläutert diese Prospekte, als könne er sich gar nicht vorstellen, dass sich jemand ohne Fahrrad durchs Leben bewegt; zumindest nicht, wenn der Frühling vorm Haus steht. Er redet von Reifen, Rahmen, Ritzeln, er redet sogar von Fahrradbekleidung, wobei ich weiß, dass Laura diese zu bunten und zu engen Trikots lächerlich findet.

»Kaufst du dir ein Fahrrad?«

Dominik ist aus der Küche gekommen.

»Ich weiß nicht. Vielleicht nehme ich doch ein gebrauchtes. Die neuen sind ziemlich teuer.«

»Das kann man so nicht sagen«, blättert Simon, und während er eine Preisliste aufschlägt und verschiedene Rabatte erläutert, steht der Junge noch immer am Tisch. Er fasst die Prospekte nicht an, doch sein Blick scheint von den aufgeschlagenen Seiten festgehalten zu werden.

»Dominik?«, sagt Laura nach einem Moment. »Komm mal her.« Sie zieht ihn zu sich und legt den Arm um seine Hüfte. »So ein Fahrrad würde dir gefallen?«

Der Junge zuckt mit den Achseln.

»Das da?«

»Nein. Das daneben.«

»Das ist auch sehr schön.« Und nachdem beide einen Moment in den Prospekt geschaut haben, fragt Laura: »Dominik, sollen wir *dir* ein Fahrrad kaufen?«

»Aber ich habe ein Fahrrad. Du hast keines.«

»Deines ist inzwischen zu klein. Nicht wahr, deshalb bist du letzten Sommer nicht mehr gefahren?«

Darauf antwortet der Junge nicht.

»Wir kaufen dir eins!«, sagt Laura. »*Du* brauchst ein Fahrrad.«

»Und du?«, fragt der Junge.

»Ich nehme ein gebrauchtes. Oder vielleicht leiht mir Hottsch eins von seinen.«

»Aber dann fährst du auch mit! Wir fahren zusammen! Wir machen richtige Touren!«

»Das machen wir.«

»Jaa! Aber ich wills nicht in Blau, ich will es in Rot. In Rot mit einem schwarzen Sattel und eine Trinkflasche dazu.«

Laura legt nun beide Arme um ihren Sohn, und wortlos schauen sie in den Prospekt. Auch Simon sagt nichts, er hat eine ganze Weile schon nichts mehr gesagt. So lebhaft er vorher geredet hat, so schweigsam schaut er jetzt auf Mutter und Sohn.

»Gibts das in Rot?«, fragt ihn Laura.

»Das gibts auch in Rot«, sagt er, und sein Lächeln kommt mir vor, als wäre es gleichzeitig traurig und froh.

19

»Ich hab ja keinen Sohn«, sagt Simon. »Ich hatte mal einen Hund, das kann man natürlich nicht vergleichen. Und jetzt, wo ich selbständig bin, habe ich auch für n Hund keine Zeit mehr. So eine Katze könnte ich mir halten, aber an Katzen habe ich nichts. Fahr mal n paar Tage weg und dann kommst du wieder. Ein Hund freut sich und springt an dir hoch. Aber eine Katze, die ist erst einmal beleidigt. Was sind die launisch! Hm, Miezi? Siehst du, jetzt lässt sie sich streicheln, schnurrt und maunzt, aber zwei Minuten drauf kratzt sie dich. Wie heißt sie eigentlich?«

»Iphigenie.«

»Issen seltsamer Name für eine Katze. Iffi, sitz! Siehst du, jetzt passts ihr schon nicht mehr. Na, dann geh halt raus, fang ne Maus. Katzen! Obwohl, für ihre Katzen geben die Leute was aus. Tierhaarsauger zum Beispiel, die gehen ganz gut. Allerdings kannst du die Haare nur von den Möbeln saugen, nicht direkt von den Tieren. Wenn das mal kommt, wird n Renner. Stell dir vor, fährst morgens einmal über die Miezi und die Couch bleibt sauber.«

»Du verkaufst Staubsauger?«

»Sauger, Bläser, Kehrer, alles, was Arbeit spart. Ich liefer dir auch n Putzlappen oder n Roboter. Neulich wollte einer einen Staubwedel mit Beleuchtung, damit seine Frau hinter den Schränken was sieht. Sonderanfertigung, ein Wedel, da hab ich natürlich nichts verdient. Aber hinterher hat er für seine Firma zwei Kehrmaschinen bestellt, inklusive Wartungsvertrag. So läuft es immer. Zuerst winken sie ab. Heute morgen zum Beispiel, da hatte ich mit einer Frau Hettlich von der Seniorenruhe zu tun. Die hat mir nicht mal die Hand gegeben. Ich komme rein, wechsle meinen Koffer von der Rechten in die Linke, das ist son Trick, und die sagt nur, nehmen Sie Platz. Und dann fängt sie an, keine Zeit, kein Geld, keine Senioren … Aber doch sicher ein wenig Staub, sage ich. Zu wenig für das teure Putzpersonal, sagt sie. Und? Am Schluss habe ich ihr einen Bio-Container für den Kindergarten verkauft. Stell dir vor, du gehst in ein Altenheim und kommst mit einem Auftrag für den Kindergarten wieder raus. Nur weil ich auf dem Schreibtisch ein Foto ihrer Nichte entdeckt hab. Nimm noch eins! Morgen sind die trocken.«

Ich nehm mir ein Hörnchen.

»Ich hab ja n Blick für die Menschen. Für den Punkt, wo sie schwach werden. Jeder hat so nen Punkt, wie bei Siegfried, wo ihm das Lorbeerblatt draufgefallen ist. Bei dem einen ist es der Fußball, bei dem andern der Urlaub, bei der heute Morgen war es die Nichte. Den Punkt krieg ich raus. Und wenn einer keinen solchen Punkt hat, das spüre ich auch. Bei dir zum Beispiel. Ich glaube, es wär schwer, dir n Akkusauger zu verkaufen. Oder nur einen Handfeger. Ich merke gar nicht, wo ich dich packen kann. Sag mal, ganz unter uns, du hast keine Hobbys? Und nen richtigen Beruf hast du auch nicht?«

Ich warte einen Moment mit der Antwort. Ich warte so lange, bis Simon merkt, dass sich seine Frage an der Grenze bewegt – oder schon jenseits der Grenze. Andererseits, er hat Hörnchen und frische Milch mitgebracht, und wir sitzen bei offener Terrassentür in der sonnigen Küche.

»Ich bin Jurist«, sage ich.

»Jurist? Respekt. Ich hab nur Klempner gelernt. Und hinterher Kaufmann. Dazwischen war ich bei der Marine. Aber studiert hab ich nicht. Jurist. Sag, war Lauras Mann nicht auch Jurist?«

»Er ist immer noch Jurist. Wir haben zusammen studiert.«

»Jetzt sag nicht, ihr seid Kollegen und habt ne Praxis zusammen.«

»Mir fehlt noch ein Teil der Prüfung. Das Zweite Staatsexamen fehlt noch. Das erste hab ich.«

»Und ohne das zweite kannst du keine Praxis aufmachen?«

»Keine Kanzlei, nein. Dafür brauchst du das zweite.«

»Dann würd ich das zweite auch noch machen.«

»Ich habs schon gemacht. Sogar zweimal. Einen dritten Versuch wollten sie mir nicht geben. Ich habe ihn eingeklagt. Hermann war mein Anwalt.«

»M-hm. Und über Hermann hast du Laura kennen gelernt?«

»Er hat sie über mich kennen gelernt. Laura und ich kennen uns schon seit der Schulzeit.«

Simon überlegt einen Moment, dann sagt er: »Aber dann habe ich Recht! Du hast keinen Beruf. Du hast keinen Abschluss.«

Mit dieser Bemerkung berührt er schon wieder die Grenze. Ich lege das halbe Hörnchen, das ich in der Hand halte, vorübergehend auf den Teller und sage: »Ich habe ein Hochschulstudium mit Erfolg abgeschlossen, und seit zwei Jahren habe ich eine Festanstellung im Servicebereich des Oberlandesgerichts. Dazu bin ich fester freier Korrespondent der Internetplattform Jur-online, und nebenher, falls man bei einer solchen Auslastung von nebenher reden kann, bereite ich mich zum dritten Mal auf die zweite Hauptprüfung zum Volljuristen vor.« Ich nehme das Hörnchen wieder auf und um das Thema Berufsleben abzuschließen, füge ich die Frage an: »Wie hast denn du Laura kennen gelernt?«

Das Thema müsste bei ihm eine Grenze berühren, Kontaktanzeigen sind im Anzeigenblatt nur durch eine dünne Linie von den Bordellanzeigen getrennt, doch statt verlegen zu werden, zieht er in bester Laune die Brauen nach oben.

»Letzte Woche im Findling.«

»Dem Gebrauchtwarenblatt?«

»Genau.«

»Durch deine oder ihre Annonce?«

Er schüttelt den Kopf. »Sie stand einfach vor mir. Doch statt ihr

Formular auszufüllen, schaut sie nur vor sich hin. Mal auf ihr Blatt, mal an die Wand, und dabei schaut sie so auffällig an mir vorbei … Kennt man ja. Je deutlicher sie wegschauen, desto mehr wollen sie, dass du hinschaust. Also schaue ich hin. Und spreche sie an. Entschuldigen Sie, kennen wir uns? Sie schauen so! Ich schaue? Die ganze Zeit. Entschuldigung, sagt sie, ich war in Gedanken. Gedanken! Sie war überfordert, so was sehe ich ja. Sie sind zum ersten Mal hier, und jetzt wissen Sie nicht, wie es geht? Jetzt wirft sie mir einen Blick zu, als wäre *ich* überfordert. Es ist nicht schwer, sage ich, es fehlen nur noch die Kreuze. Kreuze? Auf Ihrem Blatt. Hier oben müssen Sie wählen: Eine Power-, Dauer- oder Einmalanzeige. Und hier: Normal, fett oder mit Rahmen. Und in der Rubrik fehlt der Schlüssel. Welche Rubrik wollen Sie denn? Und jetzt steht sie da, mit immer größeren Augen, direkt zum Verhaften. Sie weiß überhaupt nichts. Suchen Sie oder bieten Sie? Das weiß sie anscheinend auch nicht. Suchen, sagt sie nach einem Moment. Sie suchen! Und jetzt hab ich sie an der Angel. Da brauchen Sie doch keine Annonce. Meinen Koffer hab ich im Auto, sonst hätt ich ihn von der rechten in die … doch meine Visitenkarte hab ich dabei. Und mit der Karte kommt meine Hand. Kieselheer. Simon Kieselheer, gestern bestellt, heute geliefert. Zeigen Sie mal Ihren Text, würde mich wundern, wenn ich nicht sofort oder in vierundzwanzig Stunden … Aber jetzt legt sie die Hand auf den Text. Und den Ellbogen schiebt sie nach. Eine Frau wie sie, eine Frau, wie du im ganzen Pressehaus keine zweite entdeckst, und geniert sich! Nur weil sie gebraucht kaufen will. Muss sich doch niemand genieren, dass er haushalten muss. Im Gegenteil, ich finde es erfreulich, wenn eine Frau haushalten *kann* …«

»Und?«

»Was, und?«

»Hast du erfahren, was sie gesucht hat?«

»Wär ich sonst hier?«

20

Der Transporter, mit dem Simon zwei Tage später vors Haus fährt, ist etwas groß für ein Fahrrad. Und was er auslädt, hat mit einem Fahrrad auch nichts zu tun.

»Blum, komm raus, ich muss gleich wieder weg!«

»Was bringst du denn?«

»Die Zapfanlage.«

»Eine Zapfanlage? Wir haben keine bestellt.«

»Dazu Bockmöbel, Heizstrahler … Lauras Geburtstag!«

»Was hat Lauras Geburtstag …?«

»Wir stellen ein Zelt auf! Mit allem drum und drin. Ein Festzelt!«

»Ich glaube nicht, dass Laura das gut findet.«

»Es war ihre Idee! Sie will richtig groß feiern, wie früher …«

»Und wo willst du das hinstellen? Das Festzelt?«

»Wo stellt man ein Zelt hin? In den Garten natürlich.«

»Hast du dir den Garten mal angeschaut?«

»Schau ihn dir nächste Woche an, wenn ich gemäht hab! Los, schaff dich raus, ich steh im Halteverbot.«

»Lauras Geburtstag ist in vier Wochen!«

»Blum, ich hab nicht jeden Tag den Transporter. Und ich hab nicht jeden Tag Zeit. Nimmst du das Kühlaggregat?«

»Ich halt dir die Tür auf. Falls du mir sagst, wo du das Zeug hinstellen willst.«

»In die Garage.«

»Haben wir keine. Die gehört zur Wohnung Frau Siegels.«

»Dann in den Keller. Einen Kellerraum werdet ihr haben.«

»Allerdings«, sage ich und merke, wie sich mein Pulsschlag beruhigt. »Ich zeig dir den Keller.«

»Was ist? Ist er nass?«

»Ich zeige ihn dir.«

Nass ist unser Keller nicht. Im Gegenteil, er ist so trocken, dass man unwillkürlich den Mund schließt und die Augen zu kleinen Schlitzen verengt. Staub hat sich in jahrelanger Arbeit auf sämtliche Flächen verteilt, und er hat durch die Jahre eine Menge Flächen gefunden. Ein Schrank mit zerbrochenen Türen, ein Tisch ohne Bein, Eimer mit eingetrockneter Farbe, der Kopf einer Schaufensterpuppe …

»So was«, sagt Simon.

»Tja«, sage ich und erlaube mir, mit dem Finger einen Strich durch den Staub einer Kommode zu ziehen, mein Schlussstrich unter Simons Idee, in diesem Keller irgendwas lagern zu wollen.

»Weißt du, was mein Vater immer gesagt hat?«

»Gehen wir hoch!«

»So, wies im Keller aussieht, so siehts auch im Leben der Leute aus.«

»Nicht, dass Wilhelm dich anzeigt …«

»Andererseits, ihr seid ja nur Mieter.«

»Kommst du?«

»Und Frau Siegel kann man nicht zumuten …«

»Das Licht ist links.«

»Och, paar alte Holz-Ski mit Spannzug! Die nehm ich, verkauf ich. Als Dekoration.«

»Ich glaube, die gehören dir gar nicht.«

»Vielleicht finde ich noch die Stöcke dazu.«

»Den Wurm dazu findest du auf jeden Fall.«

Simon zieht die morschen Bretter heraus und bläst über die Bindung.

»Fährst du in Urlaub?« Laura steht mit Dominik in der Tür.

»Hast du mein Fahrrad dabei?«

»Hab ich dabei. Und für deine Mutter hab ich auch was dabei. Wir wissen nur nicht, wo wirs hinstellen sollen.«

»Hier nicht«, fasse ich die Ortsbegehung zusammen.

»Dominik«, sagt Laura, »schau mal, dein letzter Roller.«

»Dein erstes Ehebett«, sage ich zu Laura.

»Gott, sieht es hier aus.«

»Hoffnungslos«, sage ich. »Am besten ...« Ich wende mich erneut zum Gehen, doch Laura bleibt stehen. Geht sogar noch einen Schritt vor, beugt sich zu einer Truhe, betrachtet einen zerbrochenen Spiegel, sie sieht wunderbar aus, so versonnen und nachdenklich zwischen all diesen aufgegebenen Dingen. Dazu ihre Haare wie ein Banner im Nacken und das schräg durchs Kellerloch flimmernde Licht. Und ihr gegenüber steht Simon, durch einen Stapel verrosteter Felgen von ihr getrennt. Er hält noch immer die Ski in der Hand. Vielleicht denkt er an den Spruch seines Vaters, vielleicht an das Märchen vom Dornengestrüpp, vielleicht plagt ihn auch eine notorische Unruhe, jedenfalls stellt er sein Sportgerät ab, klopft sich den Staub von den Händen und sagt:

»Ein Samstag, zwei Container und drei Kasten Sprudel.«

»Bitte?«, fragt Laura.

»Ein Samstag, zwei Container und drei Kasten Sprudel.«

»Du meinst ...«

»Samstag räumen wir aus!«

»Du meinst, das wäre tatsächlich ...?«

»Unmöglich«, sage ich. »Zwei Container passen gar nicht vors Haus.«

»Dann einer. Ein großer.«

»Der Flur ist frisch gestrichen!«

»Ein Kubikmeter ... zwei ...« Der Mensch beginnt bereits, mit den Augen die Ladung zu schätzen.

»Vor allem«, ich muss meine letzte Karte ausspielen, »die meisten Möbel gehören Frau *Siegel*!«

»Hallo?«, ruft jemand von oben. »Hat jemand gerufen? Ist etwas passiert?« Die Hausbesitzerin kommt die Treppe herunter.

21

Wenn der Kelch schon nicht an mir vorüberging, sollte er wenigstens von genügend Händen getragen werden. »Blum und ich«, rechnete Simon, »sind zwei. Laura drei, Dominik vier, Frau Siegel trägt den Kleinkram, macht fünf, das ist fast schon eine Kolonne.« Ich sparte mir eine Erwiderung. Von Frau Siegel war außer gutem Willen nicht viel zu erwarten. Von Dominik war nicht einmal guter Wille zu erwarten. Und was Laura von Putz- geschweige denn Schlepparbeiten hielt, war bekannt. Blieben Simon und ich, das war keine Kolonne.

Ich rief die Liebhaber an. Laura hatte die unnutzen Kerle bereits zu ihrem Geburtstag geladen, also gab ich ihnen die Idee zu einem Geschenk. Sie sagten zu, zumal ich den Keller etwas verkleinerte, jedenfalls wuchs mit ihnen die Zahl der Helfer auf acht. Nummer neun brauchte ich nicht anzurufen. Hottsch kam ohnehin täglich ins Haus, und dass der Pate mithelfen würde, verstand sich von selbst. Ich wäre gerne auf zehn gekommen, doch außer Wilhelm fiel mir niemand mehr ein. Also blieb es bei neun, neun kleine Negerlein, eine Zahl, die auch den ein oder anderen Ausfall verschmerzen sollte.

Der Samstag kam, und dass Dominik keinen Henkel angreifen würde, war abzusehen. Der Junge lebt seit Jahren mit einer Bronchitis, die er jederzeit abrufen kann. Bereits Donnerstagabend begann er zu husten, Freitag musste er seine Medikamente einnehmen, und den Samstag verbrachte er in eine Decke gehüllt vor dem Fernseher.

Der zweite Ausfall war der schöne Francis. Er war pünktlich zur Stelle, doch er stieg erst gar nicht in den Keller hinunter, sondern ging an der Treppe vorbei in die Küche. Er hatte Kartoffeln, Würstchen und diverses Gemüse gebracht und begann, einen Eintopf zu kochen. Pate Hottsch begann eifrig, allerdings wühlte er mehr in dem Keller, als dass er ihn ausräumte. Und was er fand, trug er nicht zum Container, sondern an diesem vorbei in seinen Schuppen hinüber. Dann kam er zurück, wühlte weiter und stand den andern Trägern im Weg.

»Wir sind hier zu viele«, brüllte Joe.

»Stimmt«, rief Löwenstein. »Wir müssen uns besser organisieren.«

Die beiden entschieden, im Keller zu bleiben und die sperrigen Güter zur Tür zu ziehen. Wir konnten sie dann die Treppe hoch tragen. Das hatte für die beiden den Vorteil, dass sie nicht selbst schleppen mussten, es hatte aber auch Nachteile: Schon nach einer halben Stunde unterschieden sie sich kaum noch von den sperrigen Gütern. Bei Joe ragten nur noch die blanken Hauer aus dem schwarzen Gesicht, und Löwenstein schwappten die langen Haare wie Fußmatten um den runzligen Kopf. Immerhin hielten sie durch. Bis ihnen eine Kiste die Arme lang zog. »Wassen da drin?« – »Backsteine?« – »Ziegel?« Ihre Tonlage änderte sich. »Bücher!« – »Oh!« – »Mmh!« Sie trugen ihren Fund hinters Haus, und aus dem Sonnenschein der Terrasse kamen sie nicht mehr zurück.

Schlag auf Schlag verschwanden jetzt weitere Träger. »Mama!«, hustete Dominik von der Couch, er wollte Sandwichs und Tee. »Polizei!«, brüllte Wilhelm im Flur, er war überzeugt, dass wir *seinen* Keller leer räumten und versperrte mit seiner Krücke den Weg. »Hottsch!«, ermahnte ich Hottsch. »Du kommst sofort wieder raus!« Er war in den Container geklettert und räumte ihn wieder aus; ganz unten seien ihm ein paar interessante Objekte entgangen. Laura war in der Küche mit den Sandwichs beschäftigt, Frau Siegel versuchte, Wilhelm zurück in seine Wohnung zu lotsen, und mir blieb nichts übrig, als gegen Hottsch vor dem Container Wache zu halten. Wer nach wie vor schleppte, war Simon. Beharrlich und zäh, ein Arbeitstier mit seiner Last auf dem Rücken. Seine Euphorie war inzwischen verschwunden, doch er war gewohnt, auch mühsame Wege zu Ende zu gehen. Stufe für Stufe, Möbel für Möbel, Kiste für Kiste. Und dann, zwischen Staub und Schweiß, zwischen

Ruß und Müll, kehrte das Leuchten in seine Augen zurück. Denn Laura kehrte zurück. Mit einem roten Tuch um den Kopf stieg sie zurück in die Gruft. Und schleppte. Wie Simon schleppte. Bei jedem Treppengang trafen sie sich. Staubig und stumm, doch mit funkelnden Augen, zwei Insekten, die jeden Moment übereinander herfallen können. Hottsch hin, Pate her, ich gab meinen Wachtposten auf und begann selbst wieder, kleinere Teile zu tragen. Sicher war sicher, ich wollte in der Nähe sein, falls ein kleines oder großes Unglück geschah.

22

Dass es im Keller zwischen Schürhaken und Kohlenschaufel passierte, konnte man nicht erwarten. Dass es in der Küche zwischen den Resten des Eintopfs geschah, ebenfalls nicht. Dass es am folgenden Abend nach einem Glas Wein passierte, war schon wahrscheinlicher, doch es blieb aus. Es blieb auch dienstags nach einem Spaziergang aus und donnerstags nach einem Theaterbesuch. So deutete alles auf Samstag. Den Tag, den Simon im Garten verbrachte. Mit offenem Hemd, mit Wind in den Haaren, mit Sonne auf der blinkenden Sense. Leicht sah es aus, wie ihm die Wiese Strich für Strich entgegenfiel. Es sah gar nicht aus, als kämpfe ein Mann gegen einen verwilderten Garten, es sah aus, als hätte der Wildwuchs auf seine Sense gewartet. Mann und Klinge und Gras, es war eine einzige Bewegung aus einem sich kraftvoll drehenden Körper heraus. Mit klirrenden Lauten zischte die Sense, im Halbmond fielen die Halme, und in regelmäßigen Abständen blieb Simon stehen. Nahm ein Grasbüschel auf und wischte über die Klinge. Zog dann in kurzen Schwüngen den Stein über den Stahl, scharf und sicher, als habe er sein Lebtag nichts anderes getan. Sensen wetzen, Wiesen mähen, Ernte einfahren. Bis zum Abend blieb Simon in der Wiese. Und bis zum Abend blieb ich im Liegestuhl. Las in Palandts

Kommentaren zum Bürgerlichen Gesetzbuch und schaute ihm zu. Hottsch kam und kratzte sich unter dem Beret, Frau Siegel lugte zum Dachfenster raus, sogar Dominik, der neben mir lag, hob ab und zu den Blick von seinem Gameboy. Nur Laura blieb bis zum Abend vor ihrem Computer. Und als sie schließlich herauskam, konnten die Voraussetzungen besser nicht sein. Wie sich die beiden in den letzten Sonnenstrahlen gegenüberstanden, Simon noch leuchtend von seiner Arbeit im Freien und Laura noch blass von der Arbeit am Schreibtisch; beide sehr zufrieden mit ihrem Tag. Alle Zeichen standen auf Sturm. Und ihrem Sturm stand nicht das Geringste im Weg. Dominik ging nach dem Essen zu Bett, und ich hatte die Abendschicht im Pavillon des Gerichts.

»N Abend, Laura«, sage ich, als ich nach Mitternacht von der Arbeit zurückkomme.

»Hallo, Blum.«

»Er schläft?« Ich deute mit dem Kopf Richtung Schlafzimmer.

Sie schüttelt den Kopf. »Simon ist um elf nach Hause gefahren. Und wenn er hier schlafen würde, würde er wahrscheinlich auf der Couch liegen.«

Wir schauen zur Couch, dort hat sich die Katze eingerollt.

»Ich habe ihm angeboten zu bleiben, aber er wollte nicht. Nein, nein, meinte er, ich kenne mich, das geht nicht gut.«

Offenbar scheint er auch Laura ein wenig zu kennen.

»Und von zu Hause hat er gleich wieder angerufen. Ob wir die Woche ins Kino gehen. Dabei waren wir letzte Woche erst zusammen im Theater.«

»Du gehst doch gerne ins Kino.«

»Ich geh auch gerne ins Theater. Aber … du weißt ja …«

»Du kannst abends schlecht weg.«

»Das auch. Aber …«

»Mit ihm willst du nicht weg.«

Sie zuckt die Achseln. »Ich muss immer lachen, wenn ich mit

ihm zusammen bin. Ich muss sogar lachen, wenn ich nur an ihn denke. Er nimmt … alles so ernst.«

»Was nimmt er denn ernst?«

»Mit unserem Keller. Oder jetzt mit der Wiese. Und was er alles anschleppen will für meinen Geburtstag.«

»Du meinst … dich nimmt er ernst!«

»Ja.«

»Dir wäre es lieber, wenn es weniger ernst wäre?«

Sie nickt. Und nach einer Pause fügt sie hinzu: »Ich habe vierzehn Jahre Ehe hinter mir. Und ich bin froh, dass ich sie hinter mir hab. Ich möchte jetzt nichts beginnen, was mich auch nur im Geringsten … Ich möchte überhaupt nichts beginnen. Ich möchte ausgehen, ich möchte Freunde treffen, ich möchte … zum ersten Mal frei sein. Und dann, Blum, es hätte doch überhaupt keinen Zweck!«

»Keinen Zweck.«

»Nein. Hat er dir auch seinen Musterkoffer gezeigt? Mir hat er ihn gezeigt. Und Dominik sollte gleich die Couchpolster saugen.«

»Hat ers gemacht?«

»Hottsch hats gemacht.«

Ich nicke. »Und mir hat er nachher mit einer Staublupe die Unterschiede gezeigt.«

»Und wie er sich ausdrückt! Verhaften, sagt er, wenn er einen neuen Kunden gewinnt. Dazu seine Krawattennadeln. Die Stofftaschentücher. Und wenn er mal Jeans trägt, mit Bügelfalten. Und dass er mit mir im Theater war, Blum, ich finde das toll, aber oft war der nicht im Theater. Wedekind, habe ich die Woche gesagt. Wem sein Kind?, hat er gefragt. Und gestern war ich in seiner Wohnung. Er hat exakt zwei Bücher in seinem Schrank. Mein Auto, jetzt helfe ich mir selbst. Und Die Schatzinsel.«

»Die Schatzinsel habe ich auch.«

»Aber du hast auch andere Bücher. Und du weißt, dass Schubert nicht der Gebrauchtwagen-Schubert vom Mügelsberg ist …«

Ich höre zu, ich nicke, ich schüttle den Kopf. Schließlich sage ich: »Laura, ist das denn so wichtig?«

»Mir ist Schubert wichtig.«

»Ja. Aber ist es auch wichtig, dass Simon ihn kennt?«

»Das weiß ich nicht. Wahrscheinlich ist für ihn wichtiger, dass er den Gebrauchtwagenhändler kennt. Ich bewerte das alles auch nicht. Ich will dir nur zeigen, wie verschieden wir sind. Wir leben in anderen Welten. Ich schätze ihn, ich bin gerne mit ihm zusammen, doch ich werde mich nie so mit ihm unterhalten können wie mit dir! … Oder mit Joe, Leander oder Francis.«

Die Ergänzung wäre jetzt nicht nötig gewesen. Die bloßen Namen der drei erzeugen Allergien auf meiner Haut. Die Künstler! Die Schwätzer. Die Zecken! Sie kamen nicht auf die Idee, abends um elf nach Hause zu fahren. Sie kamen auch nicht auf die Idee, morgens um sieben frische Brötchen an die Haustür zu hängen. Nicht den geringsten Anlauf haben sie für nötig empfunden. Keinen Kinobesuch, keine Theaterkarte, nicht einmal einen Gruß auf den Anrufbeantworter. Sie haben geklingelt, sie haben gevögelt, sie sind nach Hause gegangen. Im Namen der Kunst. Schubert und Wedekind. Und nachher sind sie weggeblieben. Auch im Namen der Kunst. Ihre Sprechblasen gegen einen Mann, der Dominik ein Fahrrad geschenkt hat. Der unsere Wiese gemäht hat. Der aus einem Müll- und Schrottloch einen Keller mit nagelneuen Regalen gemacht hat.

»Kultur«, sage ich und stehe auf, um mir ein wenig Luft zu verschaffen. »Kultur und Kunst! … Laura, das ist alles sehr schön und alles sehr wichtig, doch man kann es auch überschätzen. Man kann es so sehr überschätzen, dass es einem ergeht wie in dem Märchen vom braven Magister. Gescheit, gescheiter, gescheitert. Man muss nicht mal lange suchen. Nimm dich und nimm mich! Was haben dir, der ehemaligen Schulsprecherin, vierzehn germanistische Semester gebracht? Du sitzt mit zwei Lesben in einer Kammer und tippst frauenfeindliche Stellen aus Schulbüchern ab. Und was haben dreiundzwanzig juristische Semester aus mir, dem ehemaligen Vorlesekönig, gemacht?« Ich winke ab. »Wir können Wedekind buchstabieren, doch schon mit Gebrauchtwagen hätten wir unser Problem. Aber manchmal, Laura, braucht man ein Auto. Und Schubert und Wedekind wechseln dir keinen Reifen. Laura, diesem Simon ist an drei Samstagen gelungen, was uns in Jahren nicht gelungen wäre. Eine Heizung zu reparieren, einen Keller zu entrümpeln und eine Wiese zu mähen. Und warum? Weil er Dativ und Genitiv verwechselt? Und Camus für eine Cognacsorte hält? Nein. Weil er es anpackt! Kaputte Rohre, kaputte Möbel und, ja, seinen Musterkoffer. Apropos, ich finde es keine Schande, wenn ein Mann Begeisterung für seine Arbeit empfindet. Und, Laura, meinst du, Simon ginge es wirklich um Staubsauger und Reinigungsmittel? Meinst du nicht, er hätte auch lieber im Café über Thomas Mann diskutiert als bei der Marine Wache zu schieben? Aber«, und jetzt bleibe ich stehen, um mich in ganzer Breite zu Laura zu drehen, »hat ihn irgendeiner gefragt? Hatte er je eine Wahl? Du weißt, wo er geboren ist, und wenn man zwischen Hochhäusern groß wird, führt nur ein Weg heraus. Nach oben, auf den kleinen Fetzen Himmel zu. Und dass er daran glaubt, an sein Fleckchen da oben, das unterscheidet ihn von den andern, die an nichts mehr glauben. Die sich nur um sich selber drehen und nichts hierher bringen als ihren Zynismus und ihre Dauererschöpfung.«

Laura will widersprechen, doch ich hebe die Hand, ich bin noch nicht fertig.

»Laura, es gibt überhaupt nur eine Frage, die wesentlich ist. Und die lautet: Wirft ein Mensch Licht, oder wirft er Schatten? Denn wir sind gar nicht gemeint. Gemeint ist, was Licht an uns gibt. Wird ein Raum heller oder dunkler durch uns? Und diese drei, glaub es mir, sie verdüstern den Raum. Schattenwerfer sind das, schwarze Tapeten. Aber Simon, Simon Kieselheer ist ein Fenster nach draußen, er *ist* ein Stück Draußen. Und weißt du, warum? Weil ihm nie was geschenkt wurde. Wer schon mit vierzehn jeden

Morgen für seine Geschwister Zeitungen austrägt, entwickelt eine andere Kraft als jemand, der hinter Schulbüchern einschläft. Und diese Kraft nenne ich Licht.«

Ich setze mich wieder, ich habe meinen Worten nichts hinzuzufügen.

»Blum«, sagt Laura nach einem Moment. »So habe ich dich noch nie reden hören.«

Ich hebe die Achseln. So habe ich mich auch noch nie reden hören. Einen Moment schweigen wir, dann sagt Laura:

»Du warst sehr offen. Darf ich auch offen sein?«

»Ich weiß, was du sagen willst.«

»Ja?«

»Du willst es zugeben.«

»Zugeben?«

»Dass du … ein bisschen verliebt bist.«

»Könnte sein. Doch, könnte sein. Aber ich wollte was anderes sagen.«

»Ich höre.«

»Gib du es auch zu!«

»Was?«

»Dass du auch … ein bisschen … verliebt bist.«

23

Die Zapfanlage ist angeschlossen, das Kühlgerät brummt, der Manometer zeigt den richtigen Druck. Jetzt hat Simon den ersten Krug gefüllt. Er nimmt einen Schluck und wischt sich den Mund ab.

»Und du willst wirklich keins?«

»Danke.«

Das Zelt steht, die Bockmöbel stehen, sogar eine Lichterkette hat Simon über die Wiese gespannt. Jetzt geht er nochmal zu seinem Wagen und kommt mit einem kleinen Packen zurück.

»Was wird denn das?«, frage ich.
»Noch ein Zelt.«
»Noch eins?«
»Ein kleines für die Kinder.«
»Welche Kinder?«
»Dominik und seine Freunde.«
»Freunde?«, rutscht es mir raus.
»Es werden doch irgendwelche …«
»Für mich brauchst du das nicht aufzustellen.« Dominik ist in der Küchentür erschienen.
»Schon wieder in Strümpfen!«
»Zieh sie aus«, sagt Simon. »Barfuß, wie die Indianer.«
»Für mich brauchst du das nicht aufzustellen«, wiederholt der Junge.
»Wart ab«, lacht Simon. »Nachher willst du gar nicht mehr raus.«
»Was soll ich in einem Zelt?«
»Das macht Spaß. Früher haben wir immer gezeltet. Den ganzen Sommer lang. Die ersten warmen Tage, und wir sind hoch auf den Bommelberg.«
»Was soll daran gut sein?«
»Alles. Die Luft, das Gras, abends schläfst du mit den Sternen ein, und morgens wirst du von den Vögelchen geweckt.«
»Dann schlaf du in dem Zelt, wenn es so gut ist.«
»Mach ich vielleicht. Wir können beide drin schlafen, Platz ist genug.«
Simon klettert jetzt kopfvoran zwischen die Planen und richtet die Stangen auf. Er ist etwas groß für das Zelt und beim Rauskriechen fallen die Stangen wieder zusammen. Er klettert ein zweites Mal unter die Planen.
»Was wird denn das?« Laura ist von der Arbeit gekommen.
»Simon stellt ein Zelt auf.«
»Für mich«, sagt Dominik. »Ich soll darin schlafen.«

»Im Zelt?«

»Den ganzen Sommer lang«, nicke ich.

»*Muss* ich darin schlafen?«

»Dominik! Natürlich musst du nicht darin schlafen.«

»Dann schlaf ich auch nicht drin.«

»Steht!« Simon ist es gelungen, heraus zu kriechen, ohne die Stangen niederzureißen. »Hallo, Laura!«, ruft er.

»Hi! Unsere Wiese sieht ja aus wie ein Campingplatz.«

»Sie sieht aus wie ein Festplatz!«

»Ich hab Hunger«, sagt Dominik.

»Dann grillen wir«, Simon klatscht in die Hände. »Ich mache Feuer, Blum deckt den Tisch, und Dominik tut die Würstchen umdrehen.«

»Tut die Würstchen umdrehen«, wiederholt der Junge wie Vokabeln einer Sprache, die bislang im Höfchen nicht gesprochen wurde.

»Das dauert zu lange«, ruft Laura zurück. »Ich hab Crêpes mitgebracht. Kommt ihr? Sie sind noch warm.«

»Käse oder Nougat?«, fragt Dominik.

»Dann grillen wir morgen«, sagt Simon. Er kriecht noch einmal ins Zelt, um die Stangen exakter ins Lot zu stellen.

24

Vater Staat … Herrentorte … Mädchenmannschaft … Jägerzaun … Damenkränzchen … Aller Herren Länder …

Das sind Begriffe aus der Liste, die die Landesbeauftragte für Gleichstellung in Auftrag gegeben hat und die unter Lauras Händen und denen ihrer Kolleginnen jeden Tag wächst. Immer langsamer wächst, denn was die aktuellen Schulbücher an feministisch bedenklichem Vokabular aufweisen, ist allmählich erschöpft. Wenn man mich fragt, der ganze Feminismus ist schon eine Weile erschöpft, ich sehe es an Lauras Kolleginnen, eine alleinerziehende Mutter und eine geschiedene Lesbe. Ich biete ihnen einen neuen Begriff für ihre stockende Liste, doch er entfacht nicht mehr das alte Feuer in ihnen.

»Ein Zweimannzelt?«, fragt die Lesbe.

»Du meinst, Zweipersonenzelt«, sagt die Mutter.

»Zweimannzelt«, sage ich. »Das ist der Handelsname. Da drüben steht eins.«

»Also mir«, sagt die Lesbe, »würde keiner ein Zweimannzelt verkaufen.«

»Mir auch nicht.« Die Mutter.

Damit ist das Thema schon wieder erledigt. Damit ist mein Versuch, mit den beiden eine Unterhaltung zu führen, erledigt. Ich verstehe das nicht, bei jedem Geburtstag läuft es ähnlich: Entweder gerate ich an den Kindertisch und muss Domino spielen, oder ich gerate zwischen die Tanten und muss mir die Geschichten ihrer Krankheiten anhören. Oder ich lande bei zwei wie diesen, die an mir vorbeischauen, als wäre ich weder feministisch bedenklich noch feministisch erfreulich, sondern schlicht nicht vorhanden. Meinetwegen, schaue ich eben auch an ihnen vorbei. Auf der Terrasse ist Laura dabei, ein großes Geschenk aus einem großen Karton auszupacken. Erst die Schleifen, dann meterweise Geschenkpapier, dann den robusten Karton …

»Ach du Scheiße«, sagt die Lesbe.

»Peinlich«, sagt die Mutter.

Was Laura blitzend und blinkend zum Vorschein bringt, sieht man in der Tat nicht mehr oft. Breite, ballonartige Reifen, ausgesparte Mittelstange, ein geweihähnlicher Lenker und, nicht zu übersehen, zwei Körbchen: eins auf dem Gepäckträger und eins vor der Lenkstange.

»Fehlt noch das Netz am Hinterrad«, sagt die Mutter.

»Und die Halterung für den Babysitz«, schnappt die Lesbe.

Damit wäre wahrscheinlich auch dieses Thema erledigt, doch

nach einer Proberunde ums Haus hält Laura an unserem Tisch; und zwar klingelnd an unserem Tisch.

»Und?«, fragt sie. »Wie findet ihr es?

»Toll«, sage ich toll.

»Na ja«, sagt die Lesbe.

»Findest du es nicht ein bisschen … damenhaft?«, fragt die Mutter.

»Um nicht zu sagen, dämlich?« Die Lesbe.

»Ich finde es praktisch!«, sagt Laura.

»Hast du es von deinen Eltern bekommen?«

»Oder vom Paten?«

»Ich hab es von Simon bekommen. Und zwar genau so, wie ich es mir gewünscht habe.«

»Simon?«

»Ja.«

»Der dich im Büro manchmal anruft?«

»Der jeden Tag im Büro anruft?«

»Der *uns* anruft und nach dir fragt?«

»Da drüben steht er.«

Die drei schauen hinüber, wo Simon die Zapfanlage bedient. Volle Krüge hinausreicht, leere zurücknimmt, sich nach hinten dreht, um Würstchen zu wenden, nach rechts, um Baguette aufzuschneiden, zwischenzeitlich Holzkohle nachlegt, zwischendurch abspült und all diese Arbeitsbereiche mit einem geradezu athletischen Lächeln verbindet.

»Du hast ihn ganz anders beschrieben.«

»Hab ich das?«

»Nicht so groß.«

»Nicht so … blond.«

»Nicht so praktisch!«

»Ich glaube, ich habe ihn gar nicht beschrieben.«

»Du hast erzählt, dass er Staubsauger verkauft.«

»Und dir Weisheiten in Knallbonbons mitbringt.«

»Und von diesen Hemden«, die Lesbe lässt sich zu einem Lächeln herab, »hast du auch erzählt.«

Mein Moment ist gekommen. Die Frauen haben ein Thema und ich kann gehen, ohne dass es wie ein Wegschleichen aussieht. Ich gehe ins Zelt, dort sitzen Lauras Tanten um einen Heizstrahler. Ich gehe in die Küche, dort stehen die drei Gesellen diskutierend um die Kaffeemaschine. Ich gehe ins Wohnzimmer, dort liegt Dominik auf der Couch und liest einen Comic, ohne ein einziges Mal lachen zu müssen. Ich gehe wieder hinaus in den Garten. Die Mehrzahl der Gäste kenne ich nicht, doch so wie sie über den Tischen zusammenrücken, scheinen sie auch ohne meine Bekanntschaft über die Runden zu kommen. Kein Problem, ich kann meine überragende Persönlichkeit auch im Hintergrund halten. Nur möchte ich, wenn ich schon nirgends mitreden darf, wenigstens etwas essen. Ich gehe hinüber zu Simon.

»Zwei Würstchen und ein halbes Baguette!«

»Blum!«, strahlt er. »Ich dachte schon, ich krieg überhaupt keine Hilfe.«

Ich schüttle den Kopf. »Gib mal zwei Würstchen und ein halbes Baguette, Wilhelm hat noch keinen Bissen zu sich genommen.«

»Wilhelm?«

»Er muss etwas essen.«

»Dreh dich mal um. Er war eben das dritte Mal hier.«

Ich schaue zur Bank unterm Kirschbaum. Dort sitzt Hottsch unter den Lampions und hält die Hand von Frau Siegel. Und neben Frau Siegel sitzt Wilhelm. Und isst und trinkt und redet; wahrscheinlich mit seiner Anna.

»Ich brauch Gläser. Blum, räum da drüben mal ab!«

Ich tue Simon den Gefallen.

»Kannst du die Gläser auch spülen?«

Ich tue ihm auch diesen Gefallen.

»Schnell, schieb Holzkohle nach.«

Ich kürze es ab: Simon brauchte einen zweiten Mann bis zum

Ende der Feier. Ich war dieser Mann. Zwischendurch aß ich Würstchen, zwischendurch aß ich Baguette, doch ich blieb an seiner Seite, bis die letzten Gäste das Gelände verließen. Und als ich im Bad stand, lief Simon immer noch über die Wiese. Er sammelte Pappteller ein, er trug die Krüge zusammen, er stapelte die Bockmöbel und entsorgte den Müll. Als letztes löschte er die Lichterkette zwischen den Bäumen. Dann beugte er sich zum kleinen Zelt, streifte die Schuhe ab und kroch hinein. Feierabend, es herrschte wieder Ruhe im Höfchen. Ruhe auf der Terrasse, Ruhe im Garten.

Bis es knackte. So verhalten knackte, als bräche die Katze das erste Knöchelchen einer Maus. Ein zweites Knöchelchen, dann das bekannte Geräusch, mit dem die Terrassentür aufgeht. Laura sah wunderbar aus. Nichts als Haare und schöne Linien im mondbeschienenen Hemd. Sie schaute nach rechts, sie schaute nach links, dann lief sie auf Zehenspitzen zum Zelt. Ich zog die Zahnseide aus meinem Mund. Es war zwei oder halb drei, und bis zur Dämmerung war es noch lang. Im Kloster war es die Stunde für ein Gebet, im Kriminalspiel war es die Stunde für einen Mord, und im Höfchen war es die Stunde – für Laura. Sie warf ihre Haare nach hinten, beugte sich hinunter zum Zelt, ein letztes Zögern, dann kroch sie hinein.

25

»Guten Abend, Laura. Er schläft schon?«

»Er ist auf einer Messe in Köln.«

»Aber Sonntag ist er zurück?«

»Er ist schon Samstag zurück.«

»Und wo geht eure Tour dieses Mal hin?«

»Er will den Fluss hinunter bis Saargemünd und dann weiter zur Schleuse.«

»Da kann man schön einkehren.«

»Hm.«

»Und Milchkaffee trinken.«

»Mh.«

»Und die Heidelbeertörtchen müsst ihr probieren.«

»Blum? Was machst du am Sonntag?«

»Ah!« Ich strecke die Arme aus und öffne die Fäuste. »Nichts.«

»Du musst nicht fürs Examen lernen?«

»Frei!«

»Blum, dann könntest du doch mitkommen.«

»Zur Schleuse? Mit dem Fahrrad?«

»Ist alles flach.«

»Laura«, ich brauche nicht lange zu überlegen, »am Montag beginnt im Café die Sommersaison! Du weißt, was das heißt, da kommt Bewegung genug auf mich zu. Am Sonntag leg ich mir neben Wilhelm ein Kissen ins Fenster und schaue euch zu. Ihr habt gut ausgesehen letzte Woche. Simon mit der Telekommütze, Dominik mit Helm, du mit den Körbchen …«

»Wir haben ausgesehen wie eine Familie!«

»Und?«

»Mich würd es nicht stören. Aber ich mache mir Gedanken um Simon. Nicht, dass er denkt, wir wären eine Familie.«

»Oder würdet bald eine?«

»Eben.«

»Und deshalb hättest du mich gerne dabei?«

»Blum, ich habe dich so oder so gerne dabei. Das weißt du.«

Das stimmt. Laura schließt mich nicht aus. Blum, ruft sie, wenn Simon gekocht hat. Oder, Blum, Simon hat eine DVD mitgebracht. Bei Joe und Löwenstein hat sie nicht so häufig gerufen, eigentlich nie. Jetzt klopft sie jeden Abend an meine Tür, nun, Simon sitzt auch jeden Abend im Wohnzimmer.

»Ihr seht euch oft«, sage ich.

»Das stimmt. Erst wollte ich das nicht, aber jetzt ertappe ich mich, dass ich aus dem Fenster schaue und sein Auto vermisse.

Oder ich warte auf seinen Anruf. Ich höre ja schon am Klingelton, dass er in der Leitung ist. Nicht, dass wir Wichtiges zu besprechen hätten, aber ich freue mich, seine Stimme zu hören. Ich steh auf der B 10 im Stau. Oder: Ich bin bei Gerolstein auf der Landstraße. Oder einfach: Bin in zehn Minuten im Höfchen. Und ich muss zugeben, ich freu mich, wenn er da ist.«

Und bleibt, könnte ich anfügen. Denn das entgeht mir nicht, dass Simon bleibt. Nicht bis zum Morgen, doch lange genug, dass Laura ihn im Morgenmantel zur Tür bringt. Um eins, um zwei, um halb drei. Ihm nachwinkt und dann noch einen Moment versonnen im Flur steht. Ich sehe es durchs Schlüsselloch, wenn ich auf der Fußmatte knie. Laura wie geradegebogen. Laura mit einem geradezu seligen Schimmer. Als wäre was dran an dem Satz, dass ein Liebhaber für den Teint wesentlich gesünder ist als ein Ehemann. Auch am Tag ist Laura verändert. Alles Schroffe ist aus ihren Bewegungen verschwunden. Sie gleitet mehr, als sie geht. Ja, ich erwische sie, wie sie vor dem Computer sitzt, eine Strähne um den Finger wickelt und summt! Am helllichten Tag. Wofür in alten Zeiten Frauen vergeblich ins Milchbad stiegen, Laura hat es gefunden: die Quelle ihrer Erneuerung. Wenn sich nur diese Begleiterscheinungen vermeiden ließen. Simons Begrüßungskuss vor dem Jungen, sein Abschiedskuss vor den Nachbarn. Oder sein bislang erfolgloser Versuch, Hand in Hand mit ihr über die Straße zu gehen.

»Meinst du«, fragt Laura mit einem Seufzen, »meinst du, Hottsch hätte Lust, mit zur Schleuse zu fahren?«

»Hottsch? Frag ihn!«, schlage ich vor und muss mich beherrschen, mein Vergnügen für mich zu behalten. Doch Glückwunsch flüstert meine innere Stimme. Mit dem Paten wäre die Heilige Familie komplett. Jetzt haben sie auch den Esel dabei.

26

Dass Simon sein Fahrrad in Frau Siegels Garage abstellte, dagegen war nichts zu sagen. Doch bald ließ er auch zwei Jacken an unserer Garderobe und hinterlegte in Lauras Schrank einen kleinen Stapel mit Wäsche. Eher symbolisch hinterlegte Laura auch etwas Wäsche in Simons Wohnung. Und mehr symbolisch verbrachte sie eine erste Nacht in seiner Wohnung. Doch in der gleichen Nacht begann der Junge zu husten, und am nächsten Morgen blieb er mit leichtem Fieber im Bett. Darauf brachte Laura nicht ihre Kleider, doch einige Bücher, die sie bei Simon lesen wollte, ins Höfchen zurück. Dadurch ermuntert brachte Simon eine Schubkarre und ein Sortiment Gartengeräte zu uns. Und heute, Samstagmorgen, steht er mit hochgekrempelten Ärmeln in unserem Garten.

»Simon«, ruft Laura, »mein Geburtstag ist vorbei.« Wir haben auf der Terrasse gefrühstückt und genießen noch ein wenig die Sonne.

»Meiner kommt noch«, ruft Simon zurück.

Er hat die Äste des Kirschbaums gestutzt, er hat zwei Büsche geschnitten, jetzt beginnt er, mit einem Spaten in der Wiese zu graben.

»Was wird das?«, frage ich. »Ein Swimmingpool?«

»Der Swimmingpool kommt später. Das wird ein Beet. Am Montag bringe ich Knollen und Setzlinge her.«

»Aber Simon«, ruft Laura. »Du kannst nicht einfach …«

»Mache ich nicht. Frau Siegel ist meiner Meinung. Ein Garten ohne Blumen, das ist kein Garten. Von hier … bis da … machen wir alles mit Blumen.«

Ein Beet, überlege ich. »Aber so ein Beet«, sage ich schließlich, »das muss man gießen! Und Dünger braucht so ein Beet. Man muss das Unkraut rausziehen und die Läuse vergiften. Und im Herbst kommen all die schleimigen Schnecken. Und das ganze Jahr lockt so ein Beet die Bienen und Wespen an. Killerwespen! In der

Arndtstraße ist vor zwei Jahren eine Frau an einer Wespe gestorben …«

»Blum hat recht«, ruft Laura. »Simon, so ein Beet bedeutet nur Arbeit.«

»Arbeit …«, Simon lässt den Spaten unter rhythmischen Tritten in die Erde sinken, »ein Garten ist keine Arbeit. Erholung ist das. Im Ernst, ich mache das gerne, als Ausgleich zu den vielen Stunden im Auto. Und gesund ist es auch. Dominik, hol mal den Eimer, nein, bring gleich die Schubkarre.«

Falls der Junge Simon gehört hat, merkt man es nicht. Simon sammelt selbst die Wasen in einen Eimer und leert den Eimer in die Schubkarre.

»Was ist eigentlich euer Ausgleich?«, fragt er nach einer Weile. Und da er nicht gleich eine Antwort erhält, fragt er nochmal. »He, Laura, was ist dein Ausgleich zur Arbeit?«

»Ich wollte«, seufzt Laura, »ich hätte Zeit für nen Ausgleich. Ich bin berufstätig, ich bin Mutter, und ich habe einen Haushalt. Und wenn ich einen halben Tag frei hab, wartet so was auf mich: die Steuererklärung, die Heizkostenabrechnung und eine Mahnung vom Versandhaus. Dabei bin ich fast sicher, dass ichs bezahlt hab.«

»Und Herr Blum?«, fragt Simon. »Was ist dein Ausgleich? Oder brauchst du nicht so viel Ausgleich – zur Arbeit?«

Er lacht, als wären wir zusammen zur See gefahren. Ich bin nicht mit Simon zur See gefahren, und statt einer Antwort schaue ich ihn an. Über Palandts Kommentare hinweg, über Alpmanns Skripten hinweg, vorbei am Bürgerlichen Gesetzbuch.

»War nur Spaß, Blum. Ich weiß, du lernst für die Prüfung. Wann hast du Termin?«

»August«, sage ich sachlich. Simon nickt und schiebt die Schubkarre weg. Wir schauen ihm zu, wie er ihn in der neuen Kompostecke ausleert, dann dreht sich Laura zu mir.

»Gehst du hin im August?«

»Ich denke schon. Und du? Gehst du hin?«

»Werd ich.«

»Gut«, sage ich.

Laura hat ebenfalls einen Termin im August. Die jährliche Nachuntersuchung von Lymphknoten und Brust. Jeden Sommer wird sie auf ein Rezidiv untersucht, und jedes Jahr beginnt sie bereits im Frühjahr, unruhig zu werden.

»Wird schon«, sage ich und lege ihr die Hand auf den Arm. Sie schaut noch einen Moment vor sich hin, dann widmet sie sich wieder ihrer Steuererklärung. Ich widme mich wieder der strafrechtlichen Unterscheidung von Aneignungskomponente und Enteignungskomponente bei Zueignungsabsichten.

Über Arbeit kann ich mich in der Tat nicht beklagen. Wilhelm hält mich auf Trab, im Gerichtscafé läuft die Außensaison, und der Stichtag für meine juristische Prüfung rückt wie ein Fallbeil Tag für Tag näher. Dazu kommt, dass Simon unser Höfchen ausgesucht hat, um seinen diversen Ausgleichen nachzugehen.

Dass er hinterm Haus die Wiese in einen Garten verwandelt, kümmert mich nicht. Doch vor wenigen Tagen hat er vorm Haus auch die Hecke gestutzt. Er hat sie so weit gestutzt, dass der in Jahrzehnten gewachsene Sichtschutz verschwunden ist. Jetzt sehe ich wieder, wie viele Studenten in unserer Nachbarschaft wohnen. Alle zwanzig Minuten laufen junge Menschen zur Bushaltestelle, und alle zwanzig Minuten kommen von der Haltestelle welche zurück. Direkt in Palandts Kommentare laufen sie rein und aus Alpmanns Skripten wieder hinaus. Studienanfänger auf dem Weg zu den Vorlesungen, zu den Pro- und Hauptseminaren, ins Mensa-Café. Ich beneide sie nicht, so wenig, wie mich irgendjemand beneidet hat. Man weiß ja, dass die Jugend an den jungen Leuten völlig verschwendet ist. Kein Geld, kein Selbstbewusstsein, kein Pep, keinen Plan. Trotzdem zieht es meinen Blick immer wieder zur Straße hinaus. Ihren Gang schau ich mir an, ihre schlanken oder weniger schlanken Figuren und vor allem ihre Gesichter. Den Kredit schaue ich mir an. Ich bilde mir tatsächlich ein, dieses, wie soll ich sagen,

Guthaben zu sehen, an Zeit, an Möglichkeiten, ja, es kommt mir vor, als könnte ich das vage Versprechen sehen, dass diese unverbrauchten Gesichter enthalten und dass sie, nun ja, irgendwann nicht mehr enthalten. Diese Jungen und Mädchen tragen so wenig Vergangenheit mit sich, dass man selbst wieder ein bisschen Zukunft verspürt. Das schaue ich mir an, alle zwanzig Minuten, dann lese ich weiter in den Strafrechtsdefinitionen.

DRITTER TEIL

Synthia.
Ihr stattlicher Hintern,
wenn sie sich zum Wäschekorb bückt,
ihre winzigen Slips auf der Leine.
Ihr erschöpftes Gesicht über dem Fremdsprachentext,
das Unerschöpfliche ihrer Figur.
Die Grübchen, wenn sie an einem Strohhalm zieht,
ihr Lächeln, wenn sie einen Witz nicht begreift.

Zigeunerin vor blühender Landschaft,
heißt ein Gemälde von Delacroix.
Wenn Laura diese Zigeunerin ist,
ist Synthia diese Landschaft.

Miss Himmelblau, nennt sie Simon,
meine Walküre, strahlt Hottsch,
Synthia, sage ich.

27

»Blum, was machst du denn in der Einfahrt? Mit einem Besen?«

»Was wird man machen mit einem Besen?«

»Du hast doch gestern erst gekehrt.«

Ich zeige Simon auch mein zweites Arbeitsgerät.

»Du kratzt das Moos aus den Ritzen? So kenn ich dich gar nicht. Aber nötig isses. Um die Einfahrt hat sich jahrelang niemand gekümmert.«

»Es hat sie auch jahrelang niemand gesehen. Da war mal ne Hecke, jetzt ist es ne Fußangel.«

»Eine Einfahrt muss frei sein. Da muss man was sehen.«

»Was willst du denn sehen? In unserer Einfahrt.«

»Mein Auto zum Beispiel. Halt den Kratzer flacher, dann kommst du besser in die Ritzen.«

»So?«

»Genau.«

Simon geht ins Haus, und ich halte den Kratzer wieder im Winkel wie vorher. Ich habe keine Eile mit diesem Moos. Synthia ist vor einer halben Stunde in ihre Wohnung gegangen, und ich bin sicher, sie kommt vor Abend nochmal heraus. Jetzt, wo die Hecke verschwunden ist, sehe ich sie täglich. Und ohne Hecke sieht man, wie seltsam unser Nachbarhaus geraten ist. Zur Straße hin ist es höchstens fünf Meter breit, aber nach hinten dreimal so lang. Als hätten windige Investoren eine Baulücke geschlossen, die jedem andern zu eng war. Allzu windig waren sie auch wieder nicht, denn von den sechs Wohnungen stehen vier leer. Schmale Einzimmer-Appartements, die wie Waben zu beiden Seiten einer offenen Stahltreppe hängen. Nicht mal ein Dach hat der Bau. Die oberen Wohnungen hat man einfach mit Zinkblech ummantelt. Das soll wahrscheinlich modern sein, aber zwischen den alten Ziegeldächern des Höfchens sticht das Haus Nummer siebzehn heraus wie ein silberner Backenzahn. »Die Blechbox«, hat Dominik es getauft. Ich habe mich eben in die Nähe der Briefkästen gekratzt, als ich Synthias Wohnungstür höre. Sie bewohnt das obere Appartement Richtung Garten. Mit einem Wäschekorb kommt sie die stählerne Treppe herunter.

»Wie?«, sage ich. »Feierabend und immer noch Arbeit?« Es ist ein Uhr mittags, doch etwas Klügeres fällt mir nicht ein.

»Nur ein Körbchen«, sagt sie. Das ist auch nicht viel besser. Der Wäschekorb ist randvoll, und zwei Extra-Tüten liegen obenauf. Mit der Ladung steigt sie schlingernd und wogend die Kellerstufen hinunter. Ich kehre mich auf die Höhe der Treppe, und dort erscheint sie gleich wieder. Jetzt hält sie einen Fünf-Euro-Schein in der Hand. Ob ich wechseln könne, der Wechselautomat sei kaputt.

»Sie brauchen Münzen? Münzen sind kein Problem.«

Ich schiebe eine Hand in die Tasche. Sonst tue ich allerdings nichts. Ich bin verzaubert und ein bisschen hypnotisiert, sie so nahe vor mir zu sehen. Ein wenig blass sieht sie aus, doch es ist eine natürliche Blässe und sie sieht sehr gesund dabei aus. Offenbar stehe ich zu lange reglos herum, denn mit einem Mal läuft ein Hauch Rosa über ihr rundes Gesicht.

»Es ist nur, weil der Wechselautomat wieder nicht wechselt. Und ich brauche doch Münzen …«

»Klar«, sage ich, »Münzen.« Ich schiebe jetzt auch die andere Hand in die Tasche, allerdings ohne dort etwas zu suchen; es ist auch nichts drin. »Und dieser Automat, sagen Sie, wechselt nicht mehr?«

»Nein«, sagt sie. »Er ist schon wieder kaputt.« Erst sei die Waschmaschine kaputt gewesen, dann der Wechselautomat. Und der Trockner habe noch nicht funktioniert, seit sie hier wohne. Genau wie das Licht auf der Treppe. Doch wenn sie den Hausmeister anrufe, laufe der Anrufbeantworter, und der Verwalter … Das Mädchen kommt jetzt ins Reden, und ich lasse sie reden. So lange sie redet, bleibt sie noch hier. Sie ist in dem Alter, wo Reden die einzige Möglichkeit ist, sich einen Reim auf die verwirrenden Dinge zu machen. Und da sie fast alles verwirrt, erzählt sie fast alles. Ab und zu trage ich ein »Ach« oder »Oh« bei, ansonsten stehe ich da und zeige mein kreisrundes Nein-so-was-Gesicht. Ich erfahre eben, warum sie aus der letzten Wohnung ausziehen musste, als hinter mir ein Fenster aufgeht und Simon den Kopf aus dem Wohnzimmer streckt.

»Soll ich zwei Stühle bringen?«

»Nein«, sage ich. »Aber paar Münzen.«

Das ist natürlich ein Fehler, denn keine Minute später steht Simon ebenfalls in der Einfahrt.

»Kieselheer«, sagt er und streckt Synthia seine große, sonnige Hand hin. »Unter Nachbarn natürlich Simon. Ich hab schon gesehen, Sie wohnen nach hinten zum Garten. Schöne Blumen auf Ihrem Balkon ...« Auch Simon kommt jetzt ins Reden, Wechselgeld hat er allerdings auch keins.

»Dominik«, ruft er ins offene Fenster. »Schau mal in meinem Koffer, das Etui mit den Parkmünzen!«

Dominik taucht nicht auf, doch Laura erscheint am Fenster. »Schrei nicht so! Worum geht es?«

Klong-klong kommt auch Hottsch um die Ecke. Halb zwei, das ist seine Zeit. Er sieht Synthia gar nicht, er hält den Blick auf einen verrosteten Schlüssel, den er wie eine Monstranz vor sich herträgt. »Schaut mal, sagenhaft! Hab ich gefunden.«

»Wozu ist der?«, fragt Dominik, der neben seiner Mutter auftaucht.

»Damit hat man früher Schlittschuhe an die Schuhe geschraubt.«

»Absatzreißer«, nickt Simon.

»Vielleicht«, überlegt Hottsch, »finde ich noch nen Schlittschuh dazu.«

»Die Schuhe hast du ja schon«, sage ich.

Jeder redet jetzt von einem anderen Thema. Simon von Blumen, Hottsch von Schlittschuhen, Laura von der nächsten Wochenendtour. Und Synthia? Wir stehen noch eine ganze Weile in unserer

Einfahrt, doch Synthia schweigt. Lächelt ihr verlegenes Lächeln und schaut unter dem Schutz ihrer langen, sittsamen Wimpern zu mir, dem ältesten ihrer neuen Bekannten. Dem schweigsamsten ihrer neuen Bekannten, dem ruhenden Pol. Und der ruhende Pol schaut zurück.

28

»Und du meinst, das steht mir?«

»Natürlich«, sagt Simon. »Kein Mensch trägt die Haare noch lang. Vor allem nicht, wenn er ne Glatze hat.«

»Ich hab keine Glatze. Wenn ich wollte, könnte ich sie mir auf einer Seite wachsen lassen und quer über den Kopf legen. Dann würdest du überhaupt nichts sehen.«

»Klar, und wenn es regnet, hängt dir der Skalp unter der Achsel. Das schneiden wir ab.«

»Gib nochmal den Spiegel!«

»Wirst staunen, wie flott du aussiehst.«

Ich sitze in der Küche auf einem Hocker, und da wir keinen Frisierumhang haben, hat Simon mir ein Tischtuch über die Schultern gehängt. Um den Hals hat er mir aus Toilettenpapier einen Kragen gesteckt.

»Und deinen Pinsel da vorne schneiden wir auch weg.«

»Mein Büschel?«

»Wenn das ein Büschel ist …«

»Jedenfalls sind es Haare. Ich fand sie immer ganz gut.«

»Weg damit! Sträußchen Petersilie …«

Ich schaue mir den Bürzel noch einmal an. Ich schaue mir mein Gesicht nochmal an. Achtunddreißig Jahre und keinerlei Falten, nicht einmal Fältchen. Sonst allerdings auch nichts. Runde Wangen in einem runden Gesicht, vollendet harmlos. Von vorne sehe ich aus wie ein Priester, wenn ich lächle fast wie ein Heiliger. Ich verschiebe die beiden Spiegel und betrachte mich im Profil. Die gebildete Nase, die feinen Ohren. Von der Seite gleiche ich durchaus einem Richter, zumindest könnte ich als Gerichtsschreiber durchgehen. Und von hinten? Der wuchtige Kopf, der fehlende Hals. Ich kann die Spiegel drehen wie ein Jongleur, von hinten sehe ich aus wie ein Henker, Scharfrichter Blum.

»Ab!«, rufe ich und schrecke ein wenig zusammen ob meiner Entschlossenheit.

»Ist schon ab! Ist schon ab.«

»Und du bist sicher, du kannst das?«

»Blum, bei der Marine hab ich allen die Haare geschnitten, vom Smutje bis zu den Offizieren. Wenn wir lang draußen waren, ist sogar der Kapitän zu mir gekommen. Kieselheer, schneid mir die Haare, hier draußen muss Luft ans Gehirn.«

»Wart ihr oft draußen?«

»Ich hab mehr Wasser gesehen als Land. Bis San Francisco sind wir gefahren. Ich wär heute noch dabei, auf die Gorch Fock wär ich gekommen, hätt ich nicht den Unfall gehabt.«

»Deinen Bandscheibenvorfall?«

»Stell dir vor, ich krieg meine Beförderung auf den Weißen Schwan, mach nen Freudensprung und rutsch auf dem Bohnerwachs aus. Und das zwei Wochen, bevor es losgeht ...«

Das mit dem Bohnerwachs hat mir Simon schon mal erzählt. Jetzt, unter dem leisen Surren der Schneidemaschine, möchte ich was anderes hören.

»Ist Mac Nebb noch dabei?«

»Mac Nebb ist in Venezuela geblieben. Er kam eines nachts vom Landgang nicht mehr zurück.«

»Du hast erzählt, er hätte beim Pokern gewonnen, und sie hätten ihn abgestochen.«

»Nein, er hat verloren und konnt nicht bezahlen. Da isser ausm Fenster gesprungen und hat sich bei ner Mulattin im Hafen versteckt. Sein Pech, dass das Mädchen verlobt war. Die ganzen

Brüder hinter ihm her, doch Mac Nebb ist in einer Vier-Meter-Jolle geflüchtet und erst in Kuba wieder aufgetaucht. In Havanna soll er dann mit geschmuggeltem Whiskey ein Vermögen gemacht haben und in einer einzigen Nacht in Rio wieder verzockt.«

»Danach verliert sich die Spur?«

»Einer will ihn als Eissäger in Alaska gesehen haben. Ein anderer ist sicher, er fährt Langholz quer durch Australien. Und gleich zwei behaupten, er hat ne Ranch in Texas und gewinnt als Jockey sämtliche Flachrennen bis hoch nach San Diego.«

»Und?«

»Alles Quatsch. Vor allem das letzte, Mac Nebb als Jockey.«

»Er ist zu schwer für nen Jockey?«

»Er wiegt über zwei Zentner.«

»Wie groß ist Mac Nebb?«

»Nicht größer als du.«

»Und so was nimmt die Marine?«

»Er war der beste Steuermann, den die Marine je hatte. Und ich kann dir sagen, vor Mac Nebb hatte jeder Respekt. Er konnte mit einer Hand ne Eisenstange verbiegen. Er konnte in sieben Sprachen was zu essen bestellen, und für zwanzig Mark hat er dirn Horoskop erstellt. Wenns sein musste, konnte er drei Minuten die Luft anhalten und aus dem Stand aufn Tisch springen. Er konnte nen Sextanten reparieren, chinesisch kochen und was von Schopäng aufm Klavier geben. Sogar nen Doktortitel soll er gehabt haben. Nur Haare schneiden, Haare schneiden konnte er natürlich nicht …«

29

Die Einfahrt ist inzwischen vom Moos befreit, doch mit dem Moos ist auch die Erde zwischen den Platten verschwunden. Also streue ich Sand und kehre ihn in die Lücken. Drei Busse haben inzwischen gehalten, doch mit keinem ist Synthia nach Hause gekommen.

Eine andere ist ausgestiegen, die junge Frau, die ebenfalls im Nachbarhaus wohnt, sie ist sogar stehen geblieben, um ein paar Worte zu wechseln. Allzu gesprächig wurde ich nicht. Erstens wollte ich nicht, dass Synthia mich mit einer anderen sieht, zweitens ist dieses Mädchen ganz und gar nicht mein Typ. Sie bewohnt das Kellerappartement zur Straße, und wie ein Kellergeschöpf sieht sie aus. Eine kleine graue Maus, die in ihrem jungen Leben nicht viel Licht abbekommen hat. Grauer Teint, farblose Haare, und vor allem ist sie so mager, dass das Jäckchen, mit dem sie täglich zur Uni fährt, von ihr absteht, als wär es ein Pappkarton.

Halb drei und von Synthia immer noch keine Spur. Vielleicht ist sie schon vor Mittag nach Hause gekommen? Vielleicht ist sie krank und hat die Wohnung gar nicht verlassen. Ich schaue nach oben, die Vorhänge hängen wie immer. Auch im Badezimmerfenster ist nichts zu sehen. Ich kehre mich in den Rinnstein, um einen besseren Winkel zu haben. Ich kehre mich zurück zu den Tonnen. Schließlich rettet mich nur ein Sprung über die Hecke, um nicht von quietschenden Reifen überfahren zu werden. Laura ist gewohnt zügig um die Kurve gekommen und in die Einfahrt geschossen.

»Blum«, ruft sie beim Aussteigen, »was stehst du mitten im Weg?«

»Bist du Straßenkehrer geworden?« Dominik steigt hinter ihr aus. Auch eine dritte Person steigt aus dem Wagen.

»Synthia!«, rufe ich.

Heute trägt sie einen roten Pullover, der sich alleine dadurch stramm zieht, dass das Mädchen einatmen muss. »Was für eine Überraschung!« Aus Versehen schiebe ich den Besen durchs Gras.

»War Hottsch noch nicht da?«, fragt Laura.

»Wie siehst du denn aus?« Dominik bemerkt meine neue Frisur.

»Hottsch bringt ein Fahrrad.« Laura knallt die Tür hinter sich zu. »Für Synthia. Sie kommt am Wochenende mit!«

»Aber Hottsch«, wende ich ein, »hat doch kein Fahrrad.«

»Hottsch hat alles«, sagt Laura. »Gehen wir zu ihm. Blum, kommst du mit?«

Unbedingt komme ich mit. Lauras Idee, Synthia in den erweiterten Kreis der Familie aufzunehmen, finde ich ausgezeichnet. Sie aber gleich zur Schleuse radeln zu lassen, finde ich übertrieben. Sie kann mit mir im Garten auf die Radfahrer warten. Nun, in Hottschs Schuppen, bin ich gewiss, wird sich die Sache erledigen.

»Da sind sie!« Hottsch strahlt wie ein Museumsdirektor. Als wir nicht sofort reagieren, fügt er hinzu: »Fünf Räder, alle komplett!«

»Eh, ja«, sage ich, »aber warum hast du die Dinger auseinander gebaut?«

»Damit keiner wegfährt. Letztes Jahr haben sie mir ein Waffeleisen geklaut.«

»Das hier … klaut niemand«, sage ich.

Wir schauen diesen Berg aus ineinander verkeilten Schutzblechen, Felgen und Lenkstangen an, es ist nicht mehr als ein Haufen Alteisen und Schrott. Lauras Zuversicht ist bereits am Versiegen. Auch Synthias Lächeln verschwindet. Hottschs Hochstimmung nicht.

»Aber meine Klassiker«, lacht er, »kriegt ihr sowieso nicht. Für Sie, liebe Synthia, habe ich etwas anderes Schönes!«

Er schiebt einen Karton zur Seite, hebt eine Plane weg und präsentiert: ein nagelneues Tourenfahrrad. Zumindest sieht es unbenutzt aus. Es ist vollständig zusammengebaut, verfügt über Klingel, Tacho und Dynamo, es hat sogar Luft in den Reifen.

»Oh!«

»Hoppla!«

»Nicht schlecht.«

»Gehörte das nicht deiner Frau?«, höre ich Laura.

Hottsch schüttelt den Kopf.

»Du warst verheiratet?«, frage ich.

»Nein.«

»Natürlich warst du verheiratet.« Dominik.

»Nicht richtig. Da schaut, nur zwölf Kilometer. Das zählt nicht.«

»Wollte Sieglinde es nicht mitnehmen?«, fragt Laura.

»Sie hat ja sonst alles mitgenommen. Das Auto, die Möbel, meine Lebensversicherung. Das Rad hat sie mir gelassen, wahrscheinlich, dass ich mich jedes Mal ärgere, wenn ich es sehe. Ich ärger mich aber nicht, ich meine, so ein Rad kann ja nichts dafür, wenn sich so eine draufsetzt. Zwölf Kilometer.«

»Die Gangschaltung geht noch?«, fragt Dominik.

»Da geht alles. Die Schaltung, die Bremsen, Licht. Und die Klingel ist noch gar nicht benutzt. Meine Alte hat nie geklingelt. Ich hab immer gesagt, klingel doch mal, sie wollt aber nicht. Dabei klingelts doch gut! Oder?«

»Wir hörens«, sagt Laura.

»Is gut«, bremse ich.

»Und, eh«, Synthia meldet sich. »Sie meinen … Sie könnten mir … das tatsächlich ausleihen?«

»Nö, das verleihe ich nicht. Das schenke ich dir. Ich meine, is doch n Fahrrad, und n Fahrrad will, dass einer drauf fährt, sonst wärs ja n Lehnstuhl. Aber eins machen wir noch, nen andern Sattel mach ich dir drauf. Auf dem Sattel brauchst du nicht mehr zu sitzen, da braucht keiner mehr drauf sitzen!«

Und was niemand für möglich gehalten hätte, geschieht: Hottsch wirft zum ersten Mal etwas weg. Mit wenigen Griffen hat er den Sattel entfernt und in eine ölverschmierte Tonne geworfen. Und mit einem Tempo und einem Geschick, das ich ihm nicht zugetraut hätte, montiert er einen anderen Sattel. Sein Grinsen dazu durchläuft sämtliche Varianten seines an Grinsen nicht armen Gesichts. »Fertisch.« Er schiebt das Rad Richtung Tür. »Komm mit raus, testen. Und dann klingelst du mal.«

30

Am nächsten Morgen verkaufe ich kein einziges Eis. Ich laufe in die Gerichtsstraße, sperre das Café auf und schiebe meinen Eiswagen ins Freie; seit zwei Wochen bin ich im Außendienst. Ich radle den Schlossberg hinunter, doch statt auf die Bismarckbrücke steuere ich unter die Bismarckbrücke. Dort setze ich mich auf meinen Klappstuhl und lehne mich gegen die Wand.

Ich bin selber schuld, ich hätte was tun sollen. Wie Laura etwas getan hat. Sie hat nicht stundenlang Ritzen gekratzt, sie hat Synthia gesehen und, wie sagt Simon?, verhaftet. Und während ich mir den Hals zum Fenster verrenke, sitzen die Frauen bei Josefine. Und welch ein Zufall, Joe und Löwenstein sitzen ebenfalls dort. Die Kröpfe, die gutverdienenden Funkwanzen fressen den sozial Schwachen den Mittagstisch weg. Die Szene kann ich mir vorstellen. »Leander! Joe! Was macht ihr denn hier?« – »Wir haben in der Gasse gedreht. Und ihr?« – »Wir essen zu Mittag und besprechen ne Radtour.« – »Ne Radtour?« – »Am Sonntag, runter zur Schleuse. Seid ihr dabei?« Und bevor die beiden ihre müden Bemerkungen loslassen, fügt Laura hinzu: »Synthia kommt auch mit.« – »Oh.« – »Mhm.« – »Ich glaube, ihr kennt euch noch gar nicht ...« Und die berühmten Männer geben dem Mädchen die Hand. Joe seine nikotingelben Griffel, und Löwenstein den klammen Waschlappen mit Siegelring. »So, so. Runter zur Schleuse.« – »Da haben wir beim letzten Tatort gedreht.« Löwenstein beginnen die faltigen Augen zu schwitzen, und Joes Biberzähne wachsen von ganz allein aus dem Mund. »Ne Radtour, wie früher.« – »Och, n Tacken Bewegung.« – »Frische Luft.« – »Da ist nur ... Wir haben kein Fahrrad.« – »Ich kenn einen«, sagt Laura, »der versorgt uns mit Rädern.« – »Echt?« – »Toll.« Und die beiden grasen Synthia ab, ihren Pullover, die rosigen Wangen, als sähen sie eine andere Schleuse, auf die sie gern zutuckern möchten ...

Aah! Während ich, Nigger Blum mit dem Sträflingshaarschnitt

und dem Sträflingsbesen über den Ritzen … Scheiß drauf! Eis drauf! Wenn ich heute keins verkaufe, will ich wenigstens eins essen. Ich mache mir eine Coppa Caluzzi mit einem Extraschlag Waldmeister obendrauf. Laura machts vor, sie will nicht als Familie rumradeln und findet Begleitung. Und Hottsch machts vor. Er will nicht als Schrottsammler gelten und liefert ein Fahrrad. Und ich? Massa Blum, der jeden Tag mit einer Aktentasche das Gericht betritt und es rückwärtig mit einem Eiswagen wieder verlässt? Der Waldmeister schmeckt überhaupt nicht. Ich probier die Pistazie, Banane, schließlich fülle ich die Coppa Caluzzi Kugel für Kugel in die Boxen zurück. Ich brauche kein Eis. Ab jetzt wird sich sowieso manches ändern. Wie Simon gesagt hat, das Leben ist eine Auster, doch auf ner Matratze lässt sich die Perle nicht knacken. Aus, Ende, der freundliche Blum ist Geschichte. Als erstes werde ich mir Franko vornehmen. Seinen Stundenlohn kann er sich hinter den Frisierspiegel klemmen. Wenn die heißen Tage beginnen, fahre ich ohne Provision nicht mehr raus. Wenn einer vier-, fünf-, ja, sechshundert Kugeln am Tag in die Tüten schiebt, will er abends was sehen. Im Moment sehe ich nichts. Nur die Algen am Sandstein der Brücke. Und Boris, auch so ein Weichling, der meint, seine gescheiterte Existenz mit meiner verbinden zu können. Seine Lektion ist längst fällig.

»Ej, Blum, wo stecksu denn? Ch hab dich überall gesucht.«

Ich nicke, im Grunde nur ein Verdüstern der Brauen.

»Vanille unn Erdbeer«, sagt er.

»Ein Euro zwanzig«, sage ich, ohne mich im geringsten zu rühren.

»Nille unn Ärdbeer. Bisschen mehr Nille als Ärdbeer.«

»Zwei Kugeln kosten einszwanzig«, sage ich deutlich.

Er schaut mich an, als führe ich Selbstgespräche.

»Blum, ch muss los, sonst nimmt mir Kalle den Platz wech.«

Ich rühre mich nicht.

»Was passiert?«

»Nein, aber es wird was passieren. Das Leben ist eine Auster, doch auf ner Matratze kannst du die Perle nicht knacken!«

»Hä? Hasse deinen filosofischen Tag? Ich will keine Auster. Vanille mit Ärdbeer.«

»Einszwanzig.«

Boris reißt ein Auge weit auf, das andere kneift er zusammen.

»Du wills esch Geld?«

»Ich will kein Geld. Aber du willst Eis.«

»Ch gebs dir nachher.«

»Nicht nachher.«

»Blum, Gumpel. Du weißt, ohne Eis kann ich meine Sitzung nich machen.«

»Du meinst, ohne Schnaps kannst du deine Sitzung nicht machen.«

»Mein Frühstück hab ich gehabt, jetzt brauch ich Eis. Blum, ohne Eis fühl ich mich schmutzig.«

»Dein Problem. Lass dein Frühstück weg.«

»Blum, du biss kein Mensch.«

»Ich bin Verkäufer. Subunternehmer! Nicht Mutter Teresa.«

»Fuffzich Cent hab ich.« Er kramt in seiner Tasche.

»Soviel kostet die Tüte. Ich geb dir ne Tüte.«

»Ch will keine Tüte, ch will Vanille mit Ärdbeer. Nur Ärdbeer!«

Boris schaut mich an. Ich schaue an ihm vorbei. Geradewegs in eine klare, harte Zukunft hinein.

»Ch habs.« Boris' Gesicht hellt sich auf. »Ich geb dir den Fuffsischer und du gibs mir ne Kugel auf die Hand!«

»Auf die Hand?«

»Eine Kugel. Nur Ärdbeer.«

Dagegen ist betriebswirtschaftlich nichts zu sagen. Vielleicht könnte man hygienische Einwände äußern, doch so kategorisch will ich nicht sein. Boris dreht seine Hand um, diese schwielige, wie von endlosen Schnitten gekreuzigte Hand, ich lege ihm eine Kugel drauf. Er fängt sofort an zu schlecken.

»Das schmeckt viel besser als mit der scheiß Tüte.«

Er schlurft Richtung Innenstadt, seine Hand vor dem Mund wie ein Hund seinen Napf. Das Leben ist eine Auster, sage ich nochmal. Dann ruf ich ihm nach. »Boris!« Er dreht sich nicht um. »*Boris!*« Er hört mich nicht mehr. Hm, ich hätte ihm wenigstens einen Schlag Sahne dazugeben sollen.

31

Hottsch sitzt auf der Mauer, ich sitze auf der Mauer, Wilhelm steht mit seiner Krücke in der Haustür, und Frau Siegel hat sich im ersten Stock ins Fenster gelehnt. Es ist Anfang Mai, ein strahlender Himmel, und wenn wir selbst auch zu Hause bleiben, wollen wir uns den Moment nicht entgehen lassen: Den Auszug der Gladiatoren.

Simon ist als erster gekommen. Er hat drei Räder aus der Garage geschoben, den Reifendruck geprüft, die Ketten mit Fett eingesprüht und mit einem Lappen letzte matte Stellen poliert. Jetzt steht er schon eine gute Weile in eine Karte vertieft. Laura und Dominik kommen als nächste, Laura hält einen Picknickkorb in der Hand und Dominik zwei große Trinkflaschen. Mit einem Rucksäckchen auf dem Rücken kommt Synthia aus dem Blechbüchsenhaus, und kaum hat sie Laura begrüßt, kommen die unnutzen Gehilfen aus einer Seitenstraße gestrampelt: Löwenstein lehnt mit Sonnenbrille und wehendem Haar auf einem Bonanza-Fahrrad und Joe krümmt sich in das zu enge Gestell eines Klapprads.

»Deine Klassiker?«, frage ich Hottsch.

»Zwei meiner Klassiker«, nickt er.

Auf einem Rennrad kommt schließlich auch der schöne Francis um die Ecke geglitten. Allgemeines Hallo und Küsschen-Verteilen, dann zählt Simon mit ausgestrecktem Finger die Anwesenden, gibt mit »Sieben!« das Ergebnis bekannt, drückt seinen Tacho auf Null und ruft: »Abfahrt!«

Frau Siegel winkt, Hottsch klatscht, und Wilhelm brummt etwas, das keiner versteht. Es ist offensichtlich, dass Simon mit seiner Tour-Mütze und dem grünen Trikot das Feld anführen will. Doch schon auf den ersten Metern klemmt sich Dominik an sein Hinterrad und lauert, sich selbst an die Spitze zu setzen. In einigem Abstand folgt Francis mit den plaudernden Frauen, und das Schlusslicht bilden Biber-Joe und Bonanza-Leander, der eine die erste Selbstgedrehte im Mundwinkel, der andere eine Digitalkamera um den Hals.

»Mein Material!«, freut sich Hottsch.

Und meine Synthia, denke ich. Da fährt sie hin, dicht an dicht neben Laura. Von hinten ergeben die beiden ein überragendes Bild. Lauras schlankes Gesäß leicht radierend und Synthias runder Hintern eher thronend, zwei Herzen auf Sätteln, kein Wunder, dass Löwenstein dahinter zu filmen beginnt. Ich strecke meinen Kopf vor, um die Truppe länger sehen zu können. Auch Hottsch beugt sich vor.

»Wassen jetzt?«, frage ich.

»Wersn das?«, fragt Hottsch.

Ein achter Radfahrer, nein, eine Radfahrerin fährt uns ins Bild. Es ist das dürftige Mädchen, das im Keller des Blechhauses wohnt. Sie hat auch einen Hintern und einen Sattel, doch alles, was wir sehen, ist das Stakkato ihrer eifrigen Beine. Das Kind strampelt wie eine Nähmaschine, um die Gruppe vor der Kreuzung noch einzuholen.

»Kennst du die?«, fragt Hottsch.

»Nie gesehen«, sage ich.

»Babette«, stellt sich diese Nachbarin vor, als sie mit der Truppe am Abend zurück kommt. Ich habe nicht nach ihrem Namen gefragt. Hottsch hat auch nicht gefragt. Doch nicht gefragt zu werden, ist diese Babette offensichtlich gewohnt, und so beginnt sie von sich aus eine Unterhaltung mit uns. Wir würden lieber zu Synthia rücken. Oder zu Laura. Doch Laura unterhält sich angeregt mit Francis, und Synthia halten Löwenstein und Joe in Beschlag. Den ganzen Abend rücken die beiden nicht von ihr ab. Strecken ihre Hälse, ihre schwitzenden Augen und ihren sauren Atem nach ihr. Umkurven sie wie zwei Fliegen eine Blume, an der womöglich noch keine andere Fliege gesaugt hat.

»Was studierst du?«, fragt Joe.

»Französisch und Englisch.«

»Oh«, schmalzt Löwenstein. »Die Sprache der Liebe und die Sprache der Welt.«

Und Synthia lächelt. Lächelt so allgemein, dass es sie wie eine Rüstung umgibt. So jung sie ist, sie hält sich diese verwelkten Freier vom Hals. Nicht einmal Wein lässt sie sich nachgießen. Der einzige, dem sie ab und zu einen längeren Blick schenkt, ist Simon. Er ist auch der einzige, der nichts von ihr will. Er steht am Feuer, kümmert sich um die Würste und strahlt solch eine Aura von Kameradschaft und Verlässlichkeit aus, dass Synthia in regelmäßigen Abständen aufsteht, um etwas bei ihm zu essen. Schließlich geht der Sonntag zu Ende. Simon hat den Grill abgebaut und das Feuer gelöscht. »Ich fahr heim, ich muss morgen um zehn in Köln sein.«

Synthia steht ebenfalls auf. »Vielen Dank für den schönen Ausflug.«

»Ich bring dich rüber.« Löwenstein erhebt sich.

»Meine Richtung.« Auch Joe steht auf.

»Nee, meine«, kommt es von Hottsch.

Und da ich selbst nicht zurückbleiben will, nehme ich Synthias Rucksack: »Ich trag dein Fahrrad nach oben.«

Vier Augenpaare hängen an Synthia. Und Synthia schaut zu Simon … Doch jemand anderes löst die Situation. Eine, die niemand gefragt hat und von der man fast vergessen hat, dass sie da sitzt.

»Soll Laura alleine aufräumen?«, fragt die kleine Babette. Sie stellt zwei Teller zusammen. »Wenn jeder mit anpackt, ist das in fünf Minuten erledigt.«

Gegen ihren Vorschlag kann man schlecht etwas einwenden. Also räumen wir Teller und Gläser zusammen, bauen den Sonnenschirm ab, tragen das Leergut in die Garage. Und bevor sich Laura von jedem verabschiedet hat, ist Synthia im Blechhaus verschwunden.

Hottsch geht nach Hause, die Gesellen verschwinden, ich bringe Wilhelm ins Bett, und als ich zurückkomme, ist das Licht in Synthias Wohnung gelöscht. Ich schaue noch einen Moment zu ihrem Fenster hinauf, als mich eine Stimme anspricht.

»Warn schöner Abend.«

Ich senke den Blick und sehe Babette vor ihrer Kellertür stehen.

»Ganz nett«, stimme ich zu.

»Ich koche noch Kaffee. Möchtest du eine Tasse?«

Ich stutze. Wer denkt bei so einem Satz, geäußert zehn Minuten nach Mitternacht, nicht an Geschlechtsverkehr? Ich, Christoph Blum, denke nicht an Geschlechtsverkehr. Und sie, Babette Nochwas, vermutlich auch nicht. Schätze, allein das Wort Geschlechtsverkehr ist ihr so fremd wie mir das Wort Spitzengehalt.

»Kaffee?«, frage ich.

»Ja, ich trinke abends gern eine Tasse.«

Ich schaue mir dieses übersehene Wesen zum ersten Mal an. Ihr schmales Gesicht, ihr Büstenhalter mit wenig zum Halten, ihre lebhaften Finger. Kaffee, muss man sagen, passt zu der Frau. Das Mädchen wirkt so wach, als hätte es schon als Kind jede Menge Kaffee bekommen. Kaffee statt Milch. Und statt an der Mutterbrust einzuschlafen, ist Babette neben der Kaffeekanne wach geblieben. Und immer wacher geworden. Der jungen Frau fehlt es in einem Maße an Müdigkeit, dass einem Mann Angst und Bang werden könnte. Wäre sie nur einen Hauch runder, ich würde das Weite suchen. Doch sie ist dürftig. Und hinter der beherrschenden Brille ähnelt sie mehr einem Mikroskop als einer Frau. Und das Mikroskop lächelt. Erstaunlich, dass man ohne Lippen so lächeln kann.

Ich folge ihr nicht in den Keller, doch ich bleibe in ihrer Einfahrt, Babette bringt den Kaffee herauf. So stehen wir plaudernd gegen das Blechhaus gelehnt, Babette an der Treppe zu ihrem Keller und ich direkt unter Synthias Balkon.

32

Es ist nicht das gewohnte *klong-klong*. Es ist auch nicht das gewohnte *kling-kling*. Es ist ein dumpfes Geräusch, als versuche jemand, *kling* wie *klong* zu vermeiden. Ich strecke den Kopf aus dem Badezimmerfenster und sehe, wie Hottsch seine Nylontüte gegen die Brust drückt und auf Zehenspitzen zur Bank schleicht. Er setzt sich, schlägt die Beine übereinander und hebelt die erste Flasche auf. Er sieht, was ich sehe. Das neue Blumenbeet, den alten Kirschbaum und den Vollmond über dem Waldrand. Und er hört, was ich höre. Laura.

Ihren langsamen Atem. Ihren schnelleren Atem. Ein kleines Seufzen. Ein größeres Seufzen. Dann wieder ihr Atem. Ihr Atem wie ein Anlaufnehmen, vor kleineren und größeren Gipfeln, vor Bergfahrten, Talfahrten ... Lauras Reise hat begonnen, und der Pate sitzt auf der Bank und fährt mit.

Es hat nichts Anstößiges, wie er im Mondschein da sitzt, ein dürres Knie über dem anderen und die Bierflasche wie eine Opferkerze im Schoß. Vielleicht liegt es daran, dass er sich so unbeschwert freut, er scheint nicht den Hauch eines schlechten Gewissens zu haben. Er scheint auch nicht den Hauch einer Erregung zu haben. Er scheint diesem auf- und abschwellenden Nachtgesang zu lauschen wie ein Kurgast einem Mozartkonzert.

Vielleicht erinnern ihn die Geräusche an etwas, das er selbst einmal war. Oder auch nicht war, aber doch hätte sein können. Wenn Heimat ein Land ist, das jedem in die Kindheit scheint, so ist die Lust vielleicht eine Insel, an der jeder vorbeifährt. Mancher auch anlegt, doch auf Dauer dort wohnen darf niemand. Laura hat diese Insel soeben betreten, und Hottsch dümpelt vorm Hafen und hört dem Wellenschlag zu.

Einen Moment bin ich versucht, mich zu ihm setzen. Ich tue es nicht, hier im Badezimmer ist die Akustik beinahe noch besser. Ich schließe die Augen und atme die Frühlingsluft ein, bis mich ein Quietschgeräusch aufschauen lässt. Das Geräusch ist bekannt, es ist das kurze Schleifen, mit dem Frau Siegel ihre Dachwohnung lüftet. Nun, warum soll sie nicht um Mitternacht ihre Dachwohnung lüften, zumal die Jahreszeit so angenehm ist?

Das nächste Geräusch lenkt meinen Blick zum Blechbüchsenhaus. Plötzlich steht Synthias Balkon einen Spalt offen. Auch der Vorhang dahinter bewegt sich. Das kann der Wind sein, doch es könnte auch … Unsinn, Synthia schläft. Und Frau Siegel schläft eben ein, die frische Luft macht den Schlummer der beiden nur tiefer. Ich konzentriere mich wieder auf Laura. Ab und zu fliegen jetzt kleine Worte aus ihrem Mund, gepresste, nicht zu verstehende Worte. Auch mit der Hand hinter dem Ohr verstehe ich sie nicht. Ruft sie den Himmel an? Die Götter? Braucht sie vielleicht ein Glas Wasser? Dann versteh ich ein Wort.

»Sakra!«

Wilhelm steht im Nachthemd am Zaun und kann das Gartentürchen nicht öffnen. Offenbar will er zu Hottsch auf die Bank. »Sakrasak …«

Jetzt meine ich, auch ein »Psst« vom Balkon und ein Hüsteln vom Dachfenster zu vernehmen. Seis, wie es will, bevor Wilhelm das dritte Mal flucht, bin ich bei ihm und kann eben verhindern, dass er mit seinen dreiundachtzig Jahren über den Zaun steigt. Es ist nicht ganz einfach, ihn ohne Krücke zurück in die Wohnung zu führen, andererseits kann er sich ohne Krücke nicht wie gewohnt wehren. Schließlich schaffe ich es, ihn zurück in sein Bett und unter die Decke zu bringen, doch das Gerangel hat mich ernüchtert. Unsere Terrasse ist kein Treffpunkt akustischer Spanner.

Zurück im Garten gehe ich geradewegs zu Hottsch und räuspere mich.

»Setz dich«, grinst er. »Das Beste kommt gleich.«

»Hottsch«, flüstere ich. »Du kannst nicht hier sitzen ...«

Er führt den Zeigefinger zum Mund.

»Hottsch, du gehst jetzt besser schlafen.«

»Ich glaube, *du* gehst jetzt schlafen.«

»Ich wohne hier.«

»Und ich sitze hier!«

Und zum Zeichen, dass er nicht vorhat, seinen Platz zu räumen, zieht er die nächste Flasche Bier aus der Tüte. Ich strecke die Hand aus und halte sein Handgelenk fest.

»Hottsch!«

»Blümchen?«

»Du Esel ...«

»Eunuch!«

Die folgenden Worte werde ich nicht wiederholen. Nur so viel, dass wir nicht laut werden durften. Also flüsterten wir uns Schimpfworte zu. Und je leiser wir wurden, desto hemmungsloser wurden die Grobheiten. Schließlich gelang es Hottsch, sein Handgelenk zu befreien, und, man stelle sich vor, er hob die Bierflasche, um sie auf meinem Kopf zu zertrümmern. Hottsch, das Spinnenbein, drohte mir, dem Schwergewicht Blum. Was blieb mir übrig, als Maßnahmen zu ergreifen, die außerhalb meiner Natur liegen. Mit einem Griff entwand ich die Flasche, mit einem zweiten fasste ich seinen Arm und mit einem dritten drehte ich ihm die Faust auf den Rücken.

»Ab!«, führte ich ihn durch die Einfahrt hinaus auf die Straße. Kaum hatte ich ihn unter der Laterne entlassen, tat es mir leid. Wie er lang und klapprig über den Bürgersteig schlurfte, die Flaschen mal *kling,* mal *klong* ohne jeden Rhythmus an seinen wackligen Knien. Komm zurück, wollte ich rufen. Setz dich, ich bring dir ne Decke! Doch der Pate, mein Freund und Nachbar, kam nicht zurück.

33

»Hottsch?«

Keine Antwort.

»Mach die Tür auf! Ich weiß, dass du drin bist.«

»Wer issen da?«

»Blum.«

»Kenn ich nicht.«

»Ich muss dir was zeigen!«

»Hau ab! Chab zu tun.«

Hottsch war beleidigt. Er schaute zwar nach wie vor täglich bei uns herein, doch er redete nicht mehr mit mir. Er redete mit Laura, mit Simon, mit Dominik und der Katze, mich übersah er. Und lange bevor in Lauras Schlafzimmer die kleine Oper einsetzte, ging er nach Hause. Zog sich in seinen Schuppen zurück, wo hinter den halbblinden Scheiben bis früh am Morgen das Licht nicht mehr ausging.

Ich machte mir Sorgen, es war offensichtlich, die beiden Klassiker waren ihm nicht bekommen. Über Jahre hatte er nur gebrauchte Schrauben sortiert und krumme Nägel gerade gebogen, und jetzt hatte er aus einem Kubikmeter Altmetall ein Bonanza- und ein Klapprad zusammengebaut. Mit Tröte und Rücktritt und Dynamos. Er musste den Eindruck gewinnen, seine Sammlung aufgegebener Dinge sei tatsächlich noch zu etwas nutze. Und womöglich verstieg er sich in den Glauben, er selbst sei noch zu etwas nutze. Das nächste Projekt schien er bereits in Arbeit zu haben. Er machte sich einen Spaß daraus, im Blaumann herüberzukommen, und in seiner Pennertüte klapperten statt Flaschen Schraubendreher und -schlüssel. Nicht ohne Stolz präsentierte er kleine Schrammen an seinen Händen, Ölstreifen an den Hosen, Rußflecken im Gesicht.

»Was baust du denn?«, fragte Simon.

»Nichts«, grinste er. »Ich räume nur auf.« Doch dem Gewölbe seiner Augenbrauen nach hegte er ein kolossales Geheimnis. Genau zwei Wochen ließ er uns auf die Enthüllung warten. Am nächsten Sonntag saß er noch neben Wilhelm und der Katze auf der Mauer, doch am Sonntag darauf ließ er uns auf der Zuschauermauer allein. Simon hatte eben das Zeichen zur Abfahrt gegeben, als Hottsch aus seiner Einfahrt herauskam. Herausschoss wäre zu viel gesagt, doch er legte mit seinem Gefährt ein Tempo vor, das man ihm nicht zugetraut hätte. Er ploppte über den Bordstein, legte auf der Straße noch einen Zahn zu, drehte eine Extra-Schleife vor der versammelten Truppe und bremste mit einem »*Hoho!*« am Bürgersteig ab. Kein Blaumann, keine schmutzigen Fingernägel, kein Ruß an der Wange. Stattdessen weiße Hosen, weiße Jacke, und statt seiner Baskenmütze trug er einen Panamahut, den er unterm Kinn festgezurrt hatte.

»Der große Gatsby!«, strahlte Laura.

»Johannes Heesters«, lachte Simon.

»Hottsch«, sagte Hottsch.

»Noch ein Klassiker?«, fragte Simon.

»Mehrere Klassiker«, korrigierte Hottsch. »Ein Bianci-Rahmen, ein Peugeot-Lenker und«, er zog seinen Pullover vom Gepäckträger, »ein Fiat-Elektro-Antrieb mit Batterie! Null Komma acht PS. Fast ein Pferd.« Er ließ uns einen Moment staunen, dann rief er. »Was ist, Kinder, wie wärs mit einem Ausritt?«

»Höchste Zeit«, sagte Simon. »Auf gehts!«

Er justierte seine Telekom-Mütze, Synthia zog den Pullover nach unten, Löwenstein filmte, Joe rauchte, die Truppe setzte sich in Bewegung. Hottsch wartete einen Moment, dann trieb er sein Gefährt mit einigen Pedaltritten an. Einmal in Fahrt brauchte er nicht mehr zu treten, nur noch zu bremsen. Er schnurrte an den anderen vorbei, drehte an der Spitze um, fuhr zurück und überholte die Truppe gleich nochmal. Dazu die weiße flatternde Jacke, die weißen flatternden Hosen, der vom Fahrtwind in den Nacken gewehte Hut …

»Bravo!«, rief Frau Siegel vom Fenster.

»Schrrk«, klatschte Wilhelm.

»Hottsch«, staunte ich.

34

Mit dem Paten war die Sonntagstruppe auf neun Personen gewachsen. Neun jung empfindende Männer und Frauen, die übermütig ihre Räder bestiegen und nach einem Tag an der Sonne gelüftet und ausgelassen zurückkamen. Während ich in meiner Abstellkammer hockte und mich durch Schaubs Kommentare zum Arbeitsrecht quälte. Ich war der letzte Mann auf einem verlassenen Schiff. Beziehungsweise der letzte Mann an Land, während sich das Schiff munter durch die Gegend bewegte.

Als Kind hatten sie mich wenigstens an einen Baum gefesselt und um mich herum Indianerlager gespielt. Mit etwas gutem Willen konnte ich mich als Mittelpunkt fühlen. Und wenn es irgendwo einen Baumklotz zu heben oder ein Blech zu verbiegen gab, *war* ich der Mittelpunkt.

Aber jetzt, drei Jahrzehnte später, war ich endgültig im Abseits. Dass auch Frau Siegel und Wilhelm im Haus blieben, machte das Abseits nur größer. Ich war der Dritte im Bunde der Nicht-Verwendbaren, eben noch gut dafür, der Katze ihr Futter zu geben. Und wie eine Demütigung selten allein kommt, folgte die nächste gleich auf dem Fuß. Simon erwischte mich. Er erwischte mich nicht schlafend zwischen Gesetzbüchern, er erwischte mich mitten bei meiner Arbeit.

»Jetzt weiß ich«, hörte ich seine Stimme im Schlafzimmer, »warum der sonntags nicht mitkommt. Der fährt die ganze Woche schon Rad. So ein Dreirad mit einem Kasten. Klingelingeling.«

»Und?«, hörte ich Laura. »Warum soll er nicht Rad fahren? Und Eis verkaufen? Klingelingeling.«

»Soll er, soll er! Nur *wie* er es macht, Laura, das hättest du sehen müssen. Ein Kerl wie ein Schrank und steht da mit dem Kinn auf der Brust, als wollte er seine Sünden aufsagen. Und das kleine Hütchen hing ihm im Genick, als hätte es aufgegeben. Und erst die Kugeln! Der hat die Kugeln in die Tüten geschoben, als wollt er sie da unten verstecken. Laura, ich hab ne Menge Jobs hinter mir, Rheumadecken hab ich verkauft, und mit Kinderbibeln bin ich von Haustür zu Haustür gerannt, aber geschämt hab ich mich nie. Eis! Das ist was Schönes, da freuen sich die Leute, da hopsen die Kinder, da muss sich doch keiner für schämen. Mensch, ich war nachher so fertig, ich wollt gar kein Eis mehr.«

»Simon! Du musst auch sehen …«

Ich schlich mich weg. Ich wollte gar nicht hören, was Laura zur Antwort gab. Simon hatte ja Recht. Aber ich hatte auch Recht. Ich war nicht Luigi, der Sohn italienischer Einwanderer. Ich war Blum, Sohn einer lustigen Haushälterin und eines traurigen Pfarrers. Was konnte ich dafür, dass sich das zweite juristische Examen als solche Hürde erwies. Und was glaubt einer, wie man sich fühlt, wenn man auf der Einkaufsmeile Kollegen aus der Schulzeit bedient; Klassenkameraden, die stets ein wenig schlauer gewesen waren als man selbst. Und was glaubt einer, wie es ist, wenn man vor den Fabriktoren auch jene bedient, die nicht schlauer gewesen waren. Dumpfschädel, die man hatte abschreiben lassen. Und jetzt?

»Ej, bissu nicht Blum? Tönnchen Blum?« – »Kenne ich nicht.« – »Der, wo im Rechnen immer die Eins hatte.« – »Tut mir leid.« – »Hassun Bruder, wo Blum heißt?« – »Ihr Eis.« – »Sagenhaft. Sieht aus wie Blum, nur ohne Haare.«

Aus. Ende. Ich wollte nicht mehr. Dicksein war eine Krankheit. Und Armsein war eine Krankheit. Und Dick- und Armsein war das Ärgste von allem. Ich zog mich in mein Zimmer zurück und versperrte die Tür. Ich wollte nicht mehr. Ich wollte kein Jura mehr lernen, ich wollte kein Eis mehr verkaufen, ich wollte nur noch verschwinden. Plötzlich war ich so müde, als hinge das Gewicht der ganzen Erde an mir. Ich zog mich aus, stellte den Wecker ab und rollte mich unter die Decken. Sollte Franko seinen Eiswagen selbst durch die Stadt treten. Sollten andere die schwarze Robe anziehen. Mir egal. Ich war krank. So krank, wie ein Verlassener nur sein kann. Nein, schämen brauchte sich keiner. Ob man Rheumadecken vertrieb, Eis verkaufte oder bis auf weiteres krank war. Ich war schon lange nicht mehr krank gewesen. Jetzt war ich es.

Ein letztes Mal ging ich vor die Tür und befestigte einen Zettel: »Krank! Bitte Franko anrufen!« Dann zog ich mir endgültig die Decke über den Kopf. Ich schlief vierzehn Stunden, ohne ein einziges Mal die Augen zu öffnen. Dann stand ich auf, aß eine Kleinigkeit und legte mich wieder. Im Schlafen nehme ich es mit jedem auf, keine Kreuzschmerzen, keine Genickschmerzen, nicht einmal Harndrang. Bis Donnerstagmorgen hatte ich zweiundfünfzig Stunden geschlafen, so viel wie anderer Leute Wochenration. Ich zog den Morgenmantel an, die Hausschuhe und ging hinters Haus. Auf der Terrasse stand vom Vortag noch Lauras Liege. Auch ihre Decke lag dort. Die Sonne schien durch den Kirschbaum, ein milder Wind strich ums Haus, die Blumen öffneten sich. Ich streckte mich. Gähnte. Dann legte ich mich auf die Liege, sog Lauras Geruch aus der Decke und schlief wieder ein.

35

»Vaniglia … stracciatella …« Simon steht in der in der Küche und hat ein Wörterbuch vor sich liegen. »Vaniglia, stracciatella, cioccolata …«, und dazu bewegt er die Hand mit den geschlossenen Fingerspitzen vor dem Gesicht. Bei »amarena« spreizt er alle fünf Finger auseinander und ruft »Gelati molto fresco, non caro!« Dann fängt er wieder von vorne an.

»Fährst du in Urlaub?«, frage ich.

»Nein. Ich verkaufe Urlaub.«

Als ich nichts erwidere, sagt er: »Mensch, ich lerne Italienisch. Für dich!«

»Für mich?«

»Für dich und deinen Chef Franko.«

»Was hast du mit Franko zu tun?«

»Du bist doch krank! Also fahre ich hin und sage es ihm.«

»Du bist ans Gericht gefahren?«

»Das Café Cortina gehört nicht zum Gericht.«

»Gleiche Straße, gleicher Komplex.«

»Jedenfalls fahre ich hin. Denke, vielleicht kann ich deinem Chef ein paar Tischstaubsauger verkaufen. Aber der winkt ab: Sie sehen ja, die Tische sind leer. Tatsächlich, nur warum sind sie leer? Zu heiß, sagt er, fast wie August, da sitzen die Richter lieber im Biergarten. So, so, sage ich, na, ich nehm einen Kaffee. Er bringt mir den Kaffee. Grazie, sage ich. Bitte, sagt er. Milch? fragt er. Zucchero, sage ich. Er stellt mir Zucker daneben. Und dann sage ich, Venezia e il Canale Grande sono celebri in tutto il mondo. Passt nicht so richtig, aber es ist der einzige Satz, den ich auf Italienisch beherrsche. Ich sage ihn nochmal, er zuckt nur die Achseln. Der kann kein Wort Italienisch!«

»Warum sollte er?«

»Warum?«

»Er kommt aus Wuppertal.«

»So sieht es in dem Laden auch aus. Ein Bild von der Wupper und eins von Schalke 04.«

»Seine Kindheit.«

»Und wen interessiert das? Mich nicht, und die Richter und Anwälte auch nicht. Über der Tür steht Café Cortina, und der Mensch verkauft Eis. Wenn ich Briketts will, geh ich nach Wuppertal, für ein Eis will ich Italien. Italien! Da will ich nen Strand sehen, das Meer und paar schöne Frauen davor. Aber keine Fußballerwaden und keinen Kohlekahn auf der Wupper. Und dann zu heiß! Zu heiß gibts überhaupt nicht, nicht fürn Eiscafé. Du musst den

Leuten natürlich was bieten, n Stück Ferien, Urlaub! Mit vaniglia … stracciatella … cioccolata …«

Simon bewegt wieder die geschlossenen Fingerspitzen vor seinem Gesicht. Doch statt sie bei »amarena« auseinander zu spreizen, steckt er beide Hände in die Hosentaschen und grinst.

»Tischstaubsauger wollt er nicht haben. Aber ich hab ihm ne Serie Italienbilder verkauft inklusiv Rahmen. Und gratis ein paar gute Ideen. Nimm mal das Ding!«

»Was für ein Ding?«

»Die Zange da.«

»Das Schneckenbesteck?«

»Nimm es!«

Ich nehme es.

»Jetzt nimmst du den Becher.« Er drückt mir einen Messbecher in die Hand und schiebt mir ein Schälchen mit Erdbeeren hin. »Jetzt füll um! Und sag was dazu.«

Ich tippe mir mit dem Schneckenbesteck an die Stirn.

»Fang an!«

»Warum soll ich das machen?«

»Mann, in jeder Managerschulung machen sie das. Also!«

Ich nehme eine Erdbeere und esse sie.

»Und jetzt fängst du an!«

»Son Quatsch.«

Ich nehme eine Erdbeere und befördere sie mit dem Schneckenbesteck in den Becher.

»Bitte?« Simon hält sich die gespreizte Hand hinters Ohr.

»Vaniglia«, murmle ich.

»Lauter!«

»Vaniglia.«

»Mamma mia!« Simon nimmt mir Becher und Schneckenbesteck ab. »Du sollst das Eis nicht beerdigen. Hochleben soll es! Ich meine, man kann so eine Kugel wahrscheinlich nicht werfen wie eine Pizza, aber ein bisschen Temperament und Pep musst du reinbringen. Pass auf!«

Er greift eine Erdbeere, führt sie in einer Art Doppel-Loop durch die Luft, ruft lauthals »Vani-glia!« und bettet sie wie ein Kleinod zärtlich auf den Boden des Bechers.

»Du nochmal!«

»Simon, ich bin kein Italiener.«

»Ist der Papst Italiener?«

»Wir sollten die Erdbeeren essen, die werden sonst …«

»Du machst, und dann essen wir.«

»Vaniglia, stracciatella …«

»Strrrratia-téllllla! Das R musst du rollen, und das T musst du spucken! Spuck ruhig, das machen Schauspieler auch.«

Ich spucke das T, ich vollführe die Loopings, ich fuchtle mit den Armen herum, schließlich setzen wir uns und essen die Erdbeeren. Wir essen auch das zweite Schälchen, das Simon mitgebracht hat. Dann senkt er den Kopf, kneift die Augen zusammen und beschattet mit der Hand seine Stirn.

»Was ist? Wird dir schlecht?«

Er schaut zur Decke, dann unter den Tisch, dann beginnt er mit dem Zeigefinger murmelnd in die offene Handfläche zu schreiben.

»… trenta … sessanta … cinquecento …«

Er richtet sich auf und sagt mit erhobenem Kinn:

»Acht Euro neunzig.«

»Bitte?«

»Acht Euro neunzig krieg ich von dir.«

Einen Moment besteht er nur noch aus Kinn, dann lacht er und schlägt mit der flachen Hand auf den Tisch. »Capito? Du zählst auf Italienisch zusammen und sagst auf Deutsch die Summe. Und wenn dus geschickt anstellst, ist dein Trinkgeld schon drin!«

36

Eisverkäufer aus Leidenschaft würde ich nicht werden. Doch es tat gut, dass Laura und Simon sich um mich kümmerten. Und umgekehrt half es, dass auch ich mich ein wenig um die beiden kümmern konnte. Laura erhielt eine Erinnerung ihres Arztes mit dem Termin der Nachuntersuchung, und Simon, nun, Simon lief seit einigen Tagen schief durch die Wohnung. Jetzt lag er im Wohnzimmer auf dem Teppich und versuchte, sich wieder gerade zu biegen.

»Das kommt von der Küche, ich hab mich auf dem Hocker verrenkt. Da gehört überhaupt ein Tisch hin mit Stühlen, und kein Wandbrett mit einem Hocker!«

»Laura sitzt nicht gern in der Küche.«

»Stehen tut sie dort aber auch nicht gern. Ich hatte schon mal einen Bandscheibenvorfall, ich brauch keinen zweiten.«

Er zog die Knie zur Brust, schlang die Arme drum und versuchte, vorsichtig hin und her zu schaukeln.

»Blum?«, ächzte er. »Du hast keine Beschwerden im Kreuz?«

»Nein.«

»Auch nicht, wenn du den ganzen Tag sitzt?«

»Nö.«

»Stehen macht dir auch nichts?«

»Warum?«

»Du kannst sogar zwölf Stunden liegen?«

»Länger.«

Er stand jetzt auf, das heißt, er kroch auf Händen und Knien zum nächsten Stuhl und stützte sich dort in die Höhe.

»Hast du eigentlich Führerschein?«

»Natürlich hab ich den Führerschein.«

»Tust du mir einen Gefallen? Du könntest mein Auto fahren.«

»Sag nicht, ich soll deine Staubsauger ausfahren.«

»Du sollst es nur sonntags fahren.«

»Wohin?«

»Natürlich zu uns. Mit uns. Du sollst das Begleitfahrzeug fahren.«

Das Problem, erklärte er, sei der Rucksack. Inzwischen schleppe er nicht nur seine, sondern auch Lauras und Dominiks Sachen. Dazu Werkzeug für alle, zwei Thermoskannen, letztlich habe ihm Löwenstein noch seine Kamera zum Verstauen gegeben. Mit dem Gepäck über die Wurzeln im Wald, auch ein gesundes Kreuz halte das auf Dauer nicht durch.

»Und deshalb … Wie wärs?«

Ich stellte mir den Sonntag im Begleitfahrzeug vor. Die Hitze, die Abgase, die Staus. Dann wartend auf einem Wanderparkplatz. Bellende Hunde, schreiende Kinder, Radios. Und wenn die Truppe eintrifft, soll ich sie wahrscheinlich bewirten. »Blum, Wasser!« – »Meine Zigaretten!« – »Ein Handtuch!« Und wenn die Athleten versorgt sind, darf ich das Zeug wieder wegräumen, die Campingstühle, die Kühlboxen, den Müll. »Tschüss, Blum, bis zum nächsten Parkplatz.« – »Kauf Sprudel!« – »Sei pünktlich!«

Ich schüttelte den Kopf. »Es geht nicht. Die Sonntage brauche ich zum Lernen.«

»Kannst du deine Bücher nicht mitnehmen?«

»Es geht auch nicht Wilhelms wegen. Den ganzen Sonntag allein …«

»Du kannst auch Wilhelm mitnehmen. Ist genug Platz in meinem Mercedes.«

Mercedes … Dass ich Mercedes fahren würde, hatte ich gar nicht bedacht. Bisher war ich nicht oft Mercedes gefahren. Und ich hatte noch nie einen gesteuert.

»Schwer«, sagte ich. »Bei der Hitze. Hast du eine Klimaanlage?«

»Natürlich hab ich Klimaanlage. Aber ich habe auch ein Schiebedach, das ist viel besser!«

»Wie stehts mit Radio? Wilhelm hört sonntags gern seine Sendung.«

»Radio, CD-Player, was du willst.«

»Ledersitze?«

»Nackenstützen.«

»Was ist es eigentlich für ein Modell?«

»Blum, willst du ihn fahren oder kaufen?«

»Wollts nur wissen.«

Mercedes klang nicht schlecht. Den Ellbogen aus dem Fenster, Fahrtwind im Hemd, flotte Musik. Ich würde mir eine Sonnenbrille zulegen. Dazu eine lässige Jacke und dann auf breiten Reifen quer durch die Stadt. Augen links, Blicke rechts, man hat ja Zeit. Und wenn die anderen zum Treffpunkt kommen, ist man immer schon dort. Ausgeruht, lächelnd, während sie verschwitzt und erschöpft. Und beim nächsten Treff ist man wieder der erste, wie Igel und Hase wär das. »Laura, einen Apfel?« – »Synthia, ein Erfrischungstuch?« – »Babette, eine Banane?« – »Blum! Wenn wir dich nicht hätten.«

»Schwer«, seufzte ich schließlich. »Vor allem Wilhelm ist ein Problem. Wenn er ohne mich klarkommt. Doch dem alten Mann diese Strapazen … das werde ich nicht tun.«

37

»Ist es nicht ein wunderschöner Tag?«

»Das ist es, Frau Siegel.«

»Und Ihnen?«, fragt sie Wilhelm. »Gefällt es Ihnen auch?«

»Ungt«, nickt er, was wohl ›gut‹ heißen soll.

Dass ich ein Seniorenstift durch die Gegend chauffiere, stand eigentlich nicht auf dem Plan. Doch nachdem Frau Siegel für die gesamte Truppe Kuchen anschleppte, bestand Simon darauf, dass sie mitfuhr. Und Wilhelm? Der alte Mann saß am Sonntagmorgen als allererster in Simons Mercedes.

»Wilhelm«, sagte ich amüsiert. »Das ist nicht das Taxi. Wir fahren erst nächste Woche zum Arzt.«

Er blieb sitzen.

»Wilhelm, deine Sendung fängt an!«

Der Alte schob die Lippen nach vorne. Dann äußerte er einige Laute, die sich wie Mitfahren anhörten.

»Aber Wilhelm, wohin willst du mitfahren?«

»Innen Wald«, sagt er.

»Dir ist kalt? Klar ist dir kalt, ohne Decke. Komm, Hansi Hinterseer singt gleich, ich deck dich auch zu.«

»Innen Wald«, sagte er nochmal.

»In was für einen Wald?«

Statt mir zu antworten, versuchte er, mit seinen klobigen Händen den Gurt anzulegen.

»Wilhelm! Sei jetzt vernünftig!«

Ich wartete einen Moment, dann griff ich seine Krücke. Auch Wilhelm griff seine Krücke, mit beiden Händen hielt er sie fest, während ich am anderen Ende zu ziehen begann.

»Wilhelm! Wenn du nicht sofort ...«

»Chfahrmit!«

»Du steigst aus!«

»Chfahrmit!«

»DU GIBST...«

»DA!«

Wilhelm ließ nicht nur los, er stieß die Krücke nach mir. Ich flog rückwärts, rasierte die kniehohe Hecke, schlug erst mit dem Steiß, dann mit dem Hinterkopf auf, schlitterte über die Platten und wurde erst von der untersten Stufe der Stahltreppe gebremst. Mir wurde schummrig vor Augen, seltsame Vögel flatterten vorbei, Blutgeschmack trat auf meine Zunge. Als das Blechbüchsenhaus wieder Konturen annahm, sah ich Synthias Beine in kurzen Hosen über mir stehen. »Gott, Herr Blum«, kamen ihre Rundungen näher, »haben Sie sich verletzt?«

Das war vor zwei Stunden. Ich biege von der Landstraße auf die Waldstraße und befühle die Beule am Hinterkopf. Ich habe noch

Glück gehabt, keine Platzwunde, nur ein Horn, das sich in kurzer Zeit mächtig ausgedehnt hat. Immerhin, das Klopfen ist schwächer geworden, und wenn ich meine neue Seglermütze hoch genug aus der Stirn schiebe, sieht man nichts mehr davon.

»Ein Eichhörnchen!«

»Ungt.«

Was solls, es gibt Schlimmeres, als alten Menschen einen Gefallen zu tun. Durch das Schiebedach weht die Waldluft herein, der Motor summt, Vögelchen kreuzen, und meine Mitfahrer sind nützlicher als erwartet; an diesem und an den folgenden Sonntagen.

Frau Siegel findet auf der Karte sämtliche Nebenstrecken und Wanderparkplätze und Wilhelm, der Greis, erweist sich als Phänomen. Am ersten Sonntag stellt er die beiden Klapptische auf. Am darauffolgenden postiert er sämtliche Stühle drum rum und, als wäre das nicht genug, lässt er es sich seit neuestem nicht nehmen, mit seiner Krücke das Pappgeschirr zu verteilen. Er spürt, was wir spüren, diese Sonntage sind der Höhepunkt der Woche, und diese Wochen werden zu Höhepunkten im Jahr. Als wären wir jahrelang gefangen gewesen, in lichtlose Höhlen gesperrt, doch nach all diesen Nächten im Dunkeln dürfen wir von Sonntag zu Sonntag wieder ins Freie.

Löwenstein liegt auf einer Decke und hält sein faltiges Gesicht in die Sonne. Joe hockt daneben und schnitzt. Francis steckt ein Wiesensträußchen für Frau Siegel zusammen, Babette und Dominik rücken Backgammon, Laura liest und Simon kniet neben Wilhelm und steckt ihm die Zigarre an.

Irgendwo in einem juristisch-theologischen Exkurs fand ich einmal die Beschreibung der Welt nach dem Erscheinen des Messias: Alles sei wie zuvor, nur um ein Geringes verschoben. Nun, wir haben nicht den Messias getroffen, doch dieser Sommer hat uns um ein Geringes verschoben. Gerade so viel, dass es passt. Das Wetter, meine Hose, der sanfte Wind in den Bäumen. Als wären wir Fingerpuppen, in denen sich eine Hand mehr und mehr öffnet. Das

Kinn hebt sich, der Atem geht tiefer, und vor allem unsere Herzen richten sich auf. Sursum corda, hoch die Herzen! Ja, man meint, mehrere Herzen zu haben, und alle drängen zum Himmel.

Weshalb? Warum? Schauen Sie hin! Sehen Sie den Mann mit Wanderkarte und Kompass? Sehen Sie das grüne Trikot an der Spitze des Pelotons? »Champ«, nennt ihn Hottsch, »Capitan«, sage ich, »Schatz«, nennt ihn Laura. Löwenstein und Joe äußern sich nicht, doch ab und zu sieht man sie lächeln. Wenn er sich krumm macht, um als erster eine Steigung zu nehmen. Wenn er sich in den Pedalen hoch aufstellt und über die Wiesen späht wie ein General vom Turm seines Tanks. Wenn er den Arm hebt und das ganze Feld zum Anhalten nötigt, um auf etwas zu zeigen. Einen Fesselballon, eine Kapelle im Tal, einen vom Blitz gespaltenen Baum. Wenn er absteigt und Brombeeren pflückt und keine Ruhe gibt, bis jeder probiert hat. Dann lächeln sie. Löwenstein sein Faltenrock- und Joe sein Biberzahnlächeln. Doch sie probieren. Von den Brombeeren. Vom Blick durch das Fernrohr. Von der Kapelle im Tal. Denn das ist der Unterschied. Dass Simon die Welt nicht klein, sondern groß sieht. Wir sehen sie klein. Zu oft schauen wir auf diese Erde hinunter wie auf ein abgegriffenes Schachbrett. Eine Modelleisenbahn mit kleinen Häusern und mickrigen Menschen. Wir sind selbst über die Jahre so mickrig geworden. Simon nicht. Für ihn ist diese Welt nie geschrumpft. Er schaut täglich an ihr hinauf wie an einem Baum, an dem er gar nicht absehen kann, wo diese Äste noch überall hinführen. »Ich hab ja drei Berufe gelernt.« Das klingt wie die unteren drei Äste. Und Simon will weiter. Diese Welt wird ihm immer um etliche Tagesreisen voraus sein. Das ist seine Beschränkung, und das ist sein beneidenswertes Talent. Er wird nicht aufhören, Tag für Tag zu entdecken, Brombeeren, Fesselballons – und Laura.

Kennen Sie, wie soll ich sagen, kennen Sie die Nähe einer gebadeten Frau? Gut, aber kennen Sie auch die Nähe einer gevögelten Frau? Und mit gevögelt meine ich: gevögelt. So gründlich und tief zur Ruhe gekommen, dass nicht die kleinste Unruhe bleibt?

Eudämonia, ich habe es nachgeschlagen. Wenn die Dämonen in einem schweigen. Und wenn in solchem Zustand nicht zwingend der Engel hervortritt, so erinnert doch vieles an ihn. Selbst wenn Laura nur still da sitzt und die Landschaft betrachtet, sieht man, wie jung und kraftvoll sie ist. So hell und voll stiller Lebendigkeit. Als wären sämtliche Fenster und Türen in ihrem Innern geöffnet, und was vorher stockte, ist jetzt im Fluss. Wie sie in einen Apfel beißt. Wie sie in ihrem Nacken den Haarknoten löst. Wie sie aufsteht und geht! Ein einziges Fließen und Gleiten aus einer magischen Mitte heraus. Laura ist diese Mitte. Und was sie verströmt, fließt zu uns. Sonntags genießen wir das seltene Glück, zu ernten, was ein anderer gesät hat. In Lauras Nähe lehnen wir uns alle zurück, und in Synthias Nähe – lehnen wir uns alle vor.

»Noch eine Cola?«

»Ein Stück Kuchen?«

»Lieber ein Törtchen?«

Die unnützen Gehilfen umlagern das Mädchen wie eine Burg, die ihren Widerstand bald aufgeben muss. Löwenstein hat sein Plätzchen meist zu ihren Füßen und erzählt unablässig Geschichten aus Fernseh- und Filmwelt. Joes Platz ist in Schulterhöhe, wo er abwechselnd Zigaretten ansteckt oder die Fliegen totschlägt, die neben Synthia landen. Der schöne Francis findet sich auf allen Seiten zugleich und bietet so oft Getränke an, als leide das Mädchen an einer Zuckererkrankung. Sogar Wilhelm kann sich Synthias Reiz nicht entziehen. Entdecken wir die Truppe auf einer Landstraße und schließen hinter Synthia auf, ruft er unverzüglich »frann, frann«, was ich als eine Mischung aus »stramm« und »fahr näher ran« interpretiere.

Der einzige, der in Synthias Umgebung die Ruhe bewahrt, ist der Pate. Hottsch spielt Mau-Mau mit Frau Siegel, Hottsch winkt Kindern mit seinem Panamahut, manchmal fährt er auch kleine Sonderrunden mit seinem elektrischen Fahrrad. Ansonsten wartet er, bis die Truppe zum Abschluss des Tages in einen Biergarten einbiegt. Und dort kommt unweigerlich der Moment, in dem Synthia sich mit einem Erfrischungstuch den Nacken betupft. Oder sich die Haare neu ordnet, jedenfalls ihre Arme hebt, und Hottsch, ohne dass es jemand voraussehen oder verhindern könnte, seine blau geäderte Nase in ihrer erhitzten Achsel versenkt. Das Geheul, das er im Anschluss zum Himmel schickt, lässt sich in keiner gängigen Sprache in Buchstaben fassen. »Hottsch!«, mahnt ihn Laura. »Also bitte!«, ruft Simon, doch Hottsch hat sich schon wieder zurückgelehnt und in einer Art seligem Dämmer *klong-klong* seine letzte Flasche geöffnet.

Das ist der Zeitpunkt, an dem ich unauffällig verschwinde. Ich gehe zum Wagen, drehe die Sitze nach hinten und mache es mir in den Polstern bequem. Der Tag an der Luft hat mich schläfrig gemacht. Und kaum bin ich eingenickt, entfaltet das alte Goethewort seine Macht: Wen man schlafen sah, kann man nicht hassen. Soweit Goethe, doch mich, Christoph Blum, muss man lieben. Gleich, ob ich zehn Minuten oder eine Stunde liege, irgendwann höre ich sie.

Simon ist meistens der erste: »Kommt mal her! Aber leise.«

Und sie kommen. Laura, der Pate, Frau Siegel ... Und sobald Synthia kommt, folgen, wie Mücken um einen Schinken, die unnutzen Fliegen.

»So was!«

»Sagenhaft.«

»Schaut mal, die Bäckchen!«

»Wie ein Baby.«

»Ein Bär.«

»Der Sack!«

Das letzte ist Dominik. Er geht auch als erster. Wer will ein Kind mit Schlafen beeindrucken? Doch die anderen bleiben, schweigen einen Moment. Dass es so etwas gibt. Legt sich hin und schläft. Sinkt einfach weg, Schlummer statt Kummer. Stark!

»Stören wir nicht«, flüstert die Siegel.

»Er muss nachher noch fahren.«

»Leise.«

Als letzte geht Synthia. Sie würde lieber noch bleiben, sie braucht selber viel Schlaf. Viel Fleisch braucht viel Schlaf, und wo fände sie mehr Schutz als an meiner Schulter. Dass sie noch da ist, spüre ich an ihrem Duft. Was sich Hottsch wie ein Dieb nehmen muss, ich bekomme es geschenkt. Die ganze Wonne ihres erblühenden Körpers strömt in meinen Fond. Ja, ihre Haut ist längst auf meiner Seite, auch wenn ihr Mut noch ein paar Sonntage braucht. Ausflug für Ausflug schlafe ich tiefer in ihrem Duft, und Woche für Woche duftet sie stärker in meinen Schlaf. Nein, lange werden wir uns nicht mehr zurückhalten können. Und so – ich gestehe es leise – befällt mich am vierzehnten Juli abends gegen zwanzig Uhr dreißig, was mich schon Jahre nicht mehr befiel: eine satte, um nicht zu sagen, gefährlich hungrige Erektion.

38

So war mein Schlaf nicht gemeint. So war ich nicht gemeint. Gut, ich gebe zu, ich war freundlich zu ihm. Ich gebe auch zu, dass ich mich gerne mit ihm unterhielt. Und warum soll ich leugnen, dass ich ihn ab und zu anschaute; Francis ist ein schöner Mensch. Doch ich schaue auch den Mond gerne an, die Bäume im Frühjahr und vor allem Synthia auf ihrem Fahrrad. Zu ihr wollte ich aufschließen, als es am ersten Augustwochenende die Kehren und Kurven des Buchenberges hinaufging. Um an ihr Hinterrad zu gelangen, musste ich Francis überholen. Bereits zweimal hatte ich angesetzt, doch einmal war eine Limousine und einmal ein Motorrad entgegengekommen. Beim dritten Versuch war die Straße frei, doch statt in den zweiten Gang schaltete ich in den vierten, und statt schneller zu werden, begann der Motor zu stottern und starb schließlich ab.

»Huch«, sagte Frau Siegel.

»Sakra«, kam es von Wilhelm.

»Wir haben ja Zeit«, sagte ich.

Ich startete und fuhr wieder an. Synthia lag so weit in Front, dass sie kaum mehr als ein leuchtender Punkt war. Beim nächsten Versuch fand ich den Gang, auch die Straße war frei, und um sicher zu gehen, drückte ich kurz auf die Hupe. Doch Francis missverstand mein Signal. Er dachte, ich wollte ihn grüßen, überhaupt, meine Manöver wären nur ein lustiges Spiel. So scherte er in die Mitte, stieg aus dem Sattel und legte einen Zwischenspurt hin. Und spurtend schaute der Mann über die Schulter. Sein Blick traf mich wie ein Schlag ins Gesicht. Oder soll ich sagen, wie ein Kuss ins Gesicht? Ich wusste gar nicht, wer mich deutlicher küsste, sein Blick oder sein in die Luft erhobener Hintern. Hätte ich Nackenhaare gehabt, sie hätten sich sämtlich gesträubt. Ich schaute unwillkürlich zu Wilhelm, doch er zählte eben seine Zigarren. Ich schaute im Spiegel nach hinten, Frau Siegel hatte sich wieder in die Karte gebeugt. »Noch zwei Kurven, und es geht ins Bliestal hinunter.« Ich nickte. Und schüttelte zugleich meinen Kopf. An Überholen war nicht mehr zu denken. Ich würde bis zur Kuppe hinter ihm bleiben, hinter diesem in der Radlerhose nur allzu sichtbaren Hintern. Mit jedem Pedaltritt zuckte mir ein anderes Detail vor die Augen.

Francis' Art, die Ellbogen dicht am Körper zu tragen. Wie er seine Hüfte kippte beim Gehen. Allein die Geschmeidigkeit seines Handgelenks. Wie er die Finger schlaff herabhängen ließ, um sie im nächsten Moment als Faust nach oben zu biegen. Seine gepflegten Wimpern, sein Blick für Dekors, seine Parfüms. Nicht zuletzt seine Bereitschaft, jederzeit in der Küche zu stehen, und sein Zögern, wenn Laura ihn ins Schlafzimmer zog. Überhaupt seine verzögerte Art.

Francis war nicht schwul, doch ich schätze, er war im Niemandsland zwischen Frauen und Männern stehen geblieben. Das andere Geschlecht reizte ihn nicht, und das eigene hatte er noch nicht entdeckt. Doch heute, in den Serpentinen des Buchenberges, kam Bewegung in seine Stockung, heute schoss er geradezu in die

Zukunft hinein. Sancta errata, heilige Irrtümer, weil ich hinter ihm her war! Ich schloss einen Moment beide Augen. Dann schloss ich das Schiebedach. Auch die Seitenfenster fuhr ich hoch. Meinetwegen. Seinetwegen. Ich würde bis zur Kuppe hinter ihm bleiben. Würde ihn noch einige Meter begleiten auf dem späten Weg zu sich selbst. Dann würde ich zügig vorbeifahren und mich die gesamte Abfahrt hinter Synthias Rücklicht erholen. Hinter Synthia fiel selbst einem Papst wieder ein, dass er nicht als Papst auf die Welt kam. Ich war kein Papst, ich war Christoph Blum, Mercedesfahrer, demnächst Jurist, Richter in spe. Und der Richter gab Gas. Kaum war die Kuppe erreicht, beschleunigte ich. Doch Francis, in seiner Enthemmtheit, legte ebenfalls zu. Ja, er flog diese Abfahrt hinunter, als brauchte er nur einmal hemmungslos genug in die Pedale zu treten und erreichte auf Dauer ein für unerreichbar gehaltenes Ziel. Kopf an Kopf und Kühler an Lenker sausten wir hinunter ins Bliestal. Die erste Gerade, die zweite, und vor der dritten Kurve gab ich auf. Es war zu gefährlich, Irrsinn war es, mit dem Fahrrad vierzig, fünfzig, ja, sechzig Kilometer zu fahren. Ich bremste ab, ich atmete aus, ich legte sogar meine Mütze in den Schoß und wischte mir mit einem Taschentuch über die Stirn. Was tat der Sieger? Kaum hatte er mein Kapitulieren bemerkt, riss er die Arme nach oben, reckte beide Fäuste zum Himmel und schaute sich um. Zehn Meter, zwanzig Meter, lachend und leuchtend und uneinholbar verliebt.

»Onk!«, sagte Wilhelm.

»Jeeesus!«, sagte Frau Siegel.

»*Nein!*«, brüllte ich, doch es war längst zu spät. Es war ein Schild mit der Aufschrift Dreißig, und Francis knallte mit sechzig Kilometern dagegen. Mit der rechten Schädelseite dagegen, die linke hatte er zu mir gewandt. Aus. Ende. Das kurze glückliche Leben des Francis Dupont.

39

Ich dachte immer, was Ruhe bringt, ist das Glück. Doch das Unglück, merkte ich jetzt, brachte viel mehr Ruhe. Auch nach diesem Ausflug saßen wir abends auf der Terrasse, aber es wurden keine Witze gerissen, keine Sprüche geklopft, nicht einmal die üblichen Tänzeleien um Synthia fanden statt. Wir hockten zusammen, gedämpft und besorgt, und erzählten uns wieder und wieder das Geschehene nach. Wie auf ein Urteil warteten wir auf die Ankunft von Simon, er war mit Francis im Unfallwagen zur Klinik gefahren. Schließlich kam er in einem Taxi zurück.

»Die gute Nachricht«, sagte er. »Er lebt und hat keine Wirbel gebrochen. Die nicht so gute: schwere Gehirnerschütterung, Rippenbrüche, Schnittwunden. Und sein Gesicht ist natürlich weg, also die Hälfte davon.«

»Sein Gesicht?«

»Oh Gott.«

»Wie schrecklich!«

»Wird er je wieder …?«

»Wahrscheinlich nicht.«

»Wieso nicht?«

»Ohne Gesicht?«

»Spielt er halt andere Rollen!«

»Simon, bitte!«

»Gibt auch Schauspieler mit Narben. Manche schminken sich Narben.«

»Hauptsache, er ist nicht gelähmt.«

»Wird er wieder Radfahren können?« Die Frage kam von Dominik.

»Radfahren?«, überlegte Simon. »Vielleicht nicht gleich. Aber in ein paar Monaten fährt der auch wieder Rad.«

»Mit *dem* Rad?«

»Mit dem nicht mehr. Da fährt keiner mehr.«

»Dann kann ich das ja behalten.«

»Was?«

Dominik zeigte uns einen Reflektor, den man zwischen die Speichen klemmt.

»Was hast du denn in der anderen Hand?«, fragte Simon.

»Das brauche ich auch.«

»Was ist es?«

Der Junge zeigte Simon einen Expander.

»Wofür brauchst du den? Dein Gepäck trage doch ich.«

»Nein, ich«, korrigierte ich.

»Dafür«, sagte der Junge.

Er zeigte uns zwei Griffe mit Ösen.

»Ein Expander ohne Expander«, Simon schüttelte den Kopf. »Das ist ja wie ein Fußballtor ohne Netz. Ich hab noch einen am Fahrrad, nimm ihn dir.«

»Meinen kriegst du auch«, sagte Babette.

»Ich leih dir einen.« Hottsch.

Der Junge ging in die Einfahrt und kam mit den Gummis zurück. Er klinkte sie in die Ösen.

»Nicht so viele«, sagte Laura. »Beginn erst mal mit zweien, besser mit einem.«

»Nein, ich will alle vier ziehen.«

Er war jetzt soweit. Hob das Sportgerät vor die Brust, stemmte die Ellbogen an seine Rippen und versuchte, die Griffe nach außen zu drücken. Er schaffte es nicht.

»Dominik«, sagte Laura, »ich sage dir doch, vier sind zu viel.«

»Schaffst *du* vier?«

»Wahrscheinlich auch nicht.«

»Probier mal!«

Laura seufzte, doch sie tat ihrem Sohn den Gefallen.

»Siehst du, ich schaffe es nicht.« Sie setzte sich wieder und befühlte unauffällig ihre Achseln, die Stellen, an denen ihr die Lymphknoten entfernt worden waren.

»Darf ich mal?« Synthia meldete sich. »In Kraftsport war ich immer ganz gut.« Sie stand auf, schob die Ärmel nach oben und atmete ein. Wir atmeten ebenfalls ein. Ihre Unterarme spannten sich, ihre Oberarme nahmen Kontur an, ihr Busen wölbte sich vor. Sie schaffte es weiter als Laura, doch die Arme zu strecken, schaffte auch sie nicht. »Ich glaube, das *geht* nicht.«

»Vielleicht mit Technik.« Löwenstein stand auf. Ich wunderte mich. Eben hockten wir noch wie Trauervögel vor einer Beerdigung, und jetzt richtete uns ein kleiner Expander schon wieder auf. Geradezu Wettkampflaune machte sich breit. Löwenstein lockerte seine Arme, dann hob er den Expander hoch über den Kopf. Einen Moment stand er wie ein großes Victory-Zeichen, dann senkte er die Stränge mit einem »Jep!« hinter den Rücken.

»Das gilt nicht«, rief Dominik.

»Das ist viel leichter«, sagte Hottsch.

Falls es leichter war, sah man es Löwenstein nicht an. Er stöhnte und drückte, und da die Expander nicht nachgaben, ging er in die Knie und suchte dort unter schraubenden Bewegungen seinen Erfolg. Er hockte da, als plagten ihn Verdauungsbeschwerden, doch insgesamt brachte er die Gummis nicht weiter auseinander als Laura.

»Diese Expander sind nicht geeignet«, schloss er. »Es sind Fahrradexpander.«

»Nicht wahr«, sagte Synthia. »Sie sind zu kurz.«

»Zu kurz und nicht elastisch genug.« Für Löwenstein war die Sache erledigt. Für den Jungen noch nicht.

»Cochise«, sagte er, »zog immer Fahrradexpander.«

»Cochise?«

»Sie waren sogar noch kürzer als diese.«

»Cochise, der Indianer?«, fragte Babette.

»Nein, Dominiks Vater«, sagte Laura.

Jetzt war es heraus. Das Wort, das nicht mehr gefallen war, seit ich hier wohnte. Und das Wort, das erst recht nicht mehr fiel, seit der erste Liebhaber aufgetaucht war. Jetzt schwebte es auf dieser Terrasse. Es hing zwischen den Lampions, senkte sich zwischen die Blumen, es setzte sich zu uns an den Tisch. Und dass der Junge, der vor uns nie eine Gefühlsregung zeigte, es so ernst und andächtig aussprach, hielt den Namen nur fester. Cochise, sein Vater. Der Abend hätte damit sein Ende gefunden, wäre nicht ein zweites Wort gefallen, das ähnlich verwaist war.

»Christoph«, sagte Synthia. »Probier du mal!«

Christoph! Kein Mensch nannte mich Christoph, zumal in solch lächerlichem Zusammenhang. Doch Synthia war nicht himmelblau dumm, sie war nur himmelblau jung. Mochte Dominik seinen Vater vermissen, Synthia vermisste den Mann. Den Mann, der die Lösungen brachte, die Lösung für einen Expander und die Lösung für all die Verwirrungen, die das Mädchen wie Nebel umgaben. Nun, wenn einer an heißen Tagen bis zu siebenhundert Eiskugeln aus einem Tiefkühlfach schält, kann er sich auf seine Unterarme verlassen. Und wer einen Eiswagen samt Markise und Glocke die Hügel der Stadt hinaufschiebt, kann sich auf seine Oberarme verlassen. Ich sparte mir jegliche Mimik. Ich schob den Stuhl zurück, ich beugte mich vor, ich nahm den Expander. Das heißt, ich wollte ihn nehmen, denn mit einem »Du bist noch nicht dran!« kam Hottsch mir zuvor. Und mit einem »*Du* bist nicht dran!« fuhr Joe ihm in die Parade.

»Gib her!«

»Gib du her!«

Die beiden begannen zu rangeln, hörten sie schlecht? Alea iacta, die einsame Frau hatte ihren Krieger gewählt. Doch die maroden Freier gaben nicht auf. Joe hatte einen Griff des Expanders erwischt, das andere Ende hielt Hottsch.

»Ich!«

»Nein, ich!«

Das erste Glas stürzte vom Tisch, eine Kerze fiel um. War der Sommernachtswahn in die beiden gefahren? Hatte das Blechschild auch ihre Hälse verdreht? Joe lag inzwischen fast waagrecht in seinem Stuhl. Dafür hatte Hottsch beide Knie gegen die Kante des Tisches gestemmt.

»Erstaunlich«, sagte Babette.

»Nicht zu kurz«, fügte der Junge sachlich hinzu.

In der Tat war erstaunlich, wie weit diese Expander gedehnt werden konnten. Und erstaunlich, welche Kraft zwei untrainierte Männer aufzubringen vermochten.

»Gib auf!«, keuchte Joe. Von ihm waren fast nur noch die Zähne zu sehen.

»Gib du auf!«, kam es von Hottsch. Er war ein einziges Zittern und Schlottern, und sein Panamahut war rücklings in die Blumen gefallen.

»Wenn du nicht aufgibst, lasse ich los!«, japste Joe.

»Dann lass doch!«, zitterte Hottsch.

»Schwachkopf!«

»Idiot!«

Sie ließen beide nicht los, doch Hottschs Körper hatte schließlich keine Kraft mehr zum Zittern. Das Schlottern verschwand, und mit einer Stimme, als ginge ihn plötzlich alles nichts mehr an, sagte er »Son Quatsch!« und ließ los.

Was nun geschah, dauerte den Bruchteil einer Sekunde, und doch sahen wir es mit einer Deutlichkeit, als liefe es in Zeitlupe ab. Hottsch stürzte rücklings zu seinem Hut in die Blumen, und Joe wurde gleichfalls nach hinten katapultiert. Doch bevor er die Hauswand erreichte, erreichte ihn der Expander. Er fand eben noch Zeit, entsetzt den Mund aufzureißen, als ihn das losgelassene Ende einholte. Der solide Griff zerteilte Joes Lippen, brach durch die Zähne und schoss den ganzen Mann ab wie eine Tontaube. Den Rest seines Schwungs bremste die Mauer unserer Hauswand.

Damit war das Malheur im Grunde erledigt, doch nun begann das zerschossene Bündel seltsame Laute von sich zu geben. Joe japste und fiepte, und unter einem spastischen Zucken begann er sich blau zu verfärben.

»Er erstickt!«, rief Frau Siegel.

»Einen Arzt!«, brüllte Laura.

»Einen Schlauch«, rief Babette.

»Einen Luftröhrenschnitt!«, empfahl ich.

»Quatsch«, sagte Simon. »Blum, heb mit an!«

Da ich vor Schock wie gelähmt war, riss er das blaue Bündel allein in die Höhe. An beiden Füßen hielt er den Zwerg in der Luft und begann ihn zu schütteln.

»Schlagt ihm auf den Rücken!«, rief er.

Ich griff einen Spaten, doch Babette kam mir mit ihren praktischen Händen zuvor.

»Weiter!«, rief Simon. »Und fester!«

Joe begann bald zu husten. Er spuckte Blut und Schleim und seltsame Fetzen. Und dann spuckte er endlich, was ihm so schmerzhaft im Hals gesteckt hatte: seine großen, weißen, jetzt blutroten Zähne.

40

»N Abend, Laura.«

»N Abend, Blum.«

»Simon ist zu Bett gegangen?«

Sie nickt.

»Und du, noch fleißig?«

»Ich geh auch bald.«

»Nacht, Laura.«

»Nacht, Blum.«

Wir sind alle leiser in diesen Tagen. Wie ein einzelner Flintenschuss einen Schwarm Vögel auffliegen lässt, so genügte der Schuss auf Joe, dass wir uns wieder setzten. Francis' Unfall war tragisch gewesen, doch Joes Unfall war lächerlich. Und da wir ihn durch unsere Ausgelassenheit eher befördert als verhindert haben, genieren wir uns. Entsprechend möchte in diesen Tagen jeder ein wenig für sich sein.

Ich schließe den Fensterladen, kleide mich aus und lege mich in das neue Bett, das ich gekauft habe. Und während ich an der Wand die kleinen Lichtreste betrachte, die der alte Laden hereinlässt, überlege ich, was in dieser Welt nicht lächerlich ist. Blut ist nicht lächerlich. Francis' Blut, das noch immer am Straßenschild klebt, und das Blut, das Joe auf unsere Terrasse spuckte. Simons Rettungstat war nicht lächerlich. Der Notarztwagen auch nicht. Not überhaupt scheint mir nicht lächerlich. Niemand lacht, wenn Boris mit seinem Hautausschlag vor Karstadt sitzt und seine Mütze aufhält. Und niemand lacht, wenn sein Kollege Kalle bei Beerdigungen mitläuft, um sich hinter Särgen ein wenig Trost zu verschaffen. Nein, auch der Tod ist nicht lächerlich. Und, ich rolle mich ein, wahrscheinlich ist auch die Liebe nicht lächerlich. Die Liebe Simons zu Laura.

Wie er sie manchmal ohne ein Wort in den Arm nimmt. Wie er sie auf einer Waldlichtung hochhebt und zu singen anfängt. Allein der Blick, mit dem er sie anschaut, das Licht und die Helligkeit, die seinen Augen entströmen. Simon hat eine Vision, und Laura gehört zu dieser Vision. Und deshalb ist er heute erstmals vor ihr zu Bett gegangen. Schläft sich die Kraft zurück, mit der er morgen früh aus dem Haus gehen wird. Er wird den Schlipsknoten richten, den Musterkoffer von der rechten in die linke Hand wechseln, ein letztes Hupen, dann ist er weg. Ein Pfeil, von sich selbst in die Zukunft geschossen; immer seinem Stern hinterher. Wie ich, Christoph Blum, jeden Morgen hinter meiner Messingglocke. Eine Station, an die man sich später mit Schmunzeln erinnern wird. Ich drehe mich auf die Seite und schiebe die Hände zwischen die Knie. Meine Zwischenbilanz ist gar nicht so schlecht. Von vier Liebhabern liegen zwei auf der Krankenstation. Nummer drei, Löwenstein, hat sich ohne Abschied von dannen geschlichen. Und Mann Nummer vier, der Mann mit seiner Vision, nun, er ist auch eine Art Glocke. Simon läutet unser Höfchen aus seinem Schlaf. Ich schließe die Augen und ziehe die Knie näher zur Brust. Wenn die Mystiker des Mittelalters auf ihrem Weg eine höhere Stufe erreichten, sprachen sie von Leitern, die es nicht gab. Nicht geben konnte. Und doch waren sie über diese Leitern nach oben gestiegen. Simon ist solch ein Leiter, von der man später sagen wird, sie war im Grunde unmöglich. Und doch haben wir mit ihrer Hilfe eine höhere Stufe erreicht, sind »gelichesame die leiter ufgestigen, die es niht kunde gan«. So lehren die Mystiker, die großen Weisen unserer Kultur. Und so lehrt uns Simon: Das Leben ist eine Auster, und irgendwo auf dem Weg werden uns die Perlen überreicht. Ich drehe mich auf die Einschlafseite. Es ist kein Fehler, für diesen Tag seine geballte Kraft zusammenzuhaben.

41

»Das ist doch kein Bett, eine Hängematte ist das!«

Laura ließ nicht zu, dass Simon ihr Ehebett gegen ein neues austauschte. Immerhin räumte sie einen kleinen Teil ihre Schranks für seine Kleider. Im Bad erlaubte sie, dass er den Duschvorhang durch eine Glastür ersetzte, und wo im Flur die Kiste für Altpapier stand, steht jetzt ein Schuhschrank.

Heute morgen steht Simon mit zwei Kisten vor den Regalen im Wohnzimmer. Er zieht ein Buch heraus und betrachtet es. Dann stellt er es wieder ein und zieht das nächste heraus.

»Der Mensch im Akkusativ. Blum, was ist der Mensch im Akkusativ?«

»Der Mensch im Wen-Fall.«

»Was?«

»Grammatik.«

Simon stellt das Buch zurück und zieht das nächste Exemplar heraus.

»Spaziergang nach Syrakus«, liest er vor. Dann liest er die Rückseite. »Da ist einer nach Sizilien gelaufen … Zu Fuß … Achtzehnhundertzwei!« Er lacht. »Na, da konnt er schlecht fahren.«

Simon legt das Buch in eine der Kisten. Dann legt er auch das Grammatikbuch dazu. Er geht einen Schritt zurück, dann zieht er sämtliche Taschenbücher heraus und legt sie in die Kiste. Er zieht seine Kisten zwei Regalmeter weiter, als Laura in der Tür erscheint.

»Was soll das?«

»Tach, Schatz! Ich wische die Regale feucht ab.«

»Und die Bücher?«

»Die wischt man besser nicht ab. Aber ich werde sie staubsaugen.«

»Und dann?«

»Stelle ich sie wieder ein.«

»Und die in den Kisten?«

»Ich dachte, die lassen wir vielleicht in den Kisten. Dann stauben sie nicht mehr zu.«

»Und die Kisten? Wo stellen wir die hin?«

Simon macht eine charmante Bewegung, als könne man sie überall hinstellen.

»Du willst sie wegwerfen!«

»Nein.«

»Du willst Bücher wegwerfen!«

»Vielleicht das ein oder andere.«

Simon zieht ein Buch aus der Kiste. »Steuerrichtlinien 1989. Laura, das brauchst du wirklich nicht mehr.«

»Gut«, sagt Laura nach einem Moment. »Leg das zur Seite.«

»In die Kiste?«

»Zur Seite.«

Simon legt es neben die Kiste. »Oder hier. Richtig zitieren. Laura, ich hab reingeguckt, da stehen gar keine Zitate drin!«

»Es heißt ja auch Zitieren und nicht Zitate.« Laura nimmt sich das Buch. »Na ja«, blättert sie, »heute zitiert man eigentlich anders. Leg das auch zur Seite.«

Simon legte es auf die Steuerrichtlinien. Das nächste Exemplar zieht er aus der Regalwand.

»Moby Dick«, lacht er. »Ein Kinderbuch. Außerdem hat jemand drin herum gekritzelt, mit Kugelschreiber.«

»Moby Dick? Meine Magisterarbeit ...«

»Wir könnten es höchstens Dominik geben.«

»Stell es wieder zurück!«

»Das Kinderbuch?«

»Simon!« Laura beherrscht sich. Man sieht ihr an, wie viel Mühe sie die Beherrschung kostet. »Stell es bitte wieder zurück! Und zwar genau an den Platz, an dem du es herausgezogen hast!«

»Wo war das denn? Hier? Da? Manchmal hast du zwei Reihen Bücher hintereinander gestellt. Oder du hast sie gestapelt. Die hier stehen auf dem Kopf! Ich glaube ... hinter denen hier war es.« Er zieht einen weiteren Packen Bücher heraus, wodurch er wie bei einer Dominoreihe die gesamte Reihe zum Umstürzen bringt. »Bingo«, lacht er. »Ich stell sie gleich wieder auf.«

»Simon!« Laura spreizt ihre Finger. »Lass alles so liegen! Ich stelle es selbst wieder auf. Und ich sortiere auch selbst. Was ich brauche und was ich nicht mehr brauche.«

»Gut«, sagt er, »dann fang ich an, die Regale abzuwischen.«

»Ich wische sie selbst ab. Und ...«, Simons nächstem Satz kommt sie zuvor, »ich staubsauge auch.«

»Die Bücher?«

»Die Bücher. Die Zeitschriften. Die Ordner.«

»Aber Laura, du hast doch schlecht Zeit. Und ich ...«

»Simon, dieses Wohnzimmer ist auch mein Arbeitszimmer, ich habe sonst keins. Und für meine Arbeit mache ich mir Zeit.«

Er nickt. Dass Laura ihre Arbeit ernst nimmt, weiß er. Er steht noch einen Moment zwischen Kisten und Büchern, dann räumt er das Feld. Er beschränkt sich darauf, Laura einen Eimer, Putzlappen und seinen Komfortsauger herauszustellen.

»Laura? … Simon?«

Als ich am späten Abend von der Arbeit komme, haben die beiden den Tag schon beendet. Auf dem Flur stehen zwei gefüllte Kisten und ein Plastiksack mit Kleinkram. Entsprechend verändert finde ich das Wohnzimmer vor. Sämtliche Zeitungen sind von den Stühlen und die Magazinstapel von den Fensterbänken verschwunden. Keine leeren CD-Hüllen, keine leeren Video-Hüllen, keine Kleidungsstücke von Laura und keine Turnschuhe von Dominik. Auch die Bälle und Wollknäuel der Katze sind zwischen den Sesseln verschwunden, und auf Lauras Schreibtisch steht einzig ihr Laptop und ein zur Hälfte gefülltes Glas Wasser. Der Raum sieht geradezu leer aus. Er wirkt größer als vorher. Man könnte ihn für einen fremden Raum halten, es sei denn, man dreht sich zur Wand mit den Büchern.

Ich erkenne auf Anhieb die Steuerrichtlinien. Daneben den Band Richtig Zitieren. Bei genauerem Hinsehen erkenne ich, dass sogar noch mehr Bücher hier stehen als vorher. Durch geschicktes Um- und Übereinanderschichten ist es Laura gelungen, auch Platz für den Teil ihrer Bibliothek zu schaffen, der vorher bei Dominik stand: ihre Wörterbücher und Lexika. Wie praktisch, jetzt muss sie nicht mehr ins Zimmer des Jungen, wenn sie etwas nachschlagen will. Und so überlastet die Regale sind, Laura hat ein kleines Fenster gelassen, eine geradezu luxuriöse Lücke. Erst denke ich, diese Aussparung wird einmal ihr erstes verfilmtes Drehbuch enthalten. Oder ihre Doktorarbeit über Feminismus und Schulbücher. Vielleicht sogar den großen Roman ihres Lebens. Ich beuge mich hinunter und sehe, dass der Grund für die Lücke ein anderer ist. Hinter den Büchern hat Laura einen Lichtschalter freigelegt. Auch das ist sehr praktisch, wenn es dunkel wird, braucht Laura nicht mehr durchs Zimmer zu gehen. Sie lehnt sich auf ihrem Bürostuhl nach rechts, streckt den Arm aus und: An ist das Licht.

Jetzt ist es aus. Noch nicht elf Uhr in der Nacht, und in der gesamten Wohnung sind die Lichter gelöscht. Die beiden haben sich früher als sonst zurückgezogen. Sie sind froh miteinander. Und zufrieden mit sich. Simon ist zufrieden, dass er Laura zum ersten Mal saugen und Staub wischen sah. Und Laura zufrieden, dass sie zum letzten Mal aufstehen musste, um für ihre Arbeit das Licht anzuknipsen.

Ich bin noch nicht müde und bleibe noch eine Weile an ihrem Schreibtisch. Ich setze mich auf ihren Sessel, trinke das Wasser aus ihrem Glas und öffne den Laptop. Ich habe das Gerät seit Wochen nicht mehr auf Viren durchsucht. Ich denke, ein paar Viren können in den nächsten Wochen nicht schaden.

42

»Weißt du, was für mich eine Abkürzung ist?«

»Was denn?«, frage ich Simon.

»Wenn ich gleich finde, was ich suche.«

»Was suchst du denn?«

»Hier suche ich dauernd was anderes. Nen Kugelschreiber zum Beispiel. Neulich hab ich zehn Stück mitgebracht, und jetzt ist keiner mehr da.«

»Du hältst doch einen in der Hand.«

»Und weißt du, wo ich den gefunden habe? Im Bad, neben der Wanne.«

»Laura liest gern in der Wanne.«

»Muss man deshalb alles liegen lassen?«

»Sie badet die Tage sicher wieder.«

»Dann sucht sie wahrscheinlich die Seife. Blum, hast du gemerkt, dass die Dinge hier wandern? Alles wandert in dieser Wohnung. Nur das Geschirr auf der Spüle, das steht!«

Ich zucke die Achseln.

»Abkürzungen! Es ist doch keine Abkürzung, wenn man die Wäsche ungebügelt in den Schrank legt. Und wenn man sie bügeln will, ist das Bügeleisen nicht da. Blum, wie kann man ein Bügeleisen auf der Terrasse unter der Schubkarre vergessen?«

»Wenns schnell gehen muss?«

»Es geht ja nicht schnell. Weißt du, wie lange Laura braucht, um die Mülltonne hinter das Haus zu ziehen? Viereinhalb Tage.«

»Sie überlegt, sie ganz vorm Haus zu lassen.«

»Auf der Straße?«

»Nur bis Mittwoch.«

»Welchen Mittwoch? Nächstes Jahr?«

»Nein, in zwei Wochen, dann kommt Frau Hawlitschek aus der Kur zurück.«

»Frau ...«

»Hawlitschek. Unsere Putzfrau.«

»Ihr habt eine Putzfrau?«

»Nur einmal die Woche.«

»Das ist nicht dein Ernst.«

»Warum sollen wir keine haben?«

»Na, Laura muss ab dem Fünfzehnten überlegen, ob sie noch voll tanken kann, und du hast nicht mal ein Auto. Aber eine Putzfrau!«

»Wieso nicht? Laura ist berufstätig, ich bin berufstätig, und Dominik ist noch ein Kind. Und Frau Hawlitschek, da wirst du staunen, sie ist von allen unseren Abkürzungen die beste.«

Wäre ich weniger feinfühlig, ich könnte Simon eine weitere Abkürzung nennen, die sich ebenfalls bestens bewährt: Simon selbst. Von seinen Fertigkeiten als Gärtner, Handwerker, Putzkraft und Koch will ich nicht reden, Haushaltstalente rangieren bei Laura weit unten. Wichtiger, als morgens vor einem abwechslungsreichen Frühstück zu sitzen, ist für Laura, abends den schlichten Satz äußern zu können: »Simon? Gehen wir rüber?«

Man vergleiche mit früher. Ihre endlosen Abende zwischen Telefon und Adressbuch. Warten auf Anrufe, Warten auf Emails,

Warten, dass die Katze ein Lied singt. Arbeit war nicht möglich und der Schlaf keine Erholung. Eine Frau im leidenschaftlichsten Alter und Abend für Abend verplempert. Und jetzt?

»Simon …?«

Nicht mal ein Vorspiel ist nötig. Keine langen Blicke beim Wein, keine ausgedehnten Gespräche, kein Kerzenlicht bei gedämpfter Musik. Laura tippt die letzten Worte in ihren Computer, und noch vor dem Punkt kommt der Satz:

»Simon? Bumsen wir noch?«

Pardon? Sie meinen, der Ausdruck passe nicht zu Lauras stilvoller Art? Kein anderer passt besser zu ihr. Denn genau so will sie es haben: heftig, beidseitig, unkompliziert. Und wie ein Kind ein verbotenes Wort nicht oft genug aufsagen kann, sagt Laura mit trotziger Freude: »Bumsen wir noch?«

Laura kann sich an das Wort nicht gewöhnen. Und offenbar auch nicht an den Akt. Was ich höre, durch zwei Türen, einen Flur und ein Kissen mitanhören muss, wie soll ichs beschreiben? Laura ist Nacht für Nacht überrascht. Überwältigt von einem Zustand, den sie in ihrem Leben zu lange vermisste: ganz und gar und mit jeder Faser des Körpers am Leben zu sein. Gegenwart, in höchster Konzentration. Laura kann von diesem Rausch nicht genug bekommen. Und nicht genug von der Klarheit, die darauf folgt. »Bumsen wir noch?«, sagt sie zu Simon. Und »Hinterher kann ich wunderbar denken«, mailt sie an Phoebe. Nicht selten setzt sie sich nach dem Akt wieder an ihren Computer, schreibt an Drehbüchern weiter, die jahrelang ruhten. Es geht, es fließt, ihre Finger fliegen über die Tasten. Und deshalb: »Bumsen wir noch?«

43

Ne quid nimis, pflegte mein Vater zu sagen. Allzu viel ist ungesund, und wenns Gebete sind. Entsprechend wurde mir das tägliche Hochamt der beiden zu viel. Unter allen mittelalterlichen Foltermethoden haben sie eine vergessen: Liebenden bei ihrer Liebe zuhören zu müssen.

Sogar Hottsch wurde es zu viel. Nach unserer Versöhnung hatte er wieder vorm Fenster gehockt, bei Regen hatte er vorm Fenster gestanden, jetzt kam er nicht mehr. Er fing wieder mit seinen Streifzügen an, kämmte Altkleidersäcke und sperrige Güter nach Brauchbarem durch. Vier Fahrräder und ein Elektroantrieb hatten in seinen Schuppen Lücken gerissen.

»Weißt du«, fragte er mich, »was das Schlimmste für einen Mann ist?«

»Ein leerer Schuppen?«

»Nein. Ein leerer Sack.«

»Bitte?«

»Eine Frau, die es will! Wieder und wieder, noch und noch. So oft, bis du aus ihr herausfällst wie ein totes Muscheltier.«

»Hottsch, du übertreibst«, sagte ich.

»Nein, die Weiber übertreiben. Wenn du mich fragst, war es früher viel besser. Die Frauen hatten ihre Migräne und die Männer ihre Sportschau. Und in der Halbzeit bist du mal drüber, trotz Migräne. Und heute? Werden sie komisch, wenn sies mal zwei Tage nicht kriegen. Und alles, was sie im Bett nicht in den Wahnsinn treibt, ist ein Versager.«

»Was redest du?«

»Von der Fallgrube, die du nie zuschütten kannst.«

»Hottsch!«, lachte ich.

Doch Hottsch winkte ab. Er kümmerte sich um andere Dinge. Und ich kümmerte mich um andere Dinge. Mochte Laura die Gegenwart entdecken, ein Mann definiert sich aus seiner Zukunft. Und meine Zukunft gewann an Kontur. Ich hatte so viele Jahre mit Jura verbracht, ich hatte dieser Wissenschaft mein Geld, meine Figur und meine Haare geopfert, jetzt wollte ich ihn auch haben, den Talar des Juristen. Zu Zeiten tauchte bereits ein Bild vor mir auf, meine Kanzlei mit Blick auf den Fluss, der Fluss mit Blick auf meine Kanzlei. Nein, diese Aussicht würde ich mir nicht nehmen lassen, nicht von der letzten Hürde des zweiten Examens und nicht von übertriebener Eile und Panikentschlüssen. Ich entschied, meinen Prüfungstermin von August auf November zu legen. Ein weiteres Vierteljahr blieb mir so zur Klausurvorbereitung. Und ein weiterer Monat blieb mir – für meine Schublade. Was braucht ein frisch gekürter Anwalt außer seinem Examen? Ich zog den Schreibtisch auf und sah, was er brauchte. Es war rot, es war blau, es war grün, und es lag in liebevoll geglätteten Bündeln nebeneinander. Tja, meine Freunde, das Leben ist eine Auster, und irgendwann muss man sich bücken und die Perlen aufheben.

»Trenta … sessanta … cinquecento … Du zählst auf Italienisch zusammen und nennst auf Deutsch die Summe. Und wenn dus geschickt anstellst, ist dein Trinkgeld schon drin.« Meine italienischen Zahlen kamen inzwischen ohne Akzent, doch Betrug lag mir so fern, wie mein Platz im Justizwesen nah war. Im Gegenteil, ich verhielt mich erstmals in meiner Laufbahn als mobiler Verkäufer völlig korrekt. Man kann einen Eislöffel füllen, dass an der Kugel beträchtliche Zugaben hängen. Und man kann ihn so füllen, dass er einen Hohlraum enthält. Seit dem dritten Juli morgens um acht nehme ich das Löffelmaß ernst. Keinen Batzen zu viel und keinen Schlenker zu wenig. Was ich früher allzu kundenfreundlich verschenkte, verkaufe ich jetzt selbst. Im Klartext: Für Franko setze ich so viele Kugeln um, wie er von seinem besten Angestellten gewohnt ist. Für meine Kunden fallen die Kalorien weg, die sie ohnehin nicht bezahlt haben. Und ich: Habe mein Trinkgeld. Jedes vierte Eis klingelt für mich, jedes vierte Sümmchen purzelt in meine Tasche, und bei sechs- bis siebenhundert Sümmchen am Tag …

»Vaniglia, stracciatella, cioccolata …« Ich muss mich beherrschen, dass ich hinter meinem Wagen nicht zu singen anfange. Und ich muss mich bremsen, nicht bis in die Nacht durch die Fußgängerzonen zu fahren. Denn kurz vor zehn will ich zu Hause sein, dort geht mein Weg weiter. Ich schiebe mein Geld in die Schublade, ein kurzer Blick in den Spiegel, dann gehe ich hinaus und schaue zu ihrem Fenster hinauf.

Das arme Mädchen hat begonnen, Zigaretten zu kaufen. Rauchen kann man es nicht nennen, doch jeden Abend steht sie in einem luftigen Kleidchen auf ihrem Balkon und schickt kleine Wölkchen in die Luft. Rauchzeichen, Rufzeichen, irgendjemand in der Umgebung? Ich bin die Umgebung, und diese Nacht werden ihre Signale erhört. Ich sehe ihre Konturen unter dem Kleid, ich sehe das Windspiel in ihren Haaren, ich sehe ihre Augen, die groß und einsam das Dunkel absuchen, schließlich trete ich aus dem Schatten des Hauses heraus.

»Guten Abend, Synthia!«

»Oh … Blum! Was machst du so spät noch hier draußen?«

»Und was machst du so spät noch hier draußen?«

»Ich rauche noch eine.«

»Und ich schaue dir zu.«

Das war der ehrlichste Satz in den letzten fünf Jahren. Und einer der kürzesten, ich füge dem nichts hinzu. Auch Synthia fügt nichts hinzu. Sie strahlt, als wäre in ihrem jungen Gesicht der Mond aufgegangen. Und ich strahle zurück. Ziehe ohne Eile die Hände aus meinen Taschen und setze mich in Bewegung. Leicht wie ein Federchen steige ich die Treppen hinauf. Und zart wie ein Federchen fällt mir Synthia in den Arm. Wir halten uns, unsere Lippen beginnen zu wandern, ihr Mund hat eben meinen erreicht, als im Höfchen mit einem Schrei das nächste Unglück geschieht.

VIERTER TEIL

Babette.
Wenn eine Frau nicht schön ist,
und kein Mann dreht sich nach ihr um,
und keiner springt über den Bach,
und keiner kämpft sich durchs Dornengestrüpp,
dann ist das,
als ob eine Sternschnuppe fiele,
und keiner schaut hin,
und keiner hat sich etwas gewünscht.

44

»Uuhm! Uuhm!«, dringt es aus Lauras Schlafzimmer, und als ich die Tür aufreiße, finde ich Simon auf dem Boden neben dem Bett.

»Gott, Simon, was ist passiert?«

»Mm …«

»Was?«

»MM!«

Mit beiden Händen zerrt und drückt er an seinem Kiefer, doch der Kiefer gibt den kräftigen Händen nicht nach. Gut zwei Fingerbreit steht er aus seiner natürlichen Position zur Seite gerückt.

»Du hast dir den Kiefer verrenkt!«

Jetzt schiebt er eine Hand in den Mund und versucht, gleichzeitig von außen zu ziehen und von innen zu drücken.

Heiliger Äskulap, mit verrenkten Kiefern habe ich keine Erfahrung. Laura ist auf dem Elternabend, der Pate streift abseits durch das Viertel, und Frau Siegel hört mich nicht, wenn sie vor dem Fernseher sitzt. Dominik! Der Junge hat mit dem Seepferdchen einen Erste-Hilfe-Kurs absolviert.

»Dominik«, rufe ich. »DOMINIK!«

»Was ist denn?«

Ich schaue über die Schulter. Die kleine Babette steht im Türrahmen.

»Weck Dominik! Nein, hol einen Arzt! Weck Dominik und hol einen Arzt.«

»Was hat er denn?«

»MMM!«, brüllt Simon.

»Er hat sich den Kiefer verrenkt.«

»Den Kiefer? Geh mal zur Seite!«

Babette steigt an mir vorbei und beugt sich zu Simon hinunter. Sie zieht ihm die Hand aus dem Mund, sie zieht ihm die andere Hand von der Wange, dann sagt sie: »Heb mal den Kopf!«

Simon hebt seinen Kopf an.

»Und jetzt atme aus!«

Er atmet aus, und bevor er wieder einatmen kann, hat Babette ihm eine gescheuert. Ihre gesamten achtundvierzig Kilo, falls sie so viel besitzt, legt sie in diese Ohrfeige. Simons Augen schießen nach vorne, das Blut weicht zurück, doch der Kieferknochen springt wieder in die vorgesehene Position.

»Oh«, sagt Simon. Er kaut, er mahlt, er lässt seine Zunge im Mund herumwandern. »Danke, Babette.«

»Nicht gähnen!«, fügt sie hinzu.

»Bitte?«

»Du darfst die nächsten Tage nicht gähnen. Wenn du gähnst, springt der Kiefer wieder heraus. Und wenn er noch ein paar Mal herausspringt, hast du ein Dauerproblem.«

Simon nickt, kurz und kantig, als habe er einen militärischen Auftrag erhalten.

»Sonst alles klar?«

»Alles klar.«

»Dann geh ich wieder. Ich hab schon geschlafen.«

Babette geht in ihre Wohnung zurück. Und Simon steht auf. Das heißt, er dreht sich auf Hände und Knie, stützt die Ellbogen auf den Bettrand, schiebt erst den Hintern, dann den Oberkörper nach oben und bringt sich, mit den Händen die Oberschenkel raufwandernd, Stück für Stück in die Senkrechte. »Ah!« Er verzieht das Gesicht.

»Du hast dir nicht nur den Kiefer verrenkt«, stelle ich fest.

»Blum?«

»Ja?«

»Heb mich mal hoch!«

»Ich soll …?«

»Renk mich ein!«

»Ich bin kein Arzt.«

»Ich brauch keinen Arzt. Ich brauch einen, der mich mal hebt. Einmal kurz anhebt. Wenn ich natürlich zu groß für dich bin …«

»Du bist nicht zu groß.«

»Du kannst ruhig sagen, wenn dus nicht schaffst ...«

Die Antwort spare ich mir. Ich stelle mich hinter ihn, lege die Arme wie Greifer um seinen mächtigen Brustkorb, spanne die Muskeln – und in der Luft hängt der Mann. Eins, zwei, drei ... ich könnte ihn länger halten, ich könnte seine Brust stärker pressen, doch mit einem Knacken geht ein Ruck durch sein Rückgrat, und mit einem »Ah« findet Simon auf den Boden zurück.

»Blum! Es ist weg!« Er wackelt ein bisschen, dann legt er seine großen Hände ins Kreuz und beginnt, in der Hüfte zu kreisen. »Wie nicht gewesen! Und weißt du was? Das hat bisher nur einer geschafft. Bei der ganzen Marine war nur einer, der mich frei in der Luft halten konnte. Mac Nebb!«

»So, so. Mac Nebb.«

»Und, Blum«, Simons Hüfte beschreibt jetzt größere Kreise. »Wenn du mich packst, packst du das andere auch.«

»Das andere?«

»Was meinst du, was mich verrenkt hat?«

Simon spricht den Namen nicht aus, doch sein Kinn zeigt die Richtung. Auf Lauras Betthälfte liegt der Expander. Er liegt dort eingeschnurrt wie eine Schlange, ein Giftvieh, das jederzeit wieder zuschlagen kann.

»Was meinst du?«, hör ich ihn flüstern. »Schaffst dus?«

»Simon«, sage ich ruhig. »Es gibt nur zwei Möglichkeiten. Entweder ziehe ich das Ding, oder ich zerreiße es. Tertium non datur.«

»Was?«

Ich schüttle den Kopf. »Wahrscheinlich ziehe ich ihn, atme kurz ein und zerreiße ihn dann.«

Simon nickt. »Dir traue ich es zu.«

Einen Moment betrachten wir beide den Expander. Dann schaut Simon zu mir. Betrachtet meine Schultern, die Arme, die Handgelenke. Dann sagt er: »Blum? Hebst du mich nochmal?«

45

»Morgen, Simon. Wie siehst denn du aus?«

»Vorsichtsmaßnahme. Ein Tipp von Babette, damit ich beim Schlafen nicht gähne. Aber im Schlaf gähne ich nicht. Morgens gähne ich, beim Aufstehen, bis ich gefrühstückt hab. Und deshalb ...«

Das Tuch. Simon hatte sich wie ein altes Mütterchen oder eine Muslimin ein Tuch umgebunden. Es bedeckte seine Haare, die Ohren, und vor allem hielt es mit einem straffen Knoten das Kinn davon ab, zu weit nach unten zu klappen. Dazu trug er einen Lendenwärmer unter dem Morgenmantel, und die Füße steckten in gefütterten Hausschuhen. Er sah anders aus als an den übrigen Morgen, wenn er in Bügelfalten, Krawatte und glänzenden Schuhen aus dem Schlafzimmer trat. Er hatte es auch weniger eilig. An diesem Morgen und an den folgenden. Wir gönnten uns ein vitaminreiches Frühstück, und bevor ich um zehn in den Eisladen fuhr, wechselte Simon vom Wohnzimmer auf die Terrasse. Dort tauschte er das Kopftuch gegen eine Sonnenbrille und las unter der Markise die Zeitung. Gegen elf wechselte er vom Morgenmantel in einen Trainingsanzug, harkte das Beet, goss die Blumen und unterhielt sich mit sämtlichen Nachbarn. Gegen eins begann er, für Laura und den Jungen zu kochen. Ich überlegte, wann der selbständige Handelsvertreter seinen Geschäften nachging. Ich fragte ihn.

»Nicht im August«, sagte er, während er uns Kaffee nachschenkte. »Wenn Laura jetzt Urlaub hätte, wären wir auf Mallorca.«

»Ach so«, sagte ich, »dein Geschäft macht Betriebsferien.«

»Firma Kieselheer macht keine Ferien, aber die Kunden sind jetzt in Urlaub. Außerdem hab ich im Juli meine Runden gemacht. Die Köder sind ausgelegt, jetzt darfst du nicht dauernd an der Angel wackeln. Du musst ihnen Zeit geben, den kleinen Fischen und den großen Fischen. Und dann, Blum, wenn im September die Aufträge reinrauschen, muss hier alles klar sein. Da muss das Schiff fahren, da kann ich mich nicht mehr mit Kleinkram aufhalten. Hast du nichts gemerkt?«

»Dein Name steht auf dem Briefkasten, dein Fax-Gerät steht im Wohnzimmer, und unseren Anrufbeantworter hast du neu besprochen.«

»Und die Putzfrau abbestellt. Wo gibts denn so was? Acht gesunde Hände und bezahlen ne Putzfrau. Wir teilens uns auf. Laura übernimmt das Wohnzimmer, du das Bad, Dominik den Flur und ich die Küche.«

»Gute Idee.«

»Du kannst gleich anfangen. Heute ist das Bad dran. Dienstag!«

»Aber nicht diesen Dienstag. Schau mal raus, Kaiserwetter, da muss bei mir das Schiff fahren! Weißt du, was ich gestern umgesetzt habe?« Ich sagte es ihm.

»Nicht schlecht.«

»Und deshalb mach ich jetzt los, sonst hat die Konkurrenz die Plätze besetzt. Das Leben ist eine Auster und so. Das Bad putze ich, wenn es bewölkt ist.«

»Ich trag dich für Donnerstag ein.«

Ich hob die Hand. »Champ …«

»Selber Champ!«

Simon verstand, von Unternehmer zu Subunternehmer. Ich musste tatsächlich los. Der Park wartete auf mich, die Schwimmbäder, die Fabriken. Dieser August war heiß wie seit Jahren nicht mehr, und inzwischen setzte ich so viele Eiskugeln um, dass ich nach der halben Schicht zu Franko zurück musste, um meine Fächer wieder zu füllen. Es rollte. Und abends knisterte es. Ich zog die Scheine aus meinen Taschen, strich sie glatt, zählte und bündelte sie. Was für ein Anblick! Daumenkino mit einem Bündel Zwanziger. Und was für ein Geräusch! Flüsternde Scheine, und alle flüsterten: Bl-bl-bl-bl-blum!

Es gab auch andere Geräusche im Höfchen. Die Heckenschere, den Rasenmäher, die elektrische Säge. Simon schleppte keinen

Schuhschrank mehr an, er packte keine Bücher in Kisten, er verlagerte seine Aktionen nach draußen, wo er nicht sofort auf Lauras Widerspruch stieß. Er stutzte die Bäume, er trimmte die Beete, der letzte Grashalm auf der Terrasse verschwand. Simon, der zähe Stratege, wollte uns mit seiner Ordnung umzingeln. Und da er draußen auf keine Gegenwehr stieß, wandte er sich bald wieder nach innen. Der August war noch nicht vorüber, als er die höchste Hürde anging, die man im Höfchen ansteuern kann.

46

»Blum«, kam er in mein Zimmer gestürmt. »Schau dir das an! Ich hab den Wohnzimmerteppich mit Rührteig versaut.«

»Was rührst du nicht in der Küche?«

»Dort liegen die Wasserfarbenbilder von Dominik.«

Ich zuckte die Achseln.

»Blum, hier ist kein Platz. Meine Prospekte stehen im Keller, meine Staubsauger liegen im Flur, und meine Buchhaltung fahre ich im Kofferraum rum.«

Dort soll sie auch bleiben, dachte ich.

»Wir müssen was ändern. Warum verrenk ich mich dauernd? Ich sitz auf dem Bett, um meine Angebote zu schreiben, ich steh in der Küche, um Akten zu ordnen, und ich lieg auf dem Boden, um Faxe zu senden. Ich brauche ein Zimmer! Ich brauche ein Büro.«

»Was nimmst du nicht deine Wohnung in der Friedrichstraße?«

»Ich hab keine Wohnung in der Friedrichstraße.«

»Du hast …?«

»Gekündigt. Was soll ich zweimal Miete bezahlen.«

Falls Simon bei uns Miete bezahlte, ich wusste es nicht. »Aber«, sagte ich sachlich, »wir haben kein Zimmer. Oder siehst du eins?«

»Klar sehe ich eins. Blum, wie alt bist du? Und wie alt ist Laura? Ihr geht auf die Vierzig, aber ihr murkst hier rum, als wärt ihr grad aus der Schule entlassen. Wohngemeinschaft! Das ist was für Leute mit Pickeln, die sich zu dritt eine Zahnbürste teilen. Ihr seid erwachsene Menschen. Du sollst ja nicht auf die Straße, ich hab dir was angestrichen, da sind günstige Sachen dabei.«

Ich schaute Simons Zeitung nicht an. Ich schaute Simon an, und zwar, als wären wir drei Meter unter Wasser. Oder auch über Wasser, doch Maat Simon stand auf einem Schiff, das sich unaufhaltsam von der Küste entfernte. Bye Simon, war nett, dich ..., schreib mal ne Karte und vergiss deinen Lendenwärmer nicht.

»Muss ja nicht gleich sein. Andererseits stehen genug Wohnungen leer. Ich helf dir natürlich, beim Umzug, oder wenn du ...«

»Simon«, unterbrach ich.

»Blum?«

»Gute Nacht.«

Nach dieser Unterhaltung lag ich noch lange mit offenen Augen im Bett. Auch Simon hörte ich noch Stunden hantieren. Ich hörte ihn am Backofen, ich hörte ihn saugen, ich hörte ihn beim Ausräumen der Geschirrspülmaschine. Und während Simon Ordnung in unsere Küche brachte, brachte ich Ordnung in meine Gedanken. Ich hielt es für unwahrscheinlich, dass ich ausziehen musste. So beharrlich mich Laura gebeten hatte, ins Höfchen zu ziehen, so rigoros würde sie unterbinden, dass mich jemand hinauswarf. »Blum, ich bin so froh, dass du da bist«, hatte sie nach ihrer Scheidung gesagt. Und als die ersten Liebhaber auftauchten, war sie froh, dass ich blieb. »Ich glaube, ohne dich wäre alles ganz anders. Ohne dich wäre gar nichts.« Gerade, wenn sie die Tür zu ihrem Schlafzimmer zuzog, war sie froh, dass ich nebenan lag. Ich war der Garant, dass sie nicht mit einem Liebhaber ins Bett ging und mit einem Ehemann aufwachte. Libertinage, das Wort war noch nicht vom Tisch. Gerade jetzt, wo Simon immer engere Kreise zog, rückte es zurück auf den Tisch. Und der einzige Libertin, den ich ausmachen konnte, war ich. Ein Büro wollte Simon. Ein Büro war eine gute Idee. In so einem Büro konnte man arbeiten, in so einem Büro konnte man ruhen. Dort konnte man zur Not auch eine Nacht schlafen. Nach einem Streit. Statt eines Streits. Es war die ideale Zwischenstation, wenn ein Mensch wieder ausziehen wollte.

47

»Was wollt ihr denn alle von mir?« Hottsch knallte die Schublade zu. »Laura will mir die Haare schneiden, Simon will saugen, und die Siegel streicht dauernd ums Haus und bringt mir Kaffee und Kuchen. Lasst mich in Ruh!«

»Was hast du gegen Frau Siegel?«

»Nichts. Ich hab auch nichts gegen Kuchen. Aber dann sitzt sie da und schaut mich so an. Und das Bekloppte, ich trink den Kaffee, ich ess den Kuchen, und ich schau genauso zurück!«

»Hottsch, alter Schwede! Du bist verliebt!«

»Nicht in die Siegel.«

»Sondern?«

»Ich hab nen Rückschlag erlitten.«

»Warst du schon mal in die Siegel verliebt?«

»Es ist viel schlimmer. Ich bin in alles verliebt.«

Hottsch warf den Hammer auf die Werkbank, den öligen Lappen hinterher, er riss sich sogar das Beret vom Kopf. »Blum, ich könnt den ganzen Tag pfeifen, ich sitz auf dem Scheißhaus und summ. Ich könnt ne Fahne raushängen und Hosiannah draufschreiben. Heut morgen hab ich sogar Gymnastik gemacht. Blum, wenn du verliebt bist, bisse kein Mensch mehr. Demnächst steig ich noch mit einer ins Bett.«

»Warum nicht?«

»Blum, ich bin achtunfuffzich. Und ich hab meine Hobbys. Aber n Weib is kein Hobby, n Weib issen Strick. Und weißt du warum? Weil sie nie zufrieden sind, Prinzessinnen auf der Erbse, nur, die Erbse is innendrin! Und deshalb können auch Weiber nicht lachen.

Ich will aber lachen. Seit meine Alte weg ist, nehm ich hier nichts mehr ernst. Und jetzt? Fang ich wieder an, in den Spiegel zu gucken, ich wart auf Frau Siegel, ich schiel zu Synthia rauf, ich lins sogar nach der kleinen Babette. Und? Die Weiber schauen zurück, die sind ja alle so einsam. Nicht, dass ichs nicht mehr in mir hätt, aber wie das ausgeht, siehst du an dem.«

»Wen meinst du?«

»Na, unseren Frühstücksdirektor.«

»Simon?«

»Als Kapitän isser gekommen und als Holzbein geblieben. Habt ihr keine Augen im Kopf? Der Mann hinkt!«

»Er hinkt nicht.«

»Das Bein zieht er nach.«

»Manchmal, ein wenig. Das kommt von der Bandscheibe.«

»Und woher kommt die Bandscheibe? Vom Lachen bestimmt nicht. Die deutsche Krankheit ist das. Wir wollen zu viel. Wir wollen mehr, als wir können. Bis wir kaputt sind. Hauptsache Wollen, mit Woll-woll ins Grab.«

»Hottsch!«

»Der reibt sich auf, wie ich gesagt hab. Jede Nacht Fallgrube, kein Wunder, dass er bankrott ist und hinkt!«

»Bankrott?« Ich musste lachen. »Er steht in der Einfahrt und wäscht seinen Mercedes.«

»Was soll er auch sonst? Tanken kann er ihn nicht mehr. Hat er dich noch nicht angepumpt?«

»Angepumpt?«

»Mich hat er angepumpt. Hottsch, hast du mal zwanzig Euro, ich komm erst morgen wieder zum Geldautomaten. Klar, sag ich, wenn du mir dafür die Mülltonne putzt. Da isser wieder gegangen, ganz schnell war er weg. Da hat er nämlich nen Fehler gemacht, meine Tonne benutzen! Ich kenn meine Tonne, ich weiß, was da drin ist, und denke, hoppla, was hamwer denn da. N Pack Papiere zieh ich raus, Bankauszüge, Mahnungen, Inkasso-Büros. Blum, Monsieur ist blank! Der hat nicht mal Geld für die Stadtbahn. Deshalb putzt der sein Auto, mit eurem Wasser. Ich bin nicht blank, und ich hab auch nicht vor zu hinken. Ich mal n Schild: Ich will keinen Kuchen. Und was anderes brauche ich auch nicht. Das kommt an die Tür, und das bleibt dort, bis ich wieder zu lachen anfang ...«

48

Der Mann, der Kanada mit Schlittenhunden durchquerte ... Auf der Seidenstraße nach China ... Mit dem Faltboot im Sturm Patagoniens ...

Da sich die großen Ferien mit Dauerregen verabschiedeten, blieb ich morgens länger als üblich im Höfchen. Simon saß im Bademantel im Sessel, Dominik lag im Schlafanzug auf der Couch, und ich schob mir zwei Stühle zusammen. Das Frühstücksfernsehen zeigte interessante Reiseberichte, und zwischendurch fand ich immer wieder Gelegenheit, unauffällig zu Simon zu schauen.

Das Kopftuch hatte er abgelegt, doch da seine Bandscheibe mittlerweile in die Oberschenkel ausstrahlte, hielt er seine Beine mit langen Unterhosen und Wollsocken warm. Er war immer noch blond, er war immer noch sonnengebräunt, und da er nicht mehr mit dem ersten Sonnenstrahl aufstand, wirkte er ausgeruhter als sonst. Ebenso schien er sich nach wie vor für alles zu interessieren.

»Der Orinoco, einer der längsten Flüsse Südamerikas! Und stell dir vor, Dominik, der gabelt sich. Ein Teil fließt nach rechts und einer nach links, sonst wär er noch größer.«

Andererseits überkamen ihn zunehmend Momente, die sich seiner Kontrolle entzogen. Etwa, wenn seine Augenlider zu flattern begannen. Oder dass sein Fuß grundlos zu wippen anfing. Oder dass er plötzlich aufstehen musste, in die Küche ging und dort aus dem Fenster schaute, ohne dass sein Blick irgendwas festhielt. Mir kam es vor, als würde sein Körper schon merken, was sein Verstand noch nicht zulassen wollte. Dass das Gift in ihn eindrang. Dabei war es kein Gift, es war nur eine von Tag zu Tag stärker werdende Dosis Realität. Die Wirklichkeit, der Simon in seinem Vorwärtsdrang ein gutes Stück vorausgeeilt war, zog ihn jetzt wie an einer Leine Stück für Stück zurück. Noch war Ferienzeit, noch konnte er sich mit dem Wort Urlaub vertrösten, doch allein Lauras Frage »Hat jemand angerufen? Ist Post da?« konnte ihn abrupt blass werden lassen. Schon das Klappern des Briefkastens ließ ihn zusammenfahren. Sofort stand er auf, und er brauchte eine Weile, bis er von der Haustür zurückkam. »Post ist keine gekommen«, sagte er mittags zu Laura. So gingen die letzten Augusttage vorüber. Dann kamen Anfang September zwei Briefe, die er uns nicht vorenthalten konnte. Für mich die Nachricht, dass Ajax mich für sein Examensrepetitorium annahm, und für Laura das Ergebnis ihrer Nachuntersuchung. Sie war inzwischen in der Klinik gewesen und erhielt die Nachricht: ohne Befund. Zwei erfreuliche Nachrichten, äußerst erfreulich. Doch schon am nächsten Morgen erhielt Simon ein Einschreiben, das einer Verurteilung gleichkam. Es war das letzte Kärtchen, das man unter einem Kartenhaus herauszieht, um es zum Einsturz zu bringen. An diesem Tag versuchte Simon, alles mögliche auf einmal zu tun. Er ließ Spülwasser ein und ließ es unbenutzt stehen, er zog den Rasenmäher aus der Garage und schob ihn zurück, er begann ein Kreuzworträtsel und warf es zerknüllt in den Eimer. Mehrmals zog er sich um, mehrmals ging er hinaus in den Garten, schließlich setzte er sich in seinen Wagen und brauchte fünfundzwanzig Minuten, um loszufahren. Als er spät am Abend zurückkam, setzte er sich zu Laura und teilte ihr mit, was sich nun nicht mehr verheimlichen ließ.

Die Bank hatte ihm sämtliche Konten gesperrt. Monat für Monat hatte er seinen Dispokredit überzogen, Mahnungen hatte er ignoriert, Aufforderungen zur Rücksprache unbeantwortet gelassen, nun war er von jedem Geldverkehr ausgeschlossen. Das einzige, was die Bank ihm anbot, war eine Umschuldung. Seinen Überziehungskredit wollte man in ein Darlehen überführen, dreißigtausend Euro mit einer Laufzeit von fünf Jahren. Bei acht Prozent Zinsen müsste er monatlich sechshundert Euro zurückzahlen. Allerdings, fügte er leise hinzu, wollte die Bank einen Bürgen als Sicherheit.

»Einen Bürgen?«, fragte ich.

»Ein Darlehen?«, fragte Laura. Für sie kam Simons Desaster ohne jede Ankündigung. »Warum«, fragte sie, »brauchst du ein Darlehen von dreißigtausend Euro?«

Darauf sagte der ernste Mann nichts.

»Er hat sie bereits gebraucht«, erklärte ich. »Er hat Schulden.«

»Ich hab keine Schulden. Ich hab meine Waren bezahlt. Die anderen haben Schulden, bei mir! Aber sie zahlen nicht. Ich mahne und mahne, es kommt nichts. Herding zahlt nicht, und Gersthoff zahlt nicht. Und dein Freund Franko zahlt seine Ware auch nicht.«

»Für dreißigtausend«, murmelte ich, »muss man eine Menge Staubsauger liefern.«

»Simon«, sagte Laura, »wie kann man mit so viel Geld in der Kreide stehen? Dreißigtausend!« Sie sprach die Summe aus wie ein Wort, das weder in seiner Breite noch Höhe ins Höfchen passte. Ins Höfchen passten zwanzig Euro, am Monatsanfang auch mal zweihundert, aber dreißigtausend?

»Das ist normal«, sagte Simon. »Als Selbständiger musst du in Vorlage treten, dafür *hast* du deinen Dispo-Kredit. Anderen geht das nicht anders.«

»Und dann«, Laura rang zunehmend um Fassung. »Wie konntest du sämtliche Nachbarn zum Essen einladen? Und den Container hast du bezahlt. Dominik hast du ein Fahrrad geschenkt und den Heizkörper gratis geliefert. Du hast überhaupt dauernd bezahlt!«

»Ich habe auch dauernd gearbeitet.«

Arbeit ist … Ich verschonte Simon mit meiner Erläuterung. Er wusste selbst, dass er sich von einem Fehler zum nächsten hatte verleiten lassen. Das hieß, vielleicht wusste er es nicht. Er saß am Tisch und erinnerte an den großen Jungen, der das ganze Jahr hindurch den Finger gestreckt hat und jetzt nicht versteht, dass er nicht mit lauter Einsen versetzt wird. Simon, der Mann mit dem Musterkoffer. Der Handlungsreisende, der Anfragen mit Aufträgen und Abschlüsse mit Zahlungen verwechselte. Der Mann, der zum Essen einlud, der Mann, der Geschenke verteilte, der Mann, der Möbel von einer Steuer abschrieb, die gar nicht anfallen würde. An diesem Abend kam es mir vor, als hätten wir unter seinen zahlreichen Talenten das beherrschende übersehen: die Gabe zu verdrängen. Auszublenden, was zu einer glorreichen Zukunft nicht passte. Simon hinkte tatsächlich. Sein Kiefer war um eine Bleistiftstärke verschoben, und spätestens seit heute war er bankrott.

»Einen Bürgen«, kam ich auf die zentrale Forderung der Bank zurück.

»Einen Bürgen«, nickte Simon und schluckte an dem Wort wie an einem zu großen Fisch.

Laura sagte nichts mehr. Wenn die Zahl Dreißigtausend schon nicht in die Wohnung passte, das Wort Bürge ragte meilenweit aus dem gesamten Höfchen hinaus.

49

»Was machst du?«, fragte ich.

Laura saß unter der Schreibtischlampe im Wohnzimmer.

»Dasselbe wie Simon«, sagte sie. »Ich suche …«

»In deinen Kontoauszügen?«

»In meinem Adressbuch … in meinem Bekanntenkreis …«

»Ich sehe nur deine Kontoauszüge.«

»Ich wollte was abheften.«

»Laura, das machst du nicht. Versprich mir, dass du das nicht machst!«

»Blum, es ist jetzt nicht die Zeit, jemanden im Stich zu lassen.«

»Es ist nie die Zeit, jemanden im Stich zu lassen. Vor allem sich selbst nicht und nicht das Kind, für das man lebt und gespart hat. Und deshalb lässt du dieses Konto in Ruhe!«

Es war ihr Konto für Notfälle. Das hieß für den einen Notfall, den letzten. Im Fall auftretender Metastasen wollte Laura mit Dominik noch einmal in Urlaub fahren. Eine letzte Reise wollte sie mit ihm unternehmen, noch einmal das Meer sehen, die Sonne, und dann zurückkommen und ihren Abschied vorbereiten. Den anderen Weg, mit Operationen, Chemo, Bestrahlung, wollte sie nicht gehen. Deshalb hatte sie unter vielen Einschränkungen eine Summe angespart, die sie seit Jahren nicht anrührte.

»Außerdem, Laura, würde dein Geld nicht reichen. Für dich ist es viel, aber für die Bank ist es bei weitem zu wenig.«

»Es wäre ein Anfang. Simon könnte die ersten Raten seines Darlehens bezahlen, und er hätte wieder etwas Startkapital. Und dann, Blum«, ein froher, dankbarer Glanz überzog ihre Augen, »ich brauche es nicht. Dieses Jahr brauche ich es nicht mehr.«

»Du wirst es überhaupt nie mehr brauchen. Und genau deshalb sollst dus behalten. Das bist du dir und Dominik schuldig. Der Junge ist mit dir durch diese Zeit gegangen, und deshalb gehört das Geld einzig euch beiden. Du hast nicht Jahre lang jeden Cent zur Seite gelegt, um es jetzt in zwei Tagen aus dem Fenster zu werfen.«

»Blum, bitte!«

»Laura, Simon hat in einem Jahr Dreißigtausend verscherbelt, ohne mit der Wimper zu zucken. Im Gegenteil, er hat sich prächtig gefühlt. Was glaubst du, wie lange er mit deiner Reserve haushalten könnte? Aber genau das muss er lernen: haushalten können mit dem, was er hat! Wir helfen ihm dabei, aber wir verhindern es nicht, indem wir ihm schon wieder Geld in die Taschen stopfen, das ihm nicht gehört.«

»Du hast ja Recht, Blum. Aber ich möchte ihm helfen. Ich würde so gerne irgendwas für ihn tun.«

»Wir tun ja. Wir werden was finden. Aber es gibt Dinge, die sind tabu. Und dieses Konto ist tabu. Deshalb packst du die Auszüge weg!«

»Ich könnte ...«

»Du packst sie weg!«

»Wenn ...«

»Jetzt gleich!«

Laura staunte. Ich staunte selbst. Ich war noch kein Richter, doch ich hatte eine Anweisung getroffen, die endgültig war. Akte zu, Fall erledigt. Laura seufzte, doch sie legte die Auszüge in die Schublade zurück und schob sie zu.

»Schließ ab!«

Sie schloss ab.

»Gute Nacht.«

»Blum?«

Ich drehte mich in der Tür nochmal um.

»Danke.«

Ich nickte.

Ich war so zufrieden mit mir, dass ich darauf verzichtete, in die Küche zu gehen. Schon seit Tagen ging ich ohne meine gewohnte Mitternachtsschnitte zu Bett. Die Idee, Lauras Konto anzutasten, war vom Tisch. Und auch das zweite Thema bedurfte keiner Erörterung. Selbstverständlich würden wir unserem Mitbewohner beistehen, gerade jetzt, wo sich das Schicksal uns gegenüber so gnädig zeigte. Lauras Blutwerte waren die besten seit Jahren, und ich gehörte zum Kandidatenkreis des ersten Repetitors der Hochschule. So gewiss Ajax für Examen, wenn nicht Prädikatsexamen, stand, so gewiss standen Lauras Werte für die wiedererlangte Gesundheit. Wir waren durchs Nadelöhr gegangen, und dieser Umstand hatte durchaus mit Simon zu tun. Vielleicht war er nicht ganz so groß, wie er schien, doch auch als Scheinriese hatte er im Höfchen gewirkt. Und deshalb kam Im-Stich-Lassen nicht in Frage.

Da sich ein Bürge nicht finden würde, war die Bürofrage passé. Doch ein Zimmerchen sollte er haben. Einen Ort, an den er sich zurückziehen konnte. Um seine Gedanken zu ordnen, um seine Schulden zu ordnen. Einen Unterschlupf, dessen bescheidenen Mietsatz auch das Sozialamt nicht ablehnen würde.

50

»Guten Morgen, Babette.«

»Blum! Was suchst du denn in unserem Keller?«

»Hier soll ne Wohnung frei sein.«

»Oben sind auch welche frei. Die sind größer und heller.«

»Nee, zu groß kost nur Heizung. Und zu hell lenkt nur ab. Wo ist die Wohnung?«

»Die Tür hinter dir. Wenn du reinschauen willst, ich hab nen Schlüssel.«

Babette sperrte auf. Viel zu sehen gabs nicht. Einen Kellerraum mit Kochnische und bescheidenem Bad. Immerhin Platz für ein Bett, einen Schrank, ein Regal. Vielleicht konnte man noch ein bis zwei Stühle reinstellen.

»Fenster gibts nicht?«

»Es gibt einen Lichtschacht. Er ist gleichzeitig Lüftung.«

Sie zog einen schmalen Vorhang zur Seite. Dahinter sah man ein Gitter, durch das etwas Licht und, wenn man die Lamellen verschob, auch Luft hereinfiel.

»Angenehm kühl für die Jahreszeit«, stellte ich fest.

»Es ist auch im Winter angenehm warm. Der Heizungskeller ist direkt nebenan.«

»Ich hörs.«

»An das Brummen gewöhnt man sich.«

»Was sind das für Rohre?«

»Wasser und Gas.«

»Kann man gut Handtücher aufhängen. Schimmel?«

»Zu trocken für Schimmel.«

Ich ging wieder hinaus auf den Flur.

»Hier fehlt ein Handlauf. Baubehördlich gehört an die Treppe ein Handlauf.«

»Blum, brauchst du einen Handlauf?«

»Sehe ich so aus?«

Ich fühlte mich nicht so. Ich fühlte mich seit Wochen so gut, dass ich sogar darauf verzichtete, vor Leuten den Bauch einzuziehen.

»Die Wohnung«, erklärte ich, »brauche ich für einen Freund.«

»Und der braucht einen Handlauf?«

»Eigentlich nicht. Im Gegenteil, ein sportlicher Typ. Aber wie es Sportlern so geht, manchmal schmerzt das Knie, manchmal das Kreuz, es gibt Tage, da ist ein Handlauf angenehm.«

»Ein Fußballspieler?«

»Radfahrer. Der Fußballspieler«, ich inspizierte die Höhe der Treppenstufen, »wäre eher ich.«

»Du spielst Fußball?«

Jetzt zog ich doch den Bauch ein. »Bis vor zwei Jahren spielte ich in der Juristenauswahl Satanische Fersen. Und bis letztes Jahr hatte ich eine Dauerkarte beim Club.«

»Ich habe auch eine Dauerkarte beim Club, und bei den Chemie-Runners war ich im Mittelfeld. Ich habe sämtliche Tore der letzten drei Weltmeisterschaften auf CD. Und Blum, du glaubst nicht, was ich gestern bekommen hab!«

»Die Treppenstufen sind in Ordnung.«

»Eine CD mit den besten Fehlschüssen seit Anfang der Liga.«

»Die besten was?«

»Fehlschüsse seit Gründung der Bundesliga.«

Zwei Minuten später sitze ich neben Babette, und wir schauen auf einen kleinen Fernseher, der an der Decke hängt. Manchmal ist es ausgesprochen lustig, aus welchen Positionen die Schützen sicherste Chancen vergaben. Die Spieler mussten selbst lachen. Konnten auch lachen, ihr Tor hätte nichts mehr entschieden. Ergreifender aber sind die anderen Szenen, die Fehlschüsse, die das Spiel umgedreht hätten. Es ist Tragik pur, diese Gesichter aus Entsetzen und Leere zugleich. Dazu die Geräusche im Stadion. Ein Raunen wie aus einer einzigen schmerzhaft getroffenen Seele. Libuda in München, Hoeneß in Bremen, Overath auf der Alm. Wenn man diese hundert oder zweihundert Nicht-Tore sieht, fühlt man sich selbst als tragischer Held. Ja, Held und Tragik sind gar nicht zu trennen. Gerade, dass einer versagt, macht ihn zum Helden. Tu quoque, Blum, auch ich habe einst den entscheidenden Elfer in der Kreisklasse in den Fangzaun gejagt.

»Ui«, sage ich, als der letzte Ball des letzten Schützen vom Pfosten abprallt.

»Vorbei«, sagt Babette. »Sollen wir es nochmal anschauen?«

»Ich brauch eine Pause.«

»Willst du was trinken?«

»N Glas Wasser.«

Sie füllt mir ein Glas.

»Willst du nen Keks dazu?«

»Nein, danke.«

»Paar Trauben?«

»Auch nicht.«

»Willst du Musik hören?«

»Danke.«

»Willst du Sex?«

»Hbbbg.« Ich pruste das Wasser wieder ins Glas zurück. Wahrscheinlich habe ich mich verhört. Sicher habe ich mich verhört. Andererseits fällt mir kein Wort ein, das so ähnlich wie Sex klingt.

»Willst du?«, fragt sie erneut. »Heut hab ich gut Zeit.«

Ich schaue sie an wie ein Wesen aus einer Fabelwelt. Ich kann mir schwer vorstellen, dass sie tatsächlich Sex meint. Wahrscheinlich meint sie so etwas wie Sofa. Beieinander liegen und sich eine Weile wärmen. Ein bisschen Nähe, ein bisschen Geborgenheit, eine menschliche Stelle an einer menschlichen Schulter. Nun, um einem verhungerten Vögelchen eine Weile Schutz zu bieten, warum ist man Nachbar?

»Klar«, sage ich. »Heut hab ich auch Zeit.«

»Prima«, sagt sie. »Ich machs uns gemütlich.«

Sie schaltet den Fernseher aus, dann geht sie zur Tür und schließt ab. Mit wenigen Griffen zieht sie sich aus, und während sie eine Decke und ein Kopfkissen aus dem Bettkasten zieht, kleide ich mich ebenfalls aus. Kaum liegen wir, spüre ich ihre kleinen Hände auf mir, die harten Finger mit den sauber abgebissenen Nägeln. Ich sehe ihr schmales Gesicht über meinem, und mit ihren Knopfaugen erscheint sie mir wie eine Sonnenanbeterin. Nun, da ist keine Sonne, da bin nur ich, Blum, und wenn sie mich vielleicht auch nicht anbetet, so freut sie sich doch. Mein Gott, wie das dürftige Wesen sich freut, vielleicht gerade weil sie bei mir so großzügig findet, was ihr überall fehlt. Babette ist auf einer Reise durch den Kontinent Blum. Und sie ist so bei der Sache, dass keine Verlegenheit aufkommt. Ihre Augen sind jetzt gleichzeitig geweitet und blind. Da dringt nichts mehr hinein, da strömt nur etwas heraus, und nicht mehr gesehen zu werden oder anders gesehen zu werden, erfüllt meine Adern mit Mut. Um sachlich zu bleiben, bei Babette zu versagen, wäre die einzige angemessene Reaktion. Doch gerade deshalb kehrt mein kleiner Flüchtling zurück. Kommt tastend aus seiner Deckung, nimmt Witterung auf und reckt das Köpfchen, als wolle er sagen: »Wie? Keine Gefahr?« Und als hätte er Augen, andere Augen als ich, scheint er angesichts der Bescheidenheit, ja, des Fast-nicht-Vorhandenseins eines Gegners einen Übermut zu entwickeln, den ich an ihm gar nicht kenne. Die Augen gehen ihm über, seine Backen blasen sich auf, ja, zum ersten Mal in seinem achtunddreißigjährigen Leben ergreift ihn eine Entschiedenheit, wie sie griechische Statuen haben. »Oh, oh Gott«, flüstert Babette, der die neue Mitte der Blumschen Welt nicht entgehen kann. Ein Schauder läuft ihr über den Rücken, und ich sollte jetzt mit einem Kosewort antworten, doch, Gottverdammich, ich kann nicht anders, ich muss an den magischen Moment im Stadion denken, wenn das Fußballmantra die Westkurve füllt: »Jetzt gehts lo-hos!« Das Flutlicht brennt, der Rasen bebt, Stürmer Blum steht am Mittelkreis: Anstoß.

51

Ich stehe vorm Spiegel und ziehe Expander. Nicht den Expander, der Joe zwei Schneidezähne und Simon eine Bandscheibe ausschlug. Ich ziehe ein Gummiband, das Laura einmal aus der Gymnastik mitbrachte. Ich dehne es über der Brust, ich dehne es über dem Rücken, ich klemme ein Ende unter den Fuß und ziehe das andere zum Kinn. Meine Muskeln treten hervor, Bauch und Schultern werden geschmeidig, doch wichtiger als Kraft und Gymnastik: Die Übungen lenken mich ab. Denn ich merke es bereits wieder. Keine zwei Wochen liegt mein Erlebnis zurück und ich könnte schon wieder. Sagenhaft, diese Anwesenheit. Nicht, dass mir etwas zu eng würde, doch ich merke, dass es jederzeit eng werden könnte. Ein netter Gedanke, ein flüchtiger Griff und ein Fließen und Strömen begänne, ein Pumpen und Schwellen, und mit Hurra wäre mein kleiner Soldat wieder auf seinem Posten. Also ziehe ich. Kreuz, quer und senkrecht. Streiche sozusagen den Weg durch, der nur allzu einladend vor meinen Augen liegt. Aus der Küche, durch die Einfahrt, hinunter in den freundlichen Keller Babettes. Nicht, dass ich haushalten müsste. Ich habe so lange unterhalb meiner Kraft gelebt, dass ich kaum weiß, wie ich mich zu Lebzeiten noch verschwenden soll. Doch, wie soll ich sagen, ich sage es so: Circes Insel liegt hinter mir. Es war schön, es war eine Wonne, doch nun halte ich mein Schiffchen wieder auf Kurs. Woge um Woge, Welle um Welle auf meine eigentliche Heimat zu; denn meine Insel, das spüre ich, liegt nicht mehr fern. Also ziehe ich, eine schöne, beruhigende Übung.

Auch nebenan ist es still. In der Küche steht Simon und bügelt.

Glättet seine Hemden, für morgen und übermorgen, für seine Frist. Ein Bürge ließ sich nicht finden, doch vor die Wahl gestellt zwischen einem bankrotten Kunden und einem verschuldeten, hat sich die Bank für den Schuldner entschieden. Bis Ende des Jahres gewähren sie Simon einen verringerten Dispokredit, dann erwarten sie die ersten Raten für das gegebene Darlehen. Und so bügelt Simon. Nach den Hemden die Unterhemden, nach den Unterhemden die Socken. »Simon«, sagt Laura, »das ist doch gebügelt.« – »Nein, nein«, sagt er, »außerdem mach ich das gern.« Also bügelt er, Abend für Abend. Und wenn er spät ins Schlafzimmer geht, wird es in der Wohnung noch ruhiger. Aus der Küche drang hin und wieder das sanfte Zischen des Dampfbügeleisen, aus dem Schlafzimmer höre ich nichts mehr. Weckten mich früher die Geräusche der Liebe, erwache ich jetzt an der Stille. Ich öffne die Augen, nichts. Ich setze mich auf, nicht mal das Miauen der Katze. Nicht vor Mitternacht, nicht nach Mitternacht, nicht in der Frühe. Simons Stimme höre ich erst wieder, wenn er von seinen Kundenbesuchen zurückkommt. »Hat jemand angerufen? Sind Faxe gekommen?«

Es ist nichts gekommen. Keine Anfragen, keine Bestellungen, nicht einmal Werbung. Einen Moment steht Simon im Zimmer, dann lockert er den Schlipsknoten und beginnt, selbst zu telefonieren. Sein Schwung ist der gleiche wie früher, doch das Ergebnis ist nicht wie früher. Die Leute wollen keine Staubsauger. Auch keine Laubsauger oder Laubbläser, sie wollen nicht einmal Staubsaugerbeutel, jetzt im Herbstangebot. Simon zieht weiter, Morgen für Morgen. Zu Firmen, zu Vereinen, zum Kaffeetreff protestantischer Frauen. Und als ihm die Adressen ausgehen, fährt er ohne Adressen hinaus. Seine Touren dauern bald nicht mehr so lang, immer öfter ist er zu Mittag zurück, und schließlich fährt er überhaupt nicht mehr los. Ich sehe ihn im Wohnzimmer über dem Geschäftsteil der Zeitung, ich sehe ihn das Telefon prüfen, ob der Hörer auf der Station liegt, ich sehe ihn aus dem Fenster nach dem Postboten schauen. Um elf steht er vorm Haus, um dem Boten die Post direkt aus den Händen zu nehmen, doch da ist nichts für ihn, keine Post, kein Fax, keine Anrufe.

Also ist es Simon, der anruft. Wenn er keine Aufträge erhält, erteilt er welche, und zwar dort, wo man seine Termine nicht ablehnen wird. Beim Friseur, beim Zahnarzt, bei der Massage. In der Werkstatt für einen Ölwechsel, im Fahrradladen für eine Inspektion. Simon putzt die Garage, Simon hantiert im Keller, und wenn er nicht mit Kreuzbeschwerden in der Badewanne liegt, sieht man ihn mit Schaufel und Hacke im Garten.

»Ich muss abends was sehen«, sagt er zu mir. »Und *hier* möchte ich auch mal was sehen!«

Doch in der Wohnung sieht es aus, wie es immer aussah. Schuhe im Wohnzimmer, Wäsche im Flur, Geschirr in der Spüle. Im Bad eingetrocknete Zahnpastatuben und im Wohnzimmer die Zeitungen der letzten vier Wochen. Am meisten erregt sich Simon, wenn Laura einkaufen war.

»Laura, wir haben doch ausgemacht, uns gesund zu ernähren!«

»Simon, ich habe keine Zeit, mich an einer Theke anzustellen. Oder an mehreren Theken.«

»Aber zum Telefonieren hast du Zeit. Stundenlang!«

»Natürlich. Dafür nehm ich mir Zeit. Das ist mir wichtig.«

»Und deshalb müssen wir diesen Mist essen. Eingeschweißte Wurst, eingeschweißtes Brot, sogar die Äpfel kommen in Folie.«

»Simon, Bio-Produkte sind auch eine Geldfrage.«

»Aber Rotwein ist keine Geldfrage! Zigaretten sind keine Geldfrage. Eine Putzfrau konnten wir uns leisten!«

»Genau«, sagt Laura mit provozierender Ruhe. »Ebenso Konzert- und Theaterbesuche. Ebenso Bücher. *Kultur* leiste ich mir. Dafür gehe ich arbeiten.«

Und zum Zeichen, dass sie das Thema als erledigt betrachtet, steckt sie sich eine Zigarette an und telefoniert. Oder geht in die Küche und kocht; mit der Mikrowelle, wie man am Klingelton hört. Nein, eine Hausfrau wird Simon aus Laura nicht machen.

Doch sie hat nichts dagegen, ihm ab und zu einen Gefallen zu tun. Samstagmorgen deckt sie mit dem Jungen den Frühstückstisch. Die beiden kündigen es Freitag schon an. Simon bleibt extra länger als gewohnt liegen. Unter der Dusche hört man ihn singen. Er überspielt seine Rückenbeschwerden und setzt sich mit einem »Morgen zusammen!« zu uns an den Tisch. Seine gute Laune hält sich nicht lange.

»Wo sind denn die Brötchen?«, sagt er beim Blick auf den Tisch.

»Ich hab auch Eier gekocht«, bemerkt Laura. »Viereinhalb Minuten, wie du sie magst.«

»Ich hol euch jeden Samstag Brötchen!«

»Hier ist Brot«, sagt der Junge.

»Selbst bei strömendem Regen hol ich euch Brötchen.«

»Ich hab in der Zeit die Eier gekocht«, lächelt Laura. Sie schenkt ihm Kaffee ein.

»Und wo sind die Löffel?«

»Da liegen doch welche.«

»Kaffeelöffel. Und die für die Eier?«

»Simon, bitte!«

»Und für Marmelade und Honig? Soll jeder mit seinem Messer in den Gläsern rumschmieren? Dominik!«

»Ich ess sowieso Müsli.«

»Ihr habt nicht mal Deckchen untergelegt! Jeden Samstag leg ich ne frische Tischdecke auf, und ihr ... nicht mal Deckchen. Sogar eurer Katze legt ihr etwas unter, nur wir essen hier wie die Schweine vom Tisch.«

»Ich hab noch kein Schwein am Tisch essen sehen«, sagt Dominik.

»Holz ist doch schön«, sagt Laura. »Das braucht man nicht zu verstecken.«

»Holz«, korrigiert Simon. »Aber kein Sperrholz! Das ist kein Tisch, das ist Schrott! Aber für mich gut genug!«

»Isst du dein Ei?«, fragt Dominik.

»Nicht, dass es kalt wird«, sagt Laura.

»Ja, ich esse mein Ei. Nein, ich esse es nicht. Iss du es, wie du hier alles wegisst. Was ich einkaufe, frisst er. Dabei wächst er überhaupt nicht. Nur stundenlang auf dem Klo sitzen tut er. Und nachher macht er das Fenster nicht auf!«

»Simon, jetzt …«

Doch es ist schon zu spät. Simons Halsschlagader ist auf Fingerdicke angeschwollen, auch die Adern an seinen Schläfen treten hervor. Schweiß tritt auf seine Stirn, und ein seltsames Rucken und Zucken ergreift seinen Körper. Sein Kiefer klappt auf, seine Arme beginnen zu schlagen, auch die Beine gehorchen ihm nicht mehr. Er stürzt auf den Boden, und ich muss ihn in den Mac-Nebbschen Klammergriff nehmen, damit sein Gliederschlagen uns nicht sämtliche Stühle umwirft.

Den Rest des Tages verbringt er mit Migräne und Kreuzbeschwerden auf der Couch. Phasenweise auch vor der Couch. Wir bringen ihm Joghurt und Früchte, wir bringen ihm Tee, Hottsch bringt ihm eine Bettflasche mit Stoffüberzug, ansonsten hat der Pate bereits die Diagnose gestellt. »Nichts Schlimmes, normales deutsches Wochenende: Der Spießer bricht durch.«

Bis Montag hat sich Simon wieder erholt, doch die Zustände bleiben dieselben. Sie werden über die Woche noch schlimmer. Laura kann ihre Schlüssel nicht finden. Ihr Terminkalender verschwindet. Ihr silbernes Feuerzeug ist über Nacht nicht mehr da.

»Sag mal, Simon, versteckst du hier Dinge?«

»Spinnst du? In diesem Haushalt fasse ich nichts mehr an!«

Aber der Haushalt fasst ihn an. Ein Fliegenband verklebt sich in seinen Haaren. Eine Ketchupflasche stürzt aus dem Schrank. Ein verstellter Trockner schrumpft ihm sämtliche Socken. In immer kürzeren Abständen kommt es jetzt zu Eklats. Und es bleibt nicht bei Schreiereien und knallenden Türen, schließlich geht die erste Tasse zu Bruch, die Lieblingstasse des Jungen. Simon entschuldigt sich, doch beim Zusammenkehren der Scherben wird er geradezu rasend.

»Pflaster ist da, doch wo ist die Schere? Drei Scheren waren in dieser Schublade! Das gibts doch nicht, nicht mal mein Nageletui ist mehr da!«

Es ist noch da, doch es ist nichts mehr drin. Wie auch? Ich habe den Inhalt an sicherem Ort verstaut, wie die Küchenmesser, die Schraubenzieher, den Hammer. Ich kann nicht immer anwesend sein. Zweimal die Woche bin ich bei Ajax und zweimal in der Bibliothek. Also tue ich, was ich tun kann. Ich bitte Hottsch, sein Bier in unserer Küche zu trinken. Ich bitte Frau Siegel, zwei Ohren offen zu halten. Ich bitte Synthia um Kontrollblicke von ihrem Balkon. Sogar Babette bitte ich, den winzigen Kaktus in meinem Zimmer zu gießen. Ich rechne mit allem, doch das Schlimmste bleibt aus, stattdessen tritt vorübergehend eine Beruhigung ein. Mit jeder Kiste, die Simon in unserem Hausflur stapelt, entspannen sich seine Nerven.

»Entschuldige, Simon, aber wir kommen hier bald nicht mehr durch.«

»Sie werden nicht lange da stehen.«

»Ja, aber was ist da drin?«

»Entweder, oder.«

»Bitte?«

»Mein neues Produkt ist da drin.«

52

»Totenhemden?«

»Stemmerling«, nickt Simon. »Mein Kumpel aus Messdienerzeiten. Nach zwanzig Jahren treff ich ihn wieder, Kieselheer, sagt er, altes Gesangsbuch, montierst du immer noch Heizungen? Ich bin selbständig, sage ich, Handelsvertreter. Da hast du aber Glück gehabt, sagt er. Glück? Na, nenn mir mal den einzigen Handelsartikel, den jeder braucht. Nen Staubsauger. Falsch. N Putzlappen.

Auch nicht. Ich sags dir: n Totenhemd. Und jetzt rate mal, was ich geworden bin. Bestatter! Lieferant für Bestatter. Särge, Kränze, Urnen. Und seit zwei Wochen Totenhemden. Ich bezieh sie aus China, da schlag ich im Inland jeden Preis. Kieselheer, alte Hostie, wenn du willst, nehm ich dich ins Geschäft. Du wählst dir selber deinen Bezirk!«

»Mit Totenhemden«, sagt Laura.

»Dem Kleidungsstück, das jeder braucht«, sage ich. »Allerdings«, gebe ich zu bedenken, »brauchts jeder nur einmal.«

»Das habe ich Stemmerling auch gesagt. Das ist das beste daran, sagt er, kein Umtausch, keine Reklamationen, keine Rücknahme. Und unter uns, Kieselheer, reicht es nicht, wenn jeder *einmal* bezahlt? Und ich kann dir sagen, *jeder* bezahlt. Er hat mir ne Kurve gezeigt, aber das wusste ich schon. Frühling ist mäßig, aber mit den ersten Hitzetagen ziehts an. September gehts sprunghaft nach oben, und im Herbst ist Spitzensaison. November fährt Stemmerling doppelte Schichten. Er wollte mir einen Container verkaufen, aber ich habe nur eine Palette genommen. Und noch n bisschen Grabschmuck, Kerzen, Bänder, so Zeug. Wenns läuft, nehm ich einen Container, aber jetzt erst mal vier Dutzend Kisten. Stemmerling sagt …«

Simon redete. Manches erklärte er zwei- oder dreimal. Und nicht oft genug konnte er Stemmerlings Namen erwähnen. Stemmerling war die Lösung, der Engel, die Rettung in letzter Minute. Simon wollte dran glauben. Und deshalb sollten auch wir daran glauben. So redete er. Mit uns, mit Hottsch, mit Frau Siegel und schließlich mit möglichen Kunden. Bestattungsfirmen rief er an, Sargschreinereien, Sterbehospize. Er wandte sich an Altenheime und Pflegestationen. Schließlich saß er über den Todesanzeigen der Zeitung und schrieb die Nummern der Trauerhäuser heraus.

»Simon«, sagte Laura. »Wer da drin steht, hat sein Totenhemd an.«

»Ach so. Hm, ja, wahrscheinlich.«

Simon hatte den Bezug verloren. Schob sich früher seine grenzenlose Zuversicht zwischen ihn und die Wirklichkeit, so war es jetzt seine Mutlosigkeit. Er wusste nicht mehr, womit ein Euro zu machen war und womit nicht. Er wusste nicht einmal mehr, wo er den Garagenschlüssel versteckt hatte. Er fragte mich, was er anziehen sollte. Er fragte Dominik, ob er den Scheitel rechts oder links tragen sollte. Er stand im Wohnzimmer, er stand in der Küche, er betrachtete die Kacheln im Bad. Und dass er sich bei jedem Zimmerwechsel durch ein Spalier von Leichenhemden bewegte, baute ihn weiter ab. Schließlich kam ich nach Hause, und Simon stand mit einem der Totenhemden vorm Spiegel. Er zog es nicht an, doch er hob es hoch, um es genau zu betrachten.

»Schau mal«, sagte er. »An sich gar nicht schlecht.«

»Nein, nicht schlecht«, sagte ich.

»An sich ganz neutral.«

»Vielleicht die schwarze Bordüre am Ärmel.«

Er schlug die Ärmel um. »Weg«, sagte er.

»Ja, so sieht man es nicht.«

»Blum«, sagte er. »Ich schenke dir eins.«

»...?«

»Als Nachthemd. Das kann man schön als Nachthemd anziehen.«

»Simon ...«

»Dann brauchst du nicht mehr in Shorts und Unterhemd ...«

»Ich schlafe gerne in Shorts und Unterhemd.«

»Und wenn dus drüberziehst?«

»Das wird zu eng.«

»Vielleicht willst du es jemandem schenken.«

Ich schüttelte den Kopf.

»Oder kennst einen, der eins verschenken ...?«

Ich kannte keinen.

Auch Dominik wollte kein Nachthemd. Laura wollte keins, Frau Siegel nicht, und Hottsch wollte nicht einmal eins für seine

Sammlung abgelegter Kleider. Und als tatsächlich jemand ein solches Hemd brauchte, wollte ihm Simon keins geben. Nicht diesem Menschen und nicht zum gegebenen Anlass.

53

Wir fanden Wilhelm mit dem Kopf auf dem Tisch, genauer, auf dem Spiralblock, in den er seit Jahren Sterbeanzeigen klebte. Fast täglich nahm er die Zeitung, schnitt Anzeigen aus, zerschnitt die Anzeigen und klebte die Schnipsel in dieses dicker und dicker werdende Heft. »Wilhelm«, sagte ich, »so wie du sammelst, kannst du das ganze Höfchen begraben.« »Gnsche Schtdt«, gab er zurück. Jetzt hatte er zwischen Palmzweigen und Bibelzitaten sein eigenes letztes Kissen gefunden. Wir bestellten den Arzt für den Totenschein, im Anschluss den Schreiner, und nachdem Wilhelm fort war, schob ich das Buch zurück in die Schublade. Noch am gleichen Abend tauchte es in unserem Wohnzimmer wieder auf, Simon hatte es gefunden und herübergebracht. Es war das erste Mal, dass ich ihn etwas anderes lesen sah als die Sportseiten oder das Branchenverzeichnis. Es gab ein schönes Bild, ihn so selbstversunken im Sessel zu sehen, doch dass sein erstes ›Buch‹ den Tod zum Thema hatte, machte mir Sorgen. Als er zu Bett gegangen war, fing ich selbst an zu blättern. Gar nicht so langweilig, was der alte Bergmann mit seinen klobigen Fingern schief und krumm eingeklebt hatte. »Jeder Mensch fängt die Welt an, und jeder endet sie.« Oder: »Wenn ein Mensch stirbt, stirbt mit ihm auch der erste Kuss und der erste Schnee.« Ich las und las, und jetzt kam es mir vor, als entdeckte ich nachträglich Seiten des Alten, die mir vorher verborgen waren. Zu Lebzeiten sah ich in Wilhelm höchstens den Pausenclown, den Querkopf und Nörgler, vom Alter vergittert und mit jedem Gebrechen kleiner geworden. Und jetzt: »Vorbei am letzten Fluss, dem letzten Tanz, vorbei am Flug des Kolibris, dem letzten, allerletzten

Wort.« Nun, Leben hin, Abschiedsworte her, für Wilhelm war es zu Ende. Er war so tot, wie einer mit schwarzen Flecken auf dem Bauch nur sein konnte.

Ich bereute ein wenig, mich in letzter Zeit nicht wie gewohnt um ihn gekümmert zu haben, doch ich war von früh bis spät unterwegs. Ajax wollte mich sehen, die Bibliothek wollte mich sehen, Dominik musste ich bei den Hausaufgaben helfen, Laura Viren entfernen, und für den Eissalon schrieb ich – gegen angemessenes Entgelt – die Steuererklärung. Und jetzt, nach seinem Tod, blieb mir nicht einmal Zeit, um angemessen zu trauern. Da ich Wilhelm betreut hatte, lag es auch an mir, mich um seine Bestattung zu kümmern. Zudem hatte mir Frau Siegel die Renovierung und Wiedervermietung der Wohnung übertragen.

»Simon«, bat ich, bevor ich ins Repetitorium fuhr, »um zwölf kommt einer vom Trödel und holt Wilhelms Sachen ab. Kannst du ein Auge drauf werfen, dass der Kerl alles mitnimmt?«

»Heute?«

»Um zwölf.«

»Er liegt noch nicht unter der Erde, und ihr verteilt schon das Fell.«

»Das Fell? Ich bin froh, wenn ich für das Fell nicht noch drauflegen muss. Und Simon … man muss auch einmal abschließen können.«

Simon hielt schon wieder Wilhelms Spiralblock in der Hand. Der Mann, der sich stets missmutig zeigte, wenn sich Laura mit einem Buch zurückzog, der Mann, für den Lesen das gleiche wie Faulenzen war, jetzt wollte er aus Wilhelms gesammelten Zeilen gar nicht mehr raus.

Wenn ein dreiundachtzigjähriger Nachbar nach zwei Infarkten und einem Schlaganfall einen friedlichen Tod stirbt, dann ist das traurig, doch es wirft einen nicht aus der Bahn. Es sei denn, man befand sich vorher schon jenseits der Bahn. Und, wenn wir dabei sind, war Simon je in der Bahn? Er belebte uns, er begeisterte uns, er steckte uns an mit seinem Elan, doch insgeheim haben wir doch stets ein wenig gelächelt. Wie auch über Wilhelm gelächelt. Und hier, schätze ich, schließt sich der Kreis. Wilhelm war der einzige, der Simon rückhaltlos ernst nahm. Weil Simon ihn ernst nahm. »Willem, du kannst das!« Wilhelm war ohnehin dieser Meinung. Wenn das Alter eine Leine war, die ihn näher und näher ans Haus band, so war in diesem Haus doch einiges möglich. Der Greis fing wieder an, seine Treppe zu kehren. Ich sah ihn Fenster putzend auf einem Stuhl. Ja, ich überraschte Simon und Wilhelm, wie sie Feuerholz sägten, um wie in Pfadfinderzeit Feuer zu machen. Ich will es nicht übertreiben, doch wenn man die beiden nebeneinander im Fenster sah, den einen mit der Zigarre, den anderen mit einem Block für die Falschparker, dann sahen sie aus wie Vater und Sohn. Nun, Frau Siegel war weder Schwester noch Mutter, und als Hausbesitzerin hatte sie mir einen Auftrag erteilt.

»Simon, wieso sind Wilhelms Möbel noch da?«

»Die …«

»Möbel. Ist der Kerl nicht gekommen?«

»Ich weiß nicht. Ich war nicht zu Haus.«

»Wo warst du?«

»Ich war beim Bestatter, ich war im Blumengeschäft, ich war bei der Friedhofsverwaltung.«

»Was machst du bei …?«

»Wir geben Wilhelm das letzte Geleit.«

»Selbstverständlich geben wir ihm das Geleit.«

»Das letzte Geleit. Den Großen Zapfenstreich. Ich habe Kränze bestellt, ich habe Musik bestellt, eine Rede …«

»Du hast …?«

»Übermorgen um drei.«

54

Den Großen Zapfenstreich. Ich musste im Internet nachschauen, was genau man darunter verstand. Und ich rief den Bestatter an, was Simon darunter verstand. Nun, die Sache war schnell erledigt, ich bestellte die Musik wieder ab. Eine Bergmannskapelle mit Fahnen und Redner, hier wurde kein Direktor begraben, nicht mal ein Steiger. Ich fragte Hottsch nach einem »Ave Maria« auf Band, und er fand eine Aufnahme, die erst gegen Ende leicht klemmte. Die sieben Kränze reduzierte ich auf einen, auf die Schleife ließ ich »Laura, Blum und Dominik« drucken. Auf die Schleife eines kleinen Gestecks ließ ich »Frau Siegel und Simon« drucken. Synthia und Babette sollten zwei Röslein beisteuern, die ich gleichfalls bestellte. Die dritte Rose für Hottsch erübrigte sich, er sagte, einen Friedhof betrete er erst wieder, wenn seine Frau darauf liege. An Simons Idee, den Sarg selber zu tragen, hielt ich allerdings fest. Wilhelms Sterbegeld war so knapp bemessen, dass sich diese Lösung geradezu anbot. Das Problem war, dass ich außer Simon und mir keine Träger ausmachen konnte. Eine Weile überlegte ich, Boris und Kalle zu engagieren, doch ich kam von der Idee wieder ab. Wohl oder übel fügte ich den Posten Sargträger wieder in meine Kalkulation.

»Wenn wir beim Ims auf die Schnittchen verzichten«, rechnete ich, »kommen wir Null auf Null raus.«

Laura überflog meine Liste: »Du hast noch jemand vergessen.«

»Hottsch hat abgesagt. Du weißt, wie ihm Friedhöfe zusetzen.«

»Du hast jemand anderen vergessen.«

»Der Pfarrer steht drauf.«

»Du hast Francis, Leander und Joe vergessen.«

Die Parasiten?, wollte ich fragen. »Die … Pechvögel?«, fragte ich. »Geht es ihnen denn besser?«

»Durchaus.«

»Ohne Zähne? Und ohne Gesicht?«

Laura konnte ein Schmunzeln nicht unterdrücken. »Joe hatte

ohnehin ein etwas starkes Gebiss. Die neuen Kronen stehen ihm gut. Und Francis, so schön er war, jetzt hat er markante Züge bekommen. Männliche Züge!«

»Du hast die beiden gesehen?«

»Alle drei, flüchtig, bei Josefine.«

»Sie sind ja immer in Eile. Sie werden kaum Zeit ...«

»Sie haben schon zugesagt.«

»Du hast sie bestellt?«

»Blum! Auch sie haben Wilhelm gekannt, mehr als gekannt. Ich dachte, sie sollten es wissen.«

Wissen? Was wissen? Schwachheit, dein Name ist Weib! Wilhelm ist tot, aber Simon ist noch nicht unter der Erde. Gut, manchmal stützt er sich von Sessel zu Sessel, manchmal krabbelt er nur noch, trotzdem hat er mehr Rückgrat als diese ... Geschnitten! Die Beisetzung würde schneller vorbei sein als ihre Anfahrt im Auto. Ich strich das »Ave Maria«, ich strich meine Worte am Grab, die Schnittchen waren ohnehin schon vom Blatt. Drei Schaufeln Sand und die drei konnten sich wieder verflüchtigen. Joe zu seinen Aschenbechern, Löwenstein zu seinen Trophäen und Francis zu den Nebenrollen, die die Welt bedeuten.

»Schön«, sagte ich sachlich. »Anständig, dass sie Wilhelm die letzte Ehre erweisen. Sag ihnen, sie sollen eine halbe Stunde früher da sein.«

»Früher?«

»Ich weise sie als Sargträger ein.«

55

Kranzkuchen. Und als Reserve einen Streuselkuchen. Das günstigste Angebot fand ich in einem Landgasthof, und der Kuchen hätte auch gereicht, wenn Hottsch nicht aufgetaucht wäre. Im letzten Moment stand er in der Leichenhalle, riss sich das Beret vom

Kopf und sagte, er war mein Freund, ich trage auch. Also trug er. Und also isst er. Wie die anderen essen. Den Kranzkuchen. Den Streuselkuchen. Und als die Wirtin weiteren Kuchen bringt, den niemand bestellt hat, essen sie weiter. Aus purer Verlegenheit. Ich esse selbst aus Verlegenheit. Trauriger kann eine Leichenfeier nicht sein. Trauriger konnte eine Bestattung nicht sein. Dabei hatte alles nach Plan begonnen. Gesteck und Kranz waren da, die Rosen waren da, der Pfarrer erschien, und wir nahmen den Sarg auf. Die drei Gesellen auf der einen, Hottsch, Simon und ich auf der anderen Seite. Wir erreichten die Grube, der Pfarrer gab seinen Segen, wir senkten den Sarg und zogen die Taue heraus. Das wars. Wäre es gewesen, hätte Hottsch sein Seil straff gehalten. Doch er hielt es so, dass es sich zwischen Sarg und untergelegten Bohlen verklemmte, so konnte er es nicht wieder hochziehen. »Wirfs runter«, flüsterte ich. »Das holen wir später.« Hottsch nickte, doch Simon wollte es jetzt holen. Er nahm das Ende und zog. Zog erneut. Zerrte, bis das Weiße an seinen Knöcheln durchkam. »Lass doch«, flüsterte ich. »Du kippst noch den Sarg.« Fast kam es mir vor, als hielte der tote Wilhelm das Seil, als sei es eine letzte Verbindung, die er nicht loslassen wollte. Doch auch Simon wollte nicht loslassen, er wollte, dass hier alles wie vorgesehen verlief, dass endlich noch einmal etwas wie vorgesehen verlief. Er bog sich nach hinten und stemmte die Füße nach vorne, und dann war es so weit. Der Grubenrand brach zusammen, und Simon stürzte mit einer Scholle ins Grab.

Der Sturz hätte als Missgeschick schon genügt, doch jetzt gelang es Simon nicht mehr, aus der Grube zu kommen. Er trat auf den Sarg und versuchte zu springen, doch zum einen sprang er zu kurz, zum anderen gab die Erde sofort wieder nach. Er versuchte, über den heruntergebrochenen Haufen nach oben zu steigen, doch in der weichen Erde versank er bis zu den Knien. Er warf sich gegen die andere Wand, hieb seine Schuhspitzen in die senkrechte Erde, doch so oft er zu klettern ansetzte, rutschte er auf Brust und Bauch wieder nach unten. Ich warf ihm ein Seil zu, doch er war längst am Ende seiner Nerven und seiner Kraft, und erst, als die kleine Babette eine Leiter anschleppte, gelang es uns, den zitternden, blutenden und unverständliche Laute stammelnden Simon aus der Grube zu bringen.

Das Grab sah schlimm aus, und wie Simon aussah, kann man sich denken. Der Sand saß ihm nicht nur in Zähnen und Augenbrauen, er klebte auch in sämtlichen Schürfwunden. Laura fuhr ihn ins Krankenhaus und im Anschluss ins Höfchen, wo er jetzt, so nehme ich an, mit starken Beruhigungsmitteln im Bett liegt. Während wir essen, auf stumme Art Streusel auf die Gäbelchen schieben. Noch eine Gabel, noch ein Stück Kuchen, was soll man sonst tun? Man kann sich nicht unterhalten, nach so einem Vorfall kann man nur essen. Dass doch ein paar Worte aufkommen, liegt an der Wirkung der Hefe.

»Oh, wie wird mir?«, stöhnt Joe.

»Mir ist auch schon ganz seltsam«, seufzt Synthia.

»Zu viel und zu süß«, sagt Babette.

»Vielleicht«, räuspert sich Joe, »vielleicht könnte man …«

»Nur einen kleinen«, sagt Hottsch.

»Ich würde mich anschließen«, hör ich die Siegel.

Ich gebe der Wirtin auf dezente Weise ein Zeichen, und die kraftvolle Frau mit dem alles verstehenden Hinterteil hat das Tablett schon bereitet. Bringt eine Flasche, verteilt die Gläschen, und während sie einschenkt, fragt sie, wer denn gestorben sei. Ein Nachbar, erfährt sie. Im gesegneten Alter? Dreiundachtzig. Der Herr hab ihn selig. Ja, das wünschen wir ihm. Ihr sei der Mann mit dreiundzwanzig gestorben. Nein! Und ihr Zweiter mit neunundzwanzig. Oh Gott. Frau Wirtin, sagt Hottsch, setzen Sie sich, essen Sie ein Stück Kuchen. Nein, keinen Kuchen, doch ein Gläschen, ob wir nicht auch noch … Ein letztes. Wir trinken. Und Frau Siegel zieht ein Taschentuch aus dem Ärmel. Auch ihr sei der Mann mit dreiundzwanzig gestorben. Nein, sagt die Wirtin. Noch auf der Hochzeitsreise sei er verstorben. Jesses. Ich selbst, Blum, bin ledig, doch ist mir nicht der Vater gestorben, weit vor seiner Zeit? Auch Löwenstein hat einen Vater verloren, Joe seine Mutter, Synthia ihre Patin, Tod für Tod setzt sich an unseren Tisch. Und wenn uns nicht jeder die Schnapsgläser füllt, so stehen bald Weinkrüge und Bierhumpen vor uns. Sind wir nicht Menschen wie andere? Trauern wir anders als andere? Auch uns geht es so, dass wir zusammenkommen, um die Toten zu ehren und bei den Lebenden landen. Ja, der Tod selbst ruft nach Leben. Gerade wenn er mit der Kette rasselt, soll man sich am Leben festhalten. Wir halten.

Längst haben sich um mich herum die Wangen gerötet, längst sind die Zungen beweglich geworden. Löwenstein wirft die prächtigen Haare nach hinten, Joe steckt sich eine Zigarette in die erneuerten Zähne, Babette lässt einen Kaugummi platzen. Es wird geseufzt, geprostet, gelacht, die Lebensgeister sind aus den Gräbern und die Sirenen aus den Flaschen gestiegen. Und wo man lacht, lässt sich auch der Liebesgott nieder. Nur, dass er seine Pfeile ungleich verteilt.

Dass ich der Wirtin gefalle, habe ich beim ersten Blick schon bemerkt. Bei jedem Nachschenken drückt sie sich an mich. Und eben bringt sie einen Korb frischgebackener Brezeln, nur um ihren Busen an meine runde Wange zu schmiegen. Auch Synthia lässt mich nicht aus dem Blick. Als hätte sie Puppenaugen mit einem Gewicht hintendran, rollen ihre Pupillen bei der kleinsten Bewegung hinter mir her. Nein, sie hat meinen Kuss nicht vergessen, so wenig wie Babette unseren Morgen mit der Fußball-CD. Zwischen all den Schüssen berühmter Stürmer ging ihr Blums Treffer offensichtlich am nächsten. Knipser!, strahlen ihre durch das Brillenglas vergrößerten Augen, lauf nochmal an! Muss ich erwähnen, dass auch Francis nicht von mir lassen kann? Er sitzt mir direkt gegenüber, mit seinem markant geflickten Gesicht, und unterm Tisch hat er seinen Fuß eng an meinen gestellt. »Blum«, strahlt er, »du bist so verändert.«

Ich schüttle den Kopf. Nicht für dich. Und nicht für die andern. Bedaure, ich bin nicht euer Erlöser, auch wenn ihr alle um meinen

Tisch sitzt und ich nach rechts und links die Brezeln verteile. Mein Herz ist vergeben. Seit zwanzig Jahren ist es vergeben, seit ich ein kleines trotziges Mädchen mit der Schultasche sah. Zwanzig Jahre hat Blum gewartet. Zwanzig Jahre hat er sein Mädchen mit den falschen Begleitern gesehen. Doch jetzt geht eine lange Irrfahrt zu Ende. Für immer zu Ende.

»Trinkmaeinen!«, brüllt Joe. Er hängt an Synthias Hals und versucht, sein Kinn in ihr Mieder zu schieben.

»Singmaeinen!«, ruft Hottsch. Er hat Frau Siegel untergehakt und beginnt, ein Volkslied zu singen.

»Küssmaeinen!«, ruft Babette und knallt Francis einen Kuss auf die Wange. Und Francis schaut mit ertrunkenen Augen zurück, als überlege er, ob Babette für diesen Abend als Knabe durchgehen könne.

Ich stelle den Brezelkorb ab und stehe auf. Mir geht das alles zu weit. Mit wenigen Schritten bin ich im Freien. Ich gehe zum Stall, ich umrunde die Scheune, ich werfe einen Blick auf die Straße. Ist heute der Tag? Ist heute die Nacht? Ich hebe meinen Blick zu den Sternen. Was soll ich tun? Hin oder nicht hin? Jetzt gleich? Später? Simon hat das letzte Asyl gefunden, das ihm noch bleibt, einen von schwerer Arznei erzeugten traumlosen Schlaf. Und Laura? Sie hat ihn ins Höfchen gefahren und ist bei ihm geblieben. Oder ist sie ins Höfchen gefahren, damit ich ihr folge? Und wartet! Einsam, allein. Ich fahre! Ich warte. Ich drehe mich zum Stall. Es mag lächerlich klingen, doch ich suche ein Zeichen. Bisher bin ich nur den Zeichen gefolgt …

»Schatzerl?«

Schatzerl? Ich schaue über die Schulter und ducke mich sogleich in den Eingang des Stalls. Die Wirtin steht in der Mitte des Hofs. Sie schaut zum Traktor, sie schaut zur Scheune, sie stemmt die Hände in ihre Hüften.

»Wo bist denn?«, ruft sie.

Sie sieht die Axt auf dem Hauklotz, sie sieht den Schwengel der Pumpe, sie sieht eine offene Tür. »Bist im Schuppen?«

»Naa, HIER!«

Löwenstein springt aus dem Schatten, es ist mehr ein Stolpern. Er kommt ins Stürzen, doch es gelingt ihm, sich auf den Beinen zu halten.

»Jessas! Hast du mi erschrocken.«

»Ich? Hcks, bin doch kein Grund zu erschrecken!«

»Naa, eigentlich net. Und was willscht?«

»Was i wüll?« Er versucht auf klägliche Art, ihren Dialekt nachzuahmen. »Was werd i wullen?«

»Willscht zum Heiserl?«

»Zu dir wull i.«

»Da bischt. Und jetzt?«

»Ins Heu!«

»Woas?« Die Wirtin lacht, dass ihre Rundungen ins Vibrieren geraten. Dann tritt sie einen Schritt zurück, um ihr Gegenüber zu mustern. »Vüll bischt net …«

»Gemma!«, Löwenstein versucht, sie um die Hüften zu fassen.

»Ins Heu«, nickt sie. »Aber erst müss ma an Platz schaffen im Heu.«

»Aan was?«

»Es is bis oben hin vull.«

Wenig später erscheint die Wirtin in einem Türchen im Giebel der Scheune. Löwenstein steht unten und hält einen Strick, der zu einem Lastenaufzug gehört. Die Wirtin hebt einen Heuballen in einen Kasten, schiebt ihn ins Freie, und Löwenstein lässt die Ladung herunter. Den ersten Ballen. Den zweiten.

»Wie viel noch?«, krächzt Löwenstein. Er wankt und man kann kaum unterscheiden, ob er das Tau zieht oder sich daran festhält.

»Zehn brauch i.«

»Und dann kummi auffi!«

Mit jeder Fuhre krempelt er seine Ärmel weiter nach oben.

Betrachtet abwechselnd seine ziehenden Ärmchen, dann wieder die Wirtin beim Laden, ganz Auge und Speichel.

»Zehn!«, brüllt er. »Jetzt kummi auffi!«

»Noch Rieben!«

»Was?«

»Rieben, zwoa Sack.«

»Und dann kummi auffi.«

»Dann gehst hoam«, lacht die Wirtin. Sie wuchtet einen Rübensack in die Kiste.

»Abbi!«, ruft sie. Doch ihr Knecht rührt sich nicht. »Woas is? Koannst nimmer?«

Löwenstein lächelt und stellt die Beine weit auseinander. »Den andern aa!«, ruft er hinauf.

»Des poackst net.«

»ZWOA!«

Und die Wirtin? Sie betrachtet die Rüben, den Mann, sie wirft einen Blick in die Nacht. Auch sie scheint ein Zeichen zu suchen. Und es zu finden. Denn ich trete aus meinem Versteck. Nur eine Schuhlänge, doch sie genügt, dass der wandernde Halbmond auf mein Gesicht trifft. Und mit meinem Gesicht erhellt sich das ihre.

»ZWOA!«, Löwenstein stampft mit dem Fuß auf.

Und die brave Frau handelt jetzt wie in Trance. Offenbar denkt sie, nicht er, sondern ich stünde am Ende des Seils, und was liegt näher, als auch den zweiten Sack Rüben auf den ersten zu schieben.

»ABBI!«, singt Löwenstein.

Und abbi geht es tatsächlich. Die Rüben, schwerer als Löwenstein, schießen nach unten. Die Rettung wäre, das Seil loszulassen, doch Löwenstein hat es, warum immer, um seinen Arm geschlungen. Also saust er nach oben, der Kiste entgegen, schrammt auf halber Höhe mit der Schulter dagegen, ansonsten kommt er passabel an dem Kasten vorbei. Prallt allerdings kurz danach mit dem Kopf gegen den Giebel. Das Seil entwindet sich dadurch, doch nun hält er es fest, um nicht hinunterzustürzen. Was wenig nutzt, denn durch den Aufprall am Boden haben die Säcke die Kiste durchschlagen, wodurch der Kasten, nun wieder leichter als Löwenstein, giebelwärts fliegt und Löwenstein wieder hinunter. Auf halbem Weg schrammt er erneut gegen die Kiste, dafür wird seine Landung am Boden durch Hunderte aus den Säcken geplatzte Rüben gedämpft. Allerdings lässt er, nun scheinbar gerettet, das Seil los, ein Fehler, denn sofort stürzt die bodenlose Kiste wie ein Stempel herunter, geradewegs auf den reglosen Mann …

Einen Moment herrscht grabesähnliche Ruhe, dann gehe ich zu ihm. Was soll ich sagen? Gut sieht er nicht aus, aber auch nicht vollkommen schlecht. Seine Beine sind dran, seine Arme sind dran, er besitzt sämtliche Zähne, er scheint nicht einmal etwas gebrochen zu haben. Nur der Kistenrest ist am Ende nicht allzu glücklich gelandet. Wäre er um ein Geringes verschoben gefallen, läge er nur wie ein Bilderrahmen um Löwensteins Kopf. Doch er ist wie ein Fallbeil gefallen und hat Löwenstein wie eine Guillotinegetroffen. Nicht an der Gurgel, doch an der Stirn, und was der Mann sonst auf dem Haupt trug, hängt ihm jetzt tief und lockig im Rücken. Kurz, um in der Sprache meiner Jugendhelden zu sprechen: Der berühmte Mann hat sich mit einer Sperrholzkiste und zwei Sack Futterrüben selber skalpiert.

56

Mein Mitgefühl hielt sich in Grenzen. Auch Laura fand wenig Zeit, sich um den Freier im Pech zu kümmern. Wir hatten mehr als genug mit Simon zu tun. Als Geschäftsmann hatten wir ihn kennen gelernt, als Sportsmann war er hier eingezogen, nun schien er als Pflegefall bleiben zu wollen. Sein Gesundheitszustand verlangte einige Umstellungen im Haushalt. Ich rückte Lauras Ehebett auseinander und unterfütterte Simons Matratze mit einem Brett.

Ich brachte einen Handlauf im Flur und zwei Haltegriffe im Bad an. Um unsere Wohnung auch in verrenkter Haltung begehbar zu machen, trug ich sämtliche Totenhemdkisten in den Keller hinunter. Sowohl Laura wie Dominik brachte ich bei, wie man Simons Kiefer mit einem gezielten Schlag wieder in die vorgesehene Position bringt. Frau Siegel bat ich, im Falle unserer Abwesenheit dem Krankengymnasten die Tür zu öffnen, und Hottsch bot sich an, den fahrbaren Mittagstisch in die Wohnung zu tragen.

Schlimmer als Simons Bandscheibenvorfall war indes seine Niedergeschlagenheit. Auf seinem Musterkoffer lag inzwischen die Wolldecke der Katze, der Garten verwandelte sich wieder in eine Wiese, und was ihn vorher in der Küche fast zur Raserei gebracht hatte, ließ ihn jetzt kalt. Er aß den lauwarmen Mittagstisch, er aß eingeschweißte Tomaten, und wenn es gar nichts zu essen gab, störte es ihn auch nicht. Simon hatte einen Zustand erreicht, in dem man ihn nicht mehr ärgern konnte. Freilich freute ihn auch nichts mehr, er war so teilnahmslos, dass ich mir in manchen Momenten wünschte, der Choleriker und Spießer käme zurück. Doch der Spießer kam nicht zurück.

Meistens saß er stumm im Sessel, starrte auf die Fensterscheibe statt durch sie hindurch, oder sah den Herbstfliegen zu, wie sie träge und schwer geworden um die Blumentöpfe krochen. Es mag unpassend klingen, doch wenn ich Simon im Sessel sah, musste ich manchmal an die Hähne meines Großvaters denken. Er hatte zwei Hähne, die sich regelmäßig stritten, und so beschloss er, einen davon aus der Welt zu schaffen. Er schlug ihm hinter dem Haus mit einem Beil den Kopf ab. Der Körper des Hahns taumelte noch einige Schritte und flatterte mit den Flügeln, und in eben diesem Moment kam der andere Hahn. Kampfbereit mit gespreizten Federn und offenem Schnabel wollte er sich auf den Gegner stürzen, doch statt dessen Kopf sah er nur den klaffenden Schlund und das quellende Blut. Eine Sekunde stand er starr, dann wich er zurück, mit weit aufgerissenen Augen, gesträubtem Gefieder, Schritt für Schritt rückwärts, wobei er ein heiseres Krächzen ausstieß, das mit einem Hahnenschrei nichts mehr zu tun hatte. Tagelang krähte er nicht mehr, stolzte nicht mehr herum, kam, wenn überhaupt, als einer der letzten zum Picken und hockte die meiste Zeit hinter einer Kiste im Stall. Er hatte etwas gesehen, wofür seine Hahnenaugen nicht gemacht waren. Ich fragte mich, was Simon gesehen hatte, das ihm wie ein lähmendes Gift in den Gliedern steckte. Wilhelms Tod war es nicht. Dass man sterben konnte, wusste er. Doch jetzt hatte er offensichtlich erfahren, dass man scheitern konnte, schon vor seinem Tod. Scheitern mitten im Leben, Scheitern als Leben. Dass man nicht hinkam, wo man hinwollte, ganz gleich, mit wie viel Fleiß und Zuversicht man an die Arbeit ging.

»Blum«, fragte er an einem dieser traurigen Morgen. »Wann hört das auf?«

»Was meinst du?«

»Das könnte doch einmal aufhören. Aber gerade, wenn du denkst, jetzt lassen sie dich in Ruhe, nehmen sie dir wieder was weg. Das ist wie eine Zugfahrt, wo der Schaffner nicht einmal kommt, sondern jede Station. Und jedes Mal musst du bezahlen. Mit deinem Kreuz, mit der Schulter und jetzt mit dieser Taubheit im Bein. Du machst doch nichts Böses. Du willst nur ein bisschen mitfahren, zum Fenster rausgucken. Aber dauernd kommt der und knipst dir was ab. Deine Gesundheit ... deine Arbeit ... und am Ende auch deine Frau.«

Hier war ich versucht, mich zu räuspern, doch ich unterdrückte es und füllte Simon stattdessen eine frische Wärmflasche auf. Dennoch muss ich einen Sachverhalt klarstellen, im letzten Punkt irrt er. Laura war zu keinem Zeitpunkt seine Frau. Sie mochte ihn, sie schätzte seinen Schwung und seine ehrliche Art, sie konnte lachen mit ihn, sie konnte streiten mit ihm, und sie konnte, eine Weile, vögeln mit ihm. Doch Hand aufs Herz, liebte sie ihn? Und mit Liebe meine ich nicht das jugendliche Geflatter, sondern das höchste und gleichzeitig tödliche Glück, einem anderen rettungslos verbunden zu sein. Ich will hier nicht den Philosophen abgeben, doch eins ist gewiss: Es gibt eine Menge Türen zur Liebe, doch für eine Frau gibt es einen Umstand, der die Türen gerade verschließt. Das unverrückbare Gefühl, dem anderen überlegen zu sein.

»Warm genug?«

»Hm.«

»Willst du eine zweite Decke?«

»Egal.«

»Ich fahr dann. Um eins kommt Dominik. Und um zwei ist Laura zurück. Und Hottsch bringt dir nachher ein Kreuzworträtsel.«

Er nickt, na ja, es ist mehr ein Senken der Augenlider.

Wir kümmern uns alle um ihn. Auch Frau Siegel macht sich Gedanken. Herr Blum, zieht sie mich neulich zur Seite, Wilhelms Wohnung stehe doch leer. Sie sei hell, sie sei ebenerdig, und mit einigen wenigen Veränderungen sei sie auch … Ich nickte: behindertengerecht.

»Ich sehe ja, wie eng es bei Ihnen ist. Und zu viert, das ist doch kein Zustand. Ich hatte zwar an einen, wie soll ich sagen, berufstätigen Mieter gedacht, aber ich überlasse es Ihnen. Sie machen es schon richtig, Herr Blum. Wie Sie überhaupt alles … Gott, ich weiß gar nicht, wie wir ohne Sie zurechtkommen sollten! Herr Blum, ich lege alles in Ihre Hand.«

Ihr Angebot ist sehr freundlich, doch ich warte noch ab. Wilhelms Wohnung hat den gleichen Nachteil wie der Keller im Blechbüchsenhaus. Beide liegen sehr nahe. Ich bin sicher, ein größerer Abstand zum Höfchen wird Simon besser bekommen. Nicht zuletzt sehe ich meine Zukunft nicht mehr im pflegerischen Bereich. Was mir mit Wilhelm eine Weile erstrebenswert schien, Simons Betreuer werde ich auf Dauer nicht sein. Wissen Sie, was Ajax kürzlich bemerkte? Herr Blum, staunte er, in dreißig Jahren Repetitorien habe ich keinen getroffen, der mit so wenig Grundlagen solch exzellente Klausuren schreibt. Nun, Prinzip Blum, würde ich sagen. Man muss sich aufsparen können. Und zum richtigen Zeitpunkt seine gesamte Geisteskraft zur Verfügung haben. Abwettern hat die christliche Seefahrt weiter gebracht als sinnloses Rudern. Also warte ich noch. Bringe Simon den Schemel, lege ihm die Decke über die Knie, und bevor ich gehe, stelle ich ihm den Fernseher an. Und dort, vor dem Fernseher, geschieht es. Ich habe Schuhe und Mantel schon an, als ich Simon im Wohnzimmer höre.

»Blum …«

»Ich muss los.«

»Blum …«

»In die Bibliothek!«

»Blum, komm doch mal her …«

»Eden auf Erden« heißt die Sendung und berichtet von den schönsten Flecken unserer Welt. Diesmal geht es um ein kleines Atoll hinter den Marshall-Inseln. Ein Hamburger hat es vor Jahren erstanden, und was mit einem Steg und einer Bambushütte begann, ist inzwischen eine Hotelanlage geworden. Man sieht Tennisplätze, ein Golfareal, man sieht Swimmingpools unter Palmen. Kleine Segelboote kreuzen die Bucht, und ein hauseigener Pelikan bewacht den Hafen. Eine Anlage, wie es im Sonnengürtel der Welt wohl ähnliche gibt, und doch, so hört man, hat diese ihre Besonderheit. Frauen seien auf der Insel verboten. Kein weibliches Wesen, gleich welchen Alters, darf die Insel betreten, weder als Urlaubsgast noch als Angestellte, es gebe nicht einmal weibliche Haustiere.

Jetzt sieht man den Inselbesitzer in seinem mondänen Büro, zwei Sekretäre bedienen die Computer für ihn. Aus aller Welt kommen Anfragen, doch freie Betten, so hört man, gebe es erst wieder in einigen Jahren. Wer einmal hier war, bucht sofort wieder, Freunde hören davon und wollen ebenfalls buchen. Ein reicher Amerikaner, erklärt der Inselbesitzer, habe ihm ein Vermögen geboten, um für den Rest seines Lebens bleiben zu können. Ein anderer wollte die Insel gleich kaufen und den Fährbetrieb einstellen. Ein Scheich …

»Er ist es«, sagt Simon.

»Bitte?«

»Das ist er. *Mac Nebb.*«

Ich schaue zu Simon. Er schaut weiter auf den breiten, bärtigen Mann.

»Graf Hinrich von der Lohe haben sie ihn eben genannt.«

»Graf Hinrich …«, Simon winkt ab. »Mac Nebb!«

Er richtet sich auf.

»Da! Siehst du den schiefen Ellbogen? Da hat er den Arm zwischen zwei Turbinen gekriegt. Und siehst du die Warze über dem Ohr? Sein Glücksbringer, da durfte kein Friseur ran. Nur ich durfte ran. Kieselheer, wenn du meiner Warze was tust, mach ich dich kalt! Ruhig Blut, Mac, ruhig Blut. Wenn einer vom Fach ist, dann ich.«

Ich bleibe sitzen bis zum Ende der Sendung. Und Simon, im akuten Bandscheibenvorfall, steht auf. Was kein Arzt und kein Krankengymnast bislang erreichte, gelingt einem Fernsehbericht über einen narbigen Mann. Ohne Stock, ohne Stütze, ohne sich an einer Kante zu halten, steht Simon aufrecht im Zimmer. Er ist immer noch groß, er ist immer noch blond, er geht sogar schmerzlos zwei Schritte nach vorne, um Mac Nebb von nahem zu sehen.

Da die Sendung nachts um drei wiederholt wird, programmiere ich unseren Rekorder, so kann Simon Mac Nebb noch öfter ansehen. Und er sieht ihn noch öfter. Jeden Tag sitzt er mit einem Ernst vor diesem Bericht, als dürfe ihm nicht die kleinste Szene entgehen. Als müsse er sich jedes Bild, jedes Wort, ja, die Geräusche der Brandung und die Töne des Papageien einprägen. Und während Simon die ›Insel der Männer‹ studiert, scheint etwas einzurasten in ihm. Füllt sich etwas in seinem Innern, langsam, etwa, wie man mit einer Handpumpe Luft in einen Reifen befördert. Erst sieht man gar nichts, doch nach und nach beginnt der Schlauch zu krabbeln, richtet sich auf, wird wieder zum Reifen. Simon beginnt wieder, sich in der Früh zu rasieren. Er legt den Bademantel ab und kleidet sich an. Er bittet mich, ihn zum Friseur und zur Wassergymnastik ins Schwimmbad zu fahren. Und eines Nachmittags, als ich aus der Bibliothek komme, ist es soweit.

»Blum«, steht er da, »ich hab ihn erreicht.«
»Wen meinst du?«
»Ihn! Ich hab die Telefonnummer rausgekriegt, ich hab die Sekretäre ausgetrickst, ich hab mit Mac Nebb selber gesprochen.«
»Mac Nebb!«
»Graf Hinrich von der Lohe, Mac Nebb! Erst wollt ich n bisschen erzählen, weshalb und wieso, aber nach zwei Sätzen sagt er, Kieselheer, quatsch keine Kamellen von wegen Weibern und Pech. Wenn du noch halb die Kanaille bist, die du warst, wirf dein Blech innen Sack und schaff dich hierher!«
»Er hat sich an dein Haareschneiden erinnert!«
»Er hat sich an meine Käsekuchen erinnert!«
»Deine ...«
»Die haben mich ja extra freigestellt, damit ich ihnen Kuchen backe. Kieselheer, sagt er, ich habe hier ne Mannschaft vom Feinsten, Haudraufs aus allen Ländern der Welt. Nur eines kriegen die Klabauter nicht hin, einen Käsekuchen zu backen wie deinen.«
»Ist ja Wahnsinn! Toll. Gratuliere, wann geht dein Flug?«
Simon steht da und dreht seine großen Hände nach außen. »Wie soll ich denn? Mit meinem Kreuz. Dem Kiefer. Und ... ich bin pleite.«
Die Bedenken hatte Simon nicht wirklich. Allein, dass er im Flur stand, in Sommerhose und Blumenhemd, und ohne auch nur mit dem kleinen Finger die Wand zu berühren. Ein Reisepass war vorhanden, ein Seesack war schnell besorgt. Simon wollte unbedingt mit einem Seesack ankommen.
Jetzt stehen wir in der Abflughalle des Flughafens. Laura und Dominik sind zu Hause geblieben, der Junge liegt mit leichtem Freudenfieber im Bett, und Laura ist so verstört, dass sie sämtliche Zimmer aufräumt. Sie weiß im Augenblick überhaupt nichts. Soll sie froh sein, dass Simon einen Neuanfang findet, oder soll sie traurig sein, dass sie einen vertrauten Menschen verliert. So oder so ist

sie kein Mensch für bleibende Abschiede. Mir machen Trennungen weniger aus.

»Blum«, sagt Simon, »ich weiß nicht, wie ich dir danken soll.«

Dass ich das Ticket und die Fähre bezahlte, war nicht zu umgehen. »Schon gut«, sage ich.

»Weißt du was? Ich hole dich nach! Sobald ich da unten Geld verdiene, und als Konditor werd ich verdienen, hol ich dich nach.«

»Fass erst mal Fuß. Hast du alles? Deine Bleche, das Rollholz, die Förmchen. Hast du Frau Siegels Rezepte?«

»Alles im Sack. Blum …«

»Du musst los.«

»Blum, noch eins.« Simon wird leiser. »Ich lasse ihn hier. Ich wollte ihn mitnehmen, doch ich sehe, es hat keinen Zweck. Ich habs nicht geschafft, und ich werd es nicht schaffen. Wenns überhaupt einer schafft … Blum, er gehört dir!«

Er öffnet den Seesack und gibt mir, was obenauf liegt. Wir schauen uns an, und jetzt treten mir doch kleine Tränen hinter die Augen.

»Und wenn wir dabei sind«, fügt Simon hinzu. »Blum, pass gut auf sie auf. Sie ist das Wunderbarste, was ich je getroffen habe.«

Ich nicke und muss schlucken. Sie ist auch das Wunderbarste, was ich je getroffen habe. Und bevor uns beiden tatsächlich die Tränen kommen, wird zum zweiten Mal sein Flug aufgerufen.

»Ich hol dich nach!«

»Machs gut!«

Ein letzter Händedruck, eine letzte Umarmung, und Simon verschwindet hinter dem Schalter der Passkontrolle.

57

Simons Flug über Los Angeles nach Hawaii dauerte vierzehn Stunden. Danach hatte er einen Anschlussflug nach Majuro, nahm die Fähre nach Darrit, und dort holte ihn einer von Mac Nebbs

Leuten im Boot ab. Die Zeitungen meldeten keine Abstürze und keine Schiffsuntergänge, so nehme ich an, er ist gesund in Mikronesien angekommen. Die pazifische Sonne wird seinen Gliedern gut tun; wie mir hier der Novemberregen gut tut. Seit die Klausuren begonnen haben, geht ein leichter Dauerregen herab, mein Vorzugswetter, wenn ich konzentriert arbeiten will. Vier Prüfungen liefen problemlos, und heute, den letzten Fall, haben wir bei Ajax in identischer Konstellation vor drei Wochen besprochen. Ich lege ihn dar, fälle mein Urteil, und bereits nach der Hälfte der Zeit schließe ich meinen Bogen. Ich könnte nach Hause gehen, doch ich bleibe noch sitzen. Ich will den Moment genießen, den Augenblick, in dem eine lange Reise an ihr Ende gelangt. Sie wissen, wer Odysseus erkannte, als er auf seine Insel zurückkam? Sein Hund. Und wissen Sie, wer mich erkannte? Der Junge.

»Ist er weg?«, fragte Dominik, als ich vom Flughafen zurückkam.

»Vor zwei Stunden ist er geflogen.«

»Und du, ziehst du auch aus?«

»Ich hab es nicht vor.«

»Du ziehst nicht in Wilhelms Wohnung?«

»Die ist vergeben!«

»Was? Schon?«

»Dort eröffnet ein Jurist seine Kanzlei.«

Der Junge brauchte einen Moment, dann wuchs unter seinem ernsten Gesicht ein unverhohlenes Strahlen.

»Dann wird hier kein Fremder einziehen? Und nebenan wird auch kein Fremder einziehen?«

»Die Zeiten fremder Leute in unserem Haus sind Geschichte. Komm mit, ich zeig dir, wer einzieht.«

Wie gingen in mein Zimmer und ich wickelte das Messingschild aus dem Tuch. Christopher Blum, stand darauf, Rechtsanwalt, Sprechstunden Montag, Mittwoch und nach Vereinbarung.

»Heißt du nicht Christoph?«

»Das war die Kurzform. Christopher!«

»Gut.«

Gut, sagte er. Der Junge hat in seinem Leben nicht oft gut gesagt. Jetzt sagte er es. Ajax sagte sehr gut, wenn ich meine schriftlichen oder mündlichen Kommentare abgab. Hottsch sagte Wahnsinn, als ich gestern Simons Expander so weit auseinander zog, dass sämtliche Gummis rissen und wie kleine Silvesterraketen durch den Schuppen knallten. Was Laura sagen wird, wenn ich sie heute Abend zum Essen ausführe? Oder wenn sie morgen früh an meiner Seite aufwacht? Ich weiß es nicht. Vielleicht werden wir einfach nur sprachlos sein, sprachlos und froh. Hinter jedem großen Mann, sagt man, steht eine große Frau. Und hinter jeder großen Frau, sage ich, steht ein großer Mann. Manche sind nicht groß genug, sie meinen es nur. Andere müssen erst noch an Größe gewinnen, dazu zählte ich mich. Ich lehne mich an meinem Pult zurück und betrachte die schreibenden Kollegen. Im Schnitt sind sie zehn Jahre jünger als ich, und im Schnitt sind sie auch zehn Jahre schöner. Im Moment sieht man das nicht, wie vertrocknete Schnecken haben sie sich in ihre Klausuren gekrümmt. Nun, man kann nicht erwarten, schon im ersten Anlauf die Hoheburg Justitia zu stürmen. Odysseus brauchte zwanzig Jahre, um von Troja zurückzukehren, Kolumbus brauchte vierzig Jahre, um die Neue Welt zu entdecken. Ich rechne zurück und komme auf neun Monate, um drei Liebhaber und ein Kraftwerk aus dem Weg zu räumen. Nebenbei ein Prädikatsexamen abzuliefern und nebenbei mit Eiskugeln eine komplette Anwaltskanzlei zu möblieren. Den Schnitt finde ich gar nicht so schlecht. Ich falte meine Bögen zusammen und gebe sie ab. Dann nehme ich meinen Mantel vom Haken, ziehe ihn an und gehe hinaus. Es regnet noch immer. Auch für heute Abend haben sie Regen gemeldet. Wir werden das Restaurant verlassen, ich werde den Schirm aufspannen, und Laura wird meinen Arm nehmen. So wird der Regen unser erstes gemeinsames Dach sein. Ein Dach unter dem Himmel für Laura und Blum.

VERLOREN, GETRÄUMT, GEWONNEN

Marion Reichert

EISENHANS' TOCHTER

Conte Roman 21

ISBN 978-3-936950-97-7
246 Seiten
Englische Broschur
15,90 €

Deutschland 1963. Sara wächst in der Zeit des Wirtschaftswunders mit seiner boomenden Stahlindustrie, mit seinen Hochöfen und rußenden Schloten auf. Die Großfamilie, allen voran Großmutter und Großvater – der König genannt – kümmern sich um sie. Ein Umzug reißt Sara aus dem bezaubernden Reich ihrer Kindheit. Sie findet neue Freunde, reale und erfundene. Mit deren Hilfe schafft sie es, im für sie gar nicht so wunderbaren Wirtschaftswunderland zu bestehen.

Ein Märchen für Erwachsene, in dem Magie und Realität ganz nah beieinander liegen. Die verstaubte Wirklichkeit ist nur durch einen dünnen Schleier von den Phantasien einer Heranwachsenden getrennt. *Eisenhans' Tochter* ist außerdem ein Buch über den Wandel der Saarregion: Das ländliche Paradies aus Saras Kindheit wird in ihrer Jugend zu einem kalten Neubaugebiet und einer ihrer Wegbegleiter, ein Brauereigaul, soll durch Lastwagen wegrationalisiert und zum Pferdemetzger gebracht werden.